Kontaktadresse nach EU-Produktsicherheitsverordnung:
produktsicherheit@fischerverlage.de

Ein siamesisches Zwillingspaar entführt eine Linienmaschine der Lufthansa, um etwas zu erzwingen, wozu bisher kein Chirurg bereit gewesen ist: die operative Trennung (*Siamsiam*). Ein Mann versucht, durch 140 Stunden Dauersprechen einen Weltrekord zu brechen (*Die Spirale*). Der junge PR-Referent der United Oil Corporation soll auf einer Nahost-Reise das Öffentlichkeitsbild des Konzerns verbessern. Doch unterwegs kann er sich immer weniger mit seiner Aufgabe identifizieren – arabische Märchen halten sein Denken ebenso besetzt wie die Musik von John Coltrane (*Und der Sultan von Oman*). Vor der norddeutschen Küste ankert ein Fischtrawler, auf dem eine kleine Mannschaft einen Piratensender betreibt. Plötzlich bricht Feuer aus – doch der Discjockey setzt die Sendung fort (*Feuer im Maschinenraum*).

Ebenso unterhaltsam wie kunstvoll erzählt Dieter Kühn von den Abenteuern und Merkwürdigkeiten, Abstrusitäten und Gefahren unserer Zeit.

Dieter Kühn, 1935 geboren, lebt als freier Schriftsteller in Köln und Berlin. Für seine Romane, Biographien, Erzählungen, Kinderbücher, Hör- und Schauspiele wurde er mit zahlreichen Literaturpreisen ausgezeichnet. Im Fischer Taschenbuch Verlag liegen weiterhin vor: das Mittelalter-Quartett ›Der Parzival des Wolfram von Eschenbach‹ (Bd. 13336), ›Neidhart und das Reuental‹ (Bd. 13335), ›Ich Wolkenstein‹ (Bd. 13334) und ›Tristan und Isolde des Gottfried von Straßburg‹ (Bd. 15499), die Romane ›Beethoven und der schwarze Geiger‹ (Bd. 13170) ›Stanislaw der Schweiger‹ (Bd. 13602), ›Der König von Grönland‹ (Bd. 14418) und ›Die Präsidentin‹ (Bd. 15327), der Erzählungsband ›Der wilde Gesang der Kaiserin Elisabeth‹ (Bd. 14588), die Karl-Philipp-Moritz-Novelle ›Das Heu, die Frau, das Messer‹ (Bd. 13171), das Hörspielbuch ›Mit Flügelohren‹ (Bd. 16076), ›N‹ (Bd. 16546), die Lebensgeschichten ›Clara Schumann, Klavier‹ (Bd. 14203) und ›Frau Merian!‹ (Bd. 15694), die biographische Skizze ›Goethe zieht in den Krieg‹ (Bd. 14758) sowie das Kinderbuch ›Das Geheimnis der Delphinbucht‹. Zuletzt erschien im S. Fischer Verlag ›Schillers Schreibtisch in Buchenwald‹.

Unsere Adresse im Internet: www.fischerverlage.de

Dieter Kühn

Und der Sultan von Oman

Erzählungen

Fischer Taschenbuch Verlag

3. Auflage

Originalausgabe

Hedderichstr. 114, 60596 Frankfurt am Main

Printed in Germany
ISBN 978-3-596-13788-6

Inhalt

SiamSiam

Unsere Koffer sind neu, aber nicht auffällig neu. Sie sind von gleicher Größe, aus gleichem Material, das wird man bei uns auch nicht anders erwarten. Sie unterscheiden sich nur in den Farben: einmal braun, einmal schwarz. Sie haben kein Übergewicht, liegen nicht deutlich unter der Freigrenze. Man kann sie von trainierten Hunden beschnüffeln lassen, kann sie durchleuchten: nichts wird auffallen.

Man könnte die Koffer sogar öffnen. Da sähe man bloß, was für einen mehrtägigen Aufenthalt in einer Weltstadt gebraucht wird: Unterwäsche, natürlich in unserer speziellen Ausführung; mehrere Hemden, weil es in London ziemlich rußig sein soll; zwei Anzüge, Sonderanfertigung, in jedem Koffer einer; Socken; für jeden ein Handschuh, falls es im septemberlichen England kühl wird; je ein Hut; je ein Kulturbeutel: Zahnbürsten, Rasierapparate, Waschlappen mit Initialen, Seife in Plastikdosen, Zahnpasta, Rasierwasser, Mundwasser, Abführmittel, alles wie üblich.

Und sonst? Ein Büchlein über London, zahlreiche Abbildungen. Mit rotem und grünem Filzstift haben wir jeweils angestrichen, was uns individuell interessiert: einmal mehr die Stadt, einmal mehr die Leute. Dann, im anderen Koffer, ein Stadtplan; das Britische Museum mit dickem Filzstift umkreist. Mit einer Büroklammer angeheftet eine Liste der Bücher, die wir (so soll ein möglicherweise visitierender Beamter schließen) in der Bibliothek des Museums einsehen wollen: Arbeiten über unsere Situation.

Ja, wir haben alles genau überlegt, exakt geplant. Zum Beispiel auch den Zeitpunkt der Gepäckabgabe. Nach unseren vorherigen Beobachtungen muß der Passagier am Abfertigungsschalter sein Fluggepäck auf eine Waage schieben; da wird das Gewicht notiert, ein Angestellter im Overall schwingt die Gepäckstücke auf einen Wagen. Uns schien es am günstigsten, wenn wir nach den ersten zwanzig, dreißig Passagieren zum Abfertigungsschalter gehen: falls dort nämlich einer diensttuenden Person unsere Erscheinung nicht geheuer ist, und sie erstattet Meldung bei einem Vorgesetzten, so hätte man genügend Zeit, unser Gepäck zu durchsuchen. Wäre dieser Zeitraum nach dem Abwiegen des Gepäcks, dem Abstempeln des Flugscheins, dem Aushändigen der Bordkarte zu knapp, könnte man uns eventuell unter einem technischen Vorwand (die Gurte!) den Mitflug verweigern. Wir möchten aber unbedingt das Flugzeug nehmen, das wir uns ausgesucht haben.

Mit den Bordkarten in den oberen Jackentaschen gehen wir in den Warteraum für Fluggäste, ohne Handgepäck, Fotoapparate. Wir setzen uns auf ein lederbezogenes Sofa, schauen durch die wandgroße Glasscheibe. Eine Maschine wird betankt, Iberia. In ein Flugzeug steigen Passagiere, KLM. Und wo ist unsere Maschine? Wir sehen zwei Lufthansa-Flugzeuge, die erkennen wir sofort am Kranichzeichen auf den Leitwerken: eine Boeing 707 mit vier Triebwerken, die kann es nicht sein, die fliegt bestimmt nach Übersee; eine Boeing 727 mit drei Triebwerken, Europa-Jet: das wird unser Flugzeug sein!

Wir beobachten es genau, aber unauffällig, rascheln dabei mit der einen Zeitung. Das Seitenfenster des Cockpits ist aufgeschoben. In der Tür erscheint ein Mann in blauer Hose, weißem Hemd, steigt herunter: das muß der F/E sein, der flight engineer oder systems operator oder second officer oder Flugingenieur oder Bordingenieur oder Bordmechaniker – die Bezeichnung wechselt mit den Fluggesellschaften. Wir hätten jetzt natürlich gern ein Fernglas, um den Mann näher zu beschauen, aber wir fallen sicher schon genug auf, da gucken wir lieber noch mal in die Zeitung, die zwischen unseren Händen leicht zitternd ausgebreitet ist: *Kölner Stadtanzeiger*, 2. September 1970. Wir sehen beide nur Blöcke aus Druckerschwärze; keine Nachrichten, keine Kommentare; kaum Sätze, höchstens Wörter. Beim Umblättern schauen wir raus: der Flugingenieur steigt die Leichtmetallstufen wieder hoch, muß also weiterhin Instrumente checken, wie es in der Fachsprache heißt, die wir in verschiedenen Büchern erlernt haben. Hinter dem Flugzeug wird ebenfalls gearbeitet: da sind steuerbord bestimmt die service doors geöffnet.

Nach sehr langen Minuten falten wir die Zeitung zusammen. Viele kaufen nun steuerfreien Alkohol, steuerfreie Zigaretten, tragen sie in zugeklebten Plastiktüten herum: wir wollen nicht als gefährliche Asketen erscheinen, werden eine Flasche Cognac kaufen, dazu Zigaretten. Außerdem wollen wir bei der Gelegenheit austreten, damit uns das nicht mehr stört, wenn es endlich soweit ist.

Beim Gehen spüren wir das körperwarme Metall: die Pistolen stecken ganz innen. Nicht einmal stichprobenweise eine der Leibesvisitationen, wie sie in anderen Ländern bereits eingeführt werden; uns hätte man, im Beisein des jeweils anderen, diese Peinlichkeit ohnehin erspart.

Wie gern würde man morgens mal allein im Bett aufwachen, aber sobald man wach wird, ist der andere da, wieder, immer noch. So wie wir uns abends hinlegen, auf dem Rücken, so schlafen wir ein, so wachen wir auf. Meist dreht einer den Kopf nach rechts, der andere nach links, so blasen wir uns nicht gegenseitig den verbrauchten Atem ins Gesicht.

Wenn man morgens liest, während der andere noch schläft, hat man bald keine Lust mehr zum Lesen: räuspern, husten, ruckeln, bis er wach wird. »Na endlich, du pennst aber mal wieder!« Er kriegt noch ein paar Übergangsminuten, bis er die Augen klargerieben, die Lunge leergegähnt hat, bis der Morgenständer runtersinkt. Dann sagen wir »hooh!«, richten gleichzeitig unsere Oberkörper auf, schwenken bei »ruck!« vom Bett, nach rechts oder links, das wechselt täglich.

Ins Bad stakern. Einer klappt den Deckel hoch, einer die Brille, wir pinkeln gemeinsam. Zähneputzen: gleichzeitig gurgeln, gemeinsam vorbeugen, gleichzeitig spucken. Waschen: ein bißchen die Nacken, ein bißchen die Achseln, ein bißchen die vier Hoden. Abtrocknen, rotes Handtuch, blaues Handtuch, die Farben wechseln wöchentlich. Die Rasur: rechts elektrisch, links naß; dabei der tägliche Wettbewerb: welche Methode ist effizienter? Unabhängig vom Ergebnis bleiben wir bei der jeweiligen Gewohnheit. Unsere beiden Schnurrbärte stutzen. Die Haare auf einem Kopf von der Stirn zum Nacken kämmen, auf dem anderen Kopf vom Scheitel nach rechts, das macht die Unterscheidung leichter.

Die Küche ist eng, das verkürzt die Arbeitsabläufe. Einer schneidet Brot, einer läßt Wasser in den Boiler laufen, wir holen gemeinsam Marmelade, Butter, Wurst, Käse aus dem Kühlschrank, einer haut zwei Eier in die Pfanne, der zweite streut Salz und Curry.

Mit dem Rücken zum französischen Bett setzen wir uns auf die Eßbank. In der Zeitung lesen wir zuerst die Kinoanzeigen: was bringt die Konkurrenz? Dann der Sportteil – die einzigen Seiten in der Zeitung, die fast durchweg Positives bringen: immer werden Tore geschossen, immer werden gute Zeiten gelaufen, immer werden Sieger geehrt. Schon im Lokalteil fängt die Misere an; je weiter man nach vorn kommt, desto deprimierender wird es.

Nach dem Kaffeetrinken spülen. Dabei ist keine Abwechslung möglich: wer links steht, muß ein für allemal spülen, weil rechts die Ablage ist; hier wird abgetrocknet. Tassen, Untertassen, Teller, Gabeln, Löffel, Messer im Resopalschrank über Spülbecken, Kühlschrank, Herd einordnen. Dann gemeinsam aufs Klo: wer es eiliger hat, darf zuerst auf die Schüssel, der andere sitzt auf dem gleichhohen, weiß lackierten Hocker rechts oder links daneben und liest. Meist lenkt die Lektüre nicht genug ab, es wird gemault: »Drück nicht so; meinst du, ich hätt gern jemand mit Hämorrhoiden neben mir?« Stellungswechsel: der andere kommt auf die warmgesessene Klobrille, der erste auf den rumgestellten Hocker. Und eine Hand wäscht die andere.

Bettenmachen, staubsaugen. Krawatten binden, einmal Foulard, einmal Wolle. Die Wohnungstür abschließen; durch den Gang zur Glasziegelwand, im Gleichschritt; zum Lift schwenken, Knopf drücken, warten, runterfahren; an Mülltonnen vorbei auf den Hof, zu unserer Garagentür, aufschließen, hochschwingen; rechts den Wagen öffnen, nach links durchrutschen, Zündschlüssel reinstekken: einer dreht sich beim Raussetzen um, der andere schaut in den Rückspiegel. Meist fahren wir zuerst zum Hauptbahnhof, holen am Expreßgutschalter den Filmkoffer ab.

Er will unbedingt auch den Führerschein machen, das ist doch wirklich albern! In der Bundesrepublik wird nun mal rechts gefahren und links gesteuert, also fahre *ich*. Er soll froh sein, daß überhaupt einer von uns den Führerschein hat.

Aber wie hat er zuerst den Erwerb des Führerscheins behindert!

Fast vor jeder Fahrstunde suchte er einen Vorwand, um mich zur Absage zu zwingen: mal Zahnweh, mal Kopfweh, mal Bauchweh. Oder er behauptete, das feuchtwarme Sommerklima der Kölner Bucht mache ihn derart schlapp, er müsse sich unbedingt hinlegen. Oder kam an mit pauschalen Erklärungen, die er im *Stadtanzeiger* zusammenlas: Man sei ernsthaft bemüht, die Stadt in verkehrstechnischer Hinsicht zu modernisieren, insbesondere durch den Bau der U-Bahn; der Individualverkehr habe nach Aussage verschiedener Experten kaum noch Zukunft. Und wenn die öffentlichen Verkehrsmittel mal streiken: wer bringt und holt dann die Filme für unser Kino? Diese Frage beendete stets die Diskussion.

Natürlich konnten wir nicht in einem Wagen mit Knüppelschaltung meine Fahrstunden machen: wir brauchten einen Wagen mit durchlaufender Sitzbank vorn und Lenkradschaltung – da war gerade noch Platz für den Fahrlehrer ganz rechts. Wenn mein Nebenmann erst mal zwischen mir und dem Fahrlehrer saß, hatte er kein Zahnweh, Kopfweh, Bauchweh mehr, da blieb selbst höchste Luftfeuchtigkeit ohne Einwirkung, da wollte er nur noch schalten und mitlenken. Denn leider bin ich, weil wir insgesamt nur zwei Arme haben, auf seinen Hilfsarm angewiesen: er hat aber nur nach meinen Anweisungen zu agieren! Denn ich trete die Kupplung, gebe Gas, bremse: also bin *ich* der Fahrer, und er ist höchstens Beifahrer, Hilfskraft.

Aber das ist ihm zu wenig. Er versuchte von Anfang an Einfluß zu nehmen auf meine Fahrweise: mit seiner vorzuckenden Hand wollte er mich zwingen, einen anderen Gang einzulegen, er wollte mir die Geschwindigkeiten vorschreiben, dauernd Kommentare, Hinweise, Anweisungen. »Den kannst du doch nicht überholen, bist du jeck? ... Warum fährst du eigentlich so weit in der Mitte? ... Also, hier hätt ich an deiner Stelle längst geschaltet. ... Vielleicht blinkst du mal, damit die sich hinter uns richtig einordnen können ...« Wenn er nichts sagte, räusperte er sich: da sollte ich unterscheiden zwischen warnendem, strafendem und verächtlichem Räuspern. Und immer wieder seine vorzuckende Schalthand: »Schalten, du mußt mehr schalten, beim Schalten zeigt sich erst der wahre Fahrer!« Und er gab an, wann ich die Kupplung treten sollte, nannte Richtzahlen für die Geschwindigkeit, erteilte fahr- und verkehrstechnische Hinweise – kurz, er wollte der Kopf sein, ich sollte ausführendes Organ werden. Auf dieses Spiel habe ich mich nicht eingelassen: vor *meinen* Füßen sind Gashebel, Kupplungspedal, Bremse, auf *meinen* Namen ist folglich der Führerschein ausgeschrieben, ich *allein* trage demnach die Verantwortung, also bestimme *ich* den Kurs, die Fahrweise. Dieses Privileg gebe ich nicht auf! Es ist schon schlimm genug, daß er mitfährt, mitredet, mitschaltet. Der eigentliche Fahrer aber bin *ich*! Und bleibe ich!

Natürlich träumt er davon, doch mal die Leitung zu übernehmen – das zeigt sich wiederholt. Zum Beispiel, als wir in der Reisebeilage unserer Zeitung eine Anzeige sahen von einem Bauernhof, auf dem man während des Urlaubs Reitunterricht nehmen kann – da hatte er gleich eine Assoziation: Wir sollten in einem hübschen englischen Küstenstädtchen Urlaub machen, er würde dort den englischen Führerschein erwerben, und dann gleich in einem Mietwagen durch die schottische Hochebene! Seither verdüstere, verwässere ich ihm systematisch die Highlands: er darf bei diesem Wort nichts anderes vor sich sehen als nasse Straßen, Sumpf rechts wie links, und alles in pausenlosem Regen.

Im alten Japan bindet man einem Ehebrecher, nachdem man ihn ausgezogen hat, die Frau, mit der er Ehebruch begangen hat, auf den Rücken, ebenfalls nackt. Die Fesseln werden so raffiniert angelegt, daß weder der Mann noch die Frau sie lösen können, obwohl ihre Hände frei bleiben. Keiner sonst darf ihre Fesseln aufmachen, solange die Frist nicht abgelaufen ist. Das Ausziehen und das Fesseln geschehen vor Zuschauern, mitten im Dorf oder auf einem Stadtplatz. Dabei wird einiges Formelle gesagt, das für solche Gelegenheiten überliefert ist. Dann marschiert er los: die Frau, nun huckepack, zieht die Oberschenkel an, versucht mit den Knien die Warzenhöfe zu verdecken, mit aneinandergepreßten Fersen ihren Scheideneingang. Jeder, der auf der Straße geht oder aus einem Haus kommt, guckt die beiden an, ihn und sein schlenkerndes ehebrecherisches Glied, auf seinem Rücken die Frau, in die er das Glied gesteckt hatte. Sie sind beide froh, wenn der Mann keine Häuser mehr vor sich sieht, aus denen man herauskommen kann, um sie so anzuschauen, wie man in Japan zu jener Zeit ein ehebrecherisches Paar anschaut.

Erst dürfen wir hoffen, daß der Film nicht so schlimm wird, wie wir das bei der Bestellung befürchtet haben: *Die Unzertrennlichen* sind gar nicht so unzertrennlich, sie kriegen rasch Streit miteinander, zum Beispiel um ein Mädchen, das sie beide haben, aber nicht miteinander teilen wollen: da schlagen sie sich ziemlich in die Fressen, während das Mädchen etliche Pfund Fleisch im halboffenen Mieder rauf- und runteratmet.

Oder: sie stiefeln mit ihren weiten Hüten, ihren Degen, ihren verschmuddelten Spitzenjabots durch idyllisches Land, irgendwas Italienisches, finden schließlich ein Pferd auf einer Koppel: der Regisseur läßt das Pferd ganz verwundert dreinschauen, während die beiden sich nun über die Schultern schleudern, in die Rippen boxen, in die Eier treten. Kaum aber ist der Staub abgeklopft, sieht man sie gemeinsam auf dem Pferd fortreiten, das jeder erst partout für sich haben wollte, und das wirklich ahnungslose Publikum lacht: Die beiden sind wie Katz und Hund, kloppen sich dauernd, hängen dennoch aneinander wie Pech und Schwefel!

Denn vorwiegend vertragen sie sich eben doch: sie raufen sich, wie man so sagt, zusammen. Drehbuchautor und Regisseur lassen ihnen da auch keine andere Wahl, denn irgendein italienischer Principe hetzt finstere Typen auf die beiden los, wegen einer Frauengeschichte, man sieht sie häufig Seite an Seite, Rücken an Rücken fechten. Schließlich kommt es zu einer perversen Zeremonie: nach einem ziemlich heißen Degengefecht, bei dem die beiden sich wechselseitig je einmal das Leben retteten, trinken sie Blutsbrüderschaft. Wir sehen noch vor uns, heute noch, übergroß, wie ihre Dolchspitzen in bläulich verdickte Adern einsinken, wie erste Blutstropfen austreten, wie das Blut energischer herausgedrückt wird, in den Metallbecher drippelt, wie sich in diesem Becher das Blut der beiden vermischt, wie sie es feierlich trinken, abwechselnd, sichtbar zufrieden – widerwärtig!

Der KLM-Klipper rollt von unserem Gebäude, von unserer Glasscheibe, von unserem Sofa weg, aus den vier Triebwerken flirrt Hitze: so werden auch wir wegrollen. Das Flugzeug schwenkt mit leicht wippenden Tragflächen, die voll Kerosin sind, auf die Piste: so werden auch wir einschwenken. Wir hören durch die Glasscheiben die Triebwerke immer stärker fauchen, sie treiben braune Schwaden über den Beton: so werden wir ebenfalls starten. Die Maschine hebt ab im Winkel von etwa 15 Grad: den gleichen Winkel werden wir in den Sitzen spüren, im gemeinsamen Sitz.

Wir warten nun darauf, daß unser Flug aufgerufen wird. Jeder hat eine Plastiktüte aus dem Duty-free-Shop neben sich, die Hosen sind wieder zu, beide Blasen leer.

Inzwischen ist die gesamte cabin crew im Cockpit: Pilot und Kopilot hatten blaue Jacken an, als sie die Leichtmetallstufen raufstiegen; da läuft der F/E sicher nicht mehr im weißen Hemd herum.

Endlich wird unser Flug aufgerufen. Wir stehen nicht sofort, sondern langsam auf, lassen die anderen Passagiere vorgehen: so können die sich in unserem Rücken nicht über uns verständigen. An der Grenze des Blickfelds oder bei kurzem Umdrehen sehen sie dann nur zwei Herren dicht nebeneinander. So gehen wir zum Zubringerbus, der mit kleinem Schritt zu besteigen ist.

Weil wir die letzten sind, geht hinter uns mit Preßluftzischen die Falttür zu: nichts eingeklemmt? Wohl jeder von uns sieht jetzt diese Tür noch einmal zugehen, sehr viel lauter zischend und an der Kante nicht mit Gummi abgepuffert, sondern mit scharfer Schneide versehen, und einer von uns muß draußen bleiben. Dann allerdings wäre unser Unternehmen nicht mehr nötig!

Beim Aussteigen lassen wir mehreren Passagieren den Vortritt. Der Businhalt teilt sich in zwei Gruppen: die kleinere Gruppe geht links zur Leichtmetallstiege der ersten Klasse, die größere Gruppe steigt im Heck in die Touristenklasse. Wir haben aus technischen Gründen erste Klasse gebucht: das Geld dafür werden wir wieder reinkriegen, mindestens! Die Stufen im Gleichschritt hochsteigend, sehen wir über uns, dann vor uns die schlanken Beine einer Stewardeß: auch das gehört wohl schon zum Service.

Die junge Dame ist entweder gut trainiert oder schon informiert:

sie tut so, als wären wir zwei normale Passagiere, die nur etwas eng nebeneinander gehen; mit der Handbewegung, die sie bei jedem Passagier wiederholt, weist sie zweimal in die Kabine, die wir nun betreten, indem wir uns im Eingang ein wenig verkanten. Glücklicherweise haben wir einen Doppelsitz in der letzten Reihe: die Trennwand zur Touristenklasse hinter uns, die Mitpassagiere der ersten Klasse vor uns. Wir klappen die Zwischenstütze hoch, setzen uns, spüren weiche Kissen in den Nacken, können jeweils unsere Hand bequem neben uns ablegen. An den ganz rechten und ganz linken Oberschenkeln das Pistolenmetall. Im Moment müssen wir noch keine Taschentücher hervorziehen: erstaunlicherweise schwitzen wir nicht besonders, obwohl fettleibige Personen leicht zum Schwitzen neigen.

Vor uns läßt sich ein Mann eine Augenmaske geben, kippt die Rückenlehne des Sitzes zurück, verschränkt die Arme, fängt allen Ernstes an zu schlafen: der wird sicher den entscheidenden Moment verpassen und hat dann nichts zu erzählen. Geschieht ihm recht!

Haben wir vielleicht beide im Bett gezittert und geheult, weil in der Ecke, weil unter dem Schrank, weil hinter dem Tisch, weil draußen im Flur der berüchtigte Wolf lag? Mußte nicht vielmehr ich *allein* getröstet werden? Wurde nicht mir, allein *mir* versichert, mehrfach, es sei ein Schießgewehr im Haus, alle Türen seien verriegelt, und überhaupt gebe es hier im Land keine Wölfe mehr? »Aber wo gibt es denn Wölfe?« soll ich, etwa vierjährig, gefragt haben. »Fern im Urwald«, hieß die Antwort, »dahin muß man ganz lang mit dem Schiff fahren oder ziemlich lang mit dem Flugzeug fliegen.« »Dann hängt sich der Wolf eben ans Flugzeug dran«, soll ich gesagt haben. Wohlgemerkt: *ich*!

Außerdem die Hexen! Beispielsweise im Wald: konnte es nicht hakennasig, runzelhäutig, struwwelhaarig hinter einem dicken Baum hervortreten, bucklig, mit Stock, und es krümmte den langen Finger? Wer hatte diese Angst: du oder ich? Und all die Bäume: wie viele standen schief, konnten umfallen, während ich vorbeiging? Und Felsen: konnten die nicht auf mich, ausgerechnet auf mich herabplumpsen? Und wenn mich der Boden nicht mehr trug? Was war darunter?

Ich habe meine Kindheitserinnerungen, auf denen möchte ich bestehen, und du hast deine, die kannst du behalten. Zum Beispiel der Umgang mit dem Wellensittich, etliche Jahre später, bei deinem Freundchen, zu dem ich mitmußte. Du hast deine Hand nach seiner Anweisung in den Käfig geschoben, hast den Bauchflaum gestreichelt, die Stelle gesucht, an der es sich vorschob. »Ich habs!« hör ich dich rufen, heute noch. Der Wellensittich flatterte in eine Käfigecke. »Komm, heut ist doch Sonntag«, sagte dein Freundchen, »setz dich auf seinen Daumen!« Du hast das Kleine, Spitze im Bauchflaum weiter gestreichelt, hast dann die Hand aus dem Käfig gezogen. »Komm, nun komm doch«, hör ich dich rufen, seh deine Faust vor der offenen Klappe, der Daumen nach Anweisung deines Freundchens gestreckt obenauf. Der Sittich flog aus dem Käfig auf die Faust, krallte sich fest, preßte das Kleine, Spitze auf den Daumen, begann zu wichsen, rasch und flügelschlagend. Bald hast du gerufen: »Jetzt ist es da!« Dein Freundchen hob den Vogel ab, wir sahen das Tröpfchen auf dem Daumen: auf *deinem* Daumen, wohlgemerkt!

Eine Zeitlang haben wir Gymnastik gemacht, weil im *Stadtanzeiger* mehrfach geschrieben wurde, ein bißchen Spazierengehen reiche nicht aus. Die meisten Sportarten entfallen freilich für uns: Radsport zum Beispiel, Fußball, Tennis. Auch das Schwimmen: selbst in Sonderstunden für Versehrte würden wir zu sehr Aufsehen erregen in unserer gemeinsamen Badehose. Also Gymnastik: die läßt sich bei offener Balkontür in der eigenen Wohnung ausführen.

Rasch mußten wir feststellen, daß unser Repertoire sehr begrenzt ist. Schon Liegestütze sind schwierig: wir müssen mit zwei Armen zwei Körper stemmen, während man sonst mit zwei Armen einen Körper stemmt. Recht gut hingegen klappt die Übung zur Stärkung der Bauchmuskulatur: auf dem Rücken liegen, die vier Beine strekken, unsichtbare Pedale treten; dabei kann sich jeder so rasch oder so langsam bewegen, wie er Lust hat. Rumpfbeugen, bei denen man mit Fingerspitzen die Zehenspitzen berührt, sind auch noch möglich, müssen aber in gemeinsamem Takt ausgeführt werden. Unmöglich ist schon das Kreisen der Hüften: hier sind wir verschweißt. Wiederum ist es möglich, den Kopf im Nacken rollen zu lassen: diese Übung müssen wir synchron ausführen, sonst bumsen die Köpfe aneinander.

Nach einer Veranstaltung des Filmclubs in unserem Lichtspieltheater sahen wir solche Gymnastik freilich mit anderen Augen. Es wurde ein Dokumentarfilm gezeigt über das Dritte Reich: wir langweilten uns ziemlich in unserem Sondersitz neben Lichtschaltern, Tonregler, Haustelefon, knabberten an den Fingernägeln, dösten. Plötzlich aber wurden wir hellwach: bei einer Großveranstaltung im Olympiastadion führten Tausende weißgekleideter Körper gleichzeitig dieselben Bewegungen vor: gleichzeitig drehten sie sich im Uhrzeigersinn in den Hüften, gleichzeitig pumpten sie Liegestütze, gleichzeitig berührten sie mit ausgestreckten Fingerspitzen die Fußspitzen: *ein* Körper, der seine vielen Glieder rhythmisch bewegte. – Seit wir das sahen, lehnen wir gemeinsame Gymnastik aus grundsätzlichen Erwägungen ab.

Der notorische Kinogänger erzählte uns Folgendes: Er hatte abends im Bett gelegen, müde, wollte aber noch was im Briefmarkenalbum nachschauen, im Nebenzimmer, war freilich zu faul, aufzustehen, wurde körperlich immer träger, wollte dennoch zum Briefmarkenalbum: da löste sich der Geist vom bettschweren Körper, versetzte sich ins Nebenzimmer, betrachtete die (wohl aufgeschlagene) Albumseite (einem Philatelisten ist zum Beispiel die Zähnung einer Marke wichtig), dann kehrte der Geist ins Schlafzimmer zurück, wollte sich wieder in den Körper versetzen, das gelang aber diesmal nicht: eine Art Scheidenkrampf, der Geist murkste sich ab, kam nicht rein, kam einfach nicht rein, der Körper zitternd, bald schwitzend, mindestens halbstundenlanges Gerangel, Angst, Todesangst – und es flutschte plötzlich doch! Erleichterung ...

Oder, anderes Beispiel: er sonnte sich in einem Liegestuhl, blinzelte Richtung Rosenbeet im Garten, wollte einerseits nachschauen, ob verwelkte Rosen rauszuschneiden waren, wollte andererseits nicht aufstehen; so war er mit sich uneins. Plötzlich aber sah er sich, während er im Liegestuhl faulenzte, sehr deutlich durch den Garten gehen, auf das Rosenbeet zu, dort bückte er sich, prüfte Rosenblüten. Diesmal offenbar keine Schwierigkeiten bei der Rückkehr, der Vereinigung – vielleicht geht das im Freien leichter.

Wir denken öfter nach über diesen Bericht, spinnen ihn fort. Zum Beispiel sitzen wir auf einer Bank im Kölner Stadtwald, der eine möchte zum Wildgehege, Rehe und Hirsche begucken, der andere will unauffällig an einem Liebespaar vorbeischlendern: da nicken wir uns zu, und flippflopp sind wir raus! Der Doppelkörper reglos auf der Bank, beide Gesichter sonnenwärts, sie wollen gleicherweise braun werden; das inspizieren wir erst mal, körperlos lachend. Dann freie Bewegung nach rechts und nach links, unsichtbar hinüber zum Wildgehege, unsichtbar heran ans Liebespaar: Bewegung als Bewußtsein, sich *allein* zu bewegen. Da geht es mühelos durch den Zaun, engste Maschen halten hier nicht auf; eintauchen in den Wildgeruch. Zugleich eindringen in den Körperdunst des Liebespaars; fast hautnah läßt sich hier teilnehmen.

So vergeht rasch die Zeit. Schließlich wird es dämmrig im Stadtwald. Quer über Wiesen kehren wir zurück, zickzack nach Belieben, hochschnellend, schwerelos, Bewegung allein. Treffpunkt Doppelkörper, der reglos sitzt, die Köpfe noch in den Nacken, obwohl die Sonne längst untergeht: müßte man sich eigentlich gleichzeitig zurückversetzen? Und: könnte man bei der Gelegenheit nicht mal tauschen, um die Welt eine Zeitlang von der anderen Seite zu sehen? Zumindest könnte man nach solch einer Exkursion endlich mal erzählen, was der andere nicht genauso erzählen kann – das wäre schon ein Vorteil!

Der Mann mit der auf seinem Rücken festgebundenen Frau, die nicht seine Ehefrau ist, geht auf japanischen Landstraßen wie jemand, der einen schweren Rucksack schleppt. Die Frau hat die Oberschenkel weiterhin angezogen, verdeckt mit den Fersen aber nicht mehr so genau den Scheideneingang: bei Rückenwind tröstet sie sich mit den angenehmen Empfindungen, die der Wind in ihren Schlitz bläst. Sobald sie einen Reiter herankommen sieht, beispielsweise mit einem der seinerzeit üblichen Samuraischwerter, legt sie ihre Fersen wieder vor der Öffnung zusammen, der Mann geht an den Straßenrand. Das tut er auch, wenn von vorn ein Reiter kommt oder ein Wagen. Offensichtlich hat er noch kein Recht, in Gebüsch auszuweichen, was ja das einfachste wäre, wenn er keine Zurufe hören will. So aber muß er, während er mit gesenktem Kopf die Frau auf seinem Rücken am Straßenrand trägt, manchen Zuruf hinnehmen. Auch wenn sie keine Reiter oder Wagen sehen, geht er mit gesenktem Kopf, wegen der Last. Die Frau senkt ihr Kinn ans Brustbein, hält die Oberschenkel an den Körper gezogen: in dieser Kompaktform kann der Mann sie recht gut ausbalancieren, was bei lang herabpendelnden Beinen schwieriger wäre.

Rechts neben dem Kino ein Kaffeegeschäft: an runden Stehtischen wird fast den ganzen Tag über Kaffee getrunken zum Werbepreis von 25 Pfennig pro Tasse. Links neben dem Kino der Gebrauchtwarenhändler: Fotoapparate, Filmkameras, Plattenspieler, Tonbandgeräte, Radios; auch hier viel Publikum. Unser Kino liegt günstig.

Ein halbes Jahr vor unserer Pachtübernahme hatte das Kaffeegeschäft erweitert: so ist für unser Kino nur ein schmaler Eingang geblieben, eine Passage mit Standfotos und Plakaten. Nach drei Metern etwa die Kasse: in die kann nur reinschauen, wer in der Passage steht. Solange wir an der Kasse saßen, wurden viele Passanten, die von uns gehört hatten, in die Passage gelockt; natürlich taten sie so, als würden sie nur Standfotos und Programmankündigungen anschauen: auf unserer Höhe aber drehten sie sich plötzlich um, gafften durch die Scheibe.

Wir waren dort nicht richtig plaziert. Erstens konnte man uns kostenlos sehen. Zweitens sah man hier nur unsere Oberkörper: nabelwärts verdeckte uns die Marmorplatte, auf der wir Karten hinausschoben, Geld einstrichen – es konnte also Besucher geben, die behaupteten, wir wären Pfusch. Wenn wir aber im Foyer stehen, rechts von der Glastür (dort kann uns nur sehen, wer mit einer Eintrittskarte hereinkommt), so sind wir unverdeckt komplett: vierbeinig, zweiarmig, Kopf an Kopf. So reißen wir die Karten ein, die uns gereicht werden: Neulinge strecken die Hände weit vor, wollen noch Abstand halten. Wer aber öfter in unser Kino kommt, zeigt kaum noch Scheu: wir lassen keine Verlegenheit aufkommen. Während wir beide die Karten einreißen, plaudert der jeweils diensttuende Kopf mit dem Besucher, macht eine freundliche, eine beiläufige oder lustige Bemerkung. Das sind die wenigsten Kinobesucher gewohnt; meist werden von mürrischen Rentnern die Karten eingerissen. Wir wissen aber sehr wohl, daß man nicht bloß in unser Kino kommt, um einen Film zu sehen: warum dieses Interesse nicht fördern, nutzbar machen?

Natürlich können wir nicht bei allen Vorstellungen die Karten einreißen, die Gäste begrüßen: nachmittags überlassen wir das der Platzanweiserin. Wer uns zu dieser Zeit vermißt, soll halt zu einer Abendvorstellung wiederkommen: dann stehen wir garantiert in unserer Ecke, vor bunten Plakaten.

Gleich nach Pachtantritt haben wir unser Kino umbenannt, um Besuchern außerhalb des Viertels die Orientierung zu erleichtern: beim Namen *Doppelkopf-Kino* wird jedem einfallen, was er über uns gehört hat. Es kommen nicht nur Besucher aus anderen Stadtteilen, wir haben auch Publikum aus benachbarten Städten wie Düren und sogar Aachen, aus Leverkusen, Bonn und aus dem Bergischen. Sie alle können uns nur sehen, wenn sie Kinokarten lösen; da wird uns vor der näheren Zukunft nicht bang.

In einem Punkt freilich denken wir nur ungern an die Zukunft: seit 16 Jahren ist in den Vorführraum nichts mehr investiert worden. Und der Vorführer wird immer versoffener. Schon vor der ersten Nachmittagsvorstellung riecht er nach Bier: sein fast täglicher Frühschoppen. Mit jeder Vorstellung wird der Bierdunst stärker, abends hat er glasige Augen. Aber auch dann bewegt er sich noch rasch zwischen den Geräten, trotz Beinprothese: jede Bewegung hat er schon zehntausendmal gemacht, man könnte ihm den Kopf abschneiden, da würde sich der Körper genauso weiterbewegen.

Den engen Raum beherrschen die beiden Projektoren; bauchige Blechverkleidungen, hinter denen jeweils die offene Lichtbogenflamme brennt, 2500 Watt, grellweißblau. Ofenrohrdicke Abzüge, unter der Decke hinaus zum Gebläse in der Wand. Zwischen den Projektoren die Guckfensterchen, darüber der Lautsprecher für den Kontrollton. Der Plattenspieler: Musik vor Beginn, während der

Werbedias. An den grüngestrichenen Wänden Postkarten aus Cattolica, Split, Genua. Das Umspulgerät, das er früher noch per Hand kurbeln mußte, hat er mit einem 380er Elektromotor ausgerüstet, mal wieder kostenlos besorgt von einem Bekannten. Und überall Werkzeug: »Dat is ming Spekulierwerkzeusch«, sagt er, weil er auf verschiedenste Störmöglichkeiten »spekuliert«. Unsere Befürchtungen über die Zukunft der Projektoren teilt Viehöver nicht: »Näh, dat lööf noch, dat lööf noch jahrelang.« Wenn was kaputtgeht, er kriegt es wieder hin, da läßt er keine Zweifel zu. Und wenn er mal krank wird, längere Zeit? Eine Bazillensperre durch Alkohol, aber könnte sich nicht sein Beinstumpf entzünden? Wir schicken ihn gar nicht erst zum Expreßgutschalter, holen und bringen die Filme selbst, um ihn möglichst ruhig zu halten – aber könnte am Stumpf nicht doch mal was schwären? Oder ein Leberschaden von der Sauferei? Kein anderer Vorführer könnte diese Apparatur übernehmen, da müßten wir den ganzen Krempel rauswerfen und viel Geld investieren. Das haben wir aber nicht. Noch nicht.

Ziemlich weit hinter uns laufen sehr starke Staubsauger an: nun flirrt es auch aus unseren Triebwerken. Schon schwenkt die Maschine vom Flughafengebäude weg: vor unserem Fenster jetzt ein Hangar, einige Flugzeuge darin, ein Auto davor, das mit gelben und schwarzen Quadraten bemalt ist, an der Oberkante des Hecks die Aufschrift *Follow me*.

Nun beginnt der Europa-Jet zu rollen: noch ist es nicht *unser* Flugzeug, sondern bloß eine Linienmaschine, die zirka achtzig Passagiere nach London befördern soll. Wir kniepen uns nicht zu, geben uns keine Handzeichen zur Beruhigung oder Ermunterung, wir schauen einfach zum Fenster raus, ohne die zwischen unseren Händen ausgebreitete Zeitung zu senken. Das Flughafengebäude bereits ein hübsches Stück hinter uns, auch der Hangar; gleich muß das Flugzeug einschwenken, denken wir bestimmt simultan, schon schwenkt es ein, bleibt stehen, wo alle anderen Flugzeuge stehenbleiben: die Startposition, Take-off-Position. Wir schauen auf die Uhren: noch keine Verspätung.

Könnte jetzt noch was dazwischenkommen? Irgendein Hellseher, in Luftfahrtkreisen bekannt, der in diesem Augenblick spürt, daß ein Flug nicht planmäßig verlaufen wird, weil sich an Bord ein bis zwei Männer befinden, genau kann er das nicht unterscheiden, und sie sind bewaffnet? So ein Hellseher, das haben wir gelesen, kann zum Beispiel von Holland aus ein Loch in einem bei Bingen im Rhein abgesoffenen Lastkahn lokalisieren, da brauchen die Taucher gar nicht mehr lange zu suchen, können gleich mit der Arbeit beginnen. Wir schauen teils rechts, teils links aus den Fenstern, sehen aber kein Fahrzeug mit Gelb- oder Blaulicht heranrasen. Das Flugzeug rauscht, so stark es rauschen kann, stößt nun ebenfalls braune Kerosinschwaden aus: wir sehen vor uns, was hinter uns geschieht. Man löst die Bremsen, gleich startet es, ein bißchen rumpelnd, mit spürbarer Beschleunigung, das sind ja insgesamt über 18 000 Kilopond, aufgerundet knapp 20 000, die uns jetzt losschieben. Aufgereihte Begrenzungsleuchten schnellen immer rascher vorbei. Wir erinnern uns an eine Filmsequenz, aufgenommen mit einer Kamera, die in ein Fahrwerk montiert war: ein schneller weißer Strich raste auf uns zu, unregelmäßiges Schwarz von Gummispuren zuckte auf der Leinwand, plötzlich wurde es hell, weiß, leer, da hatte das Flugzeug abgehoben.

Es schwebt, wir schweben. Es fliegt nicht horizontal, sondern etwas schräg, also in einer Kurve: wir sehen noch mal das Flughafengebäude, den Hangar, die Piste, die Begrenzungsleuchten.

Wir sind beeindruckt: all die Energie in unserem Rücken werden wir später nach unserem Willen dirigieren – Herr sein über rund 20 000 Kilopond, pro Kopf etwa 10 000! Das ließ sich vorher ausrechnen, überschlägig, aber diese 20 000 kp im Rücken spüren, das ist sehr viel konkreter, als wir es uns nach der vorbereitenden Lektüre vorstellen konnten. Die Wirkung der Schubkraft lesen wir auch ab an den sichtlich schrumpfenden Häusern und Straßen und Autos. Die Mitpassagiere lösen die Gurte, sobald die Leuchtschrift das erlaubt. Wir brauchen die Gurte nicht zu lösen, denn wir konnten sie nicht befestigen: die Stewardeß, die vor dem Start jeden Passagier kontrollierte, dabei rituell die Zähne entblößte, sie hatte bei uns einfach nicht genauer hingeschaut – unser Sonderstatus.

Wie zu erwarten, kommt nach Erreichen der Reiseflughöhe der erste Uniformierte aus dem Cockpit, weil die Stewardeß dort von uns berichtete, oder man hat uns beim Einsteigen gesehen: reichlich leger geht er an uns vorbei, während wir in der Zeitung blättern. Bald wird er zurückkommen, von der Seite auf uns herabblikken.

Das haben wir selbst schon beobachtet: wenn zum Beispiel ein wahlberechtigtes Familienmitglied eine tattrige Oma, einen fast blinden Opa zur Wahlkabine führt, so werden die Wahlaufseher unruhig, der Vorsitzende dieser Gruppe erhebt sich, warnt vor Wahlbeeinflussung. Die findet manchmal auch statt: da zeigt das jüngere Familienmitglied dem Uraltwähler die Stelle, an der das Kreuz geschlagen wird.

Unruhig werden die Wahlaufseher auch, wenn wir ins Wahllokal kommen, in der Realschule. Wir haben zwei Wahlbenachrichtigungen, die legen wir getrennt vor, erhalten auch getrennt je einen Stimmzettel, je einen blauen Briefumschlag, gehen aber zwangsläufig gemeinsam zur Wahlkabine: schon rutschen die Aufseher auf ihren Schulstühlen herum. Meine Herren, wir würden ja gern den jeweils anderen mitten im Klassenzimmer stehenlassen, während wir unsere Kreuzchen machen, aber derselbe Staat, der hier durch Sie mißbilligend dreinschaut, versagt uns jede Hilfe: kein Gesundheitsminister bisher, auch keine Gesundheitsministerin, hat trotz mehrfacher, eindringlicher Appelle dem von uns wiederholt konsultierten Chirurgen die behördliche Anweisung erteilt, uns im Namen der vom Grundgesetz proklamierten und verteidigten Individualität operativ zu trennen – also müssen wir gemeinsam hinter die Abschirmung!

Freilich schaut, während der eine wählt, der andere herausfordernd in das Wahllokal, spricht womöglich mit einem der Wahlaufseher, leichthin, irgendwas, um zu zeigen, daß hier zwei verschiedene Tätigkeiten von zwei verschiedenen Personen ausgeführt werden: wählen und klönen. Dann rückt man selbst an den Tisch; der andere schaut und spricht auf der gegenüberliegenden Seite in das Klassenzimmer. Im Moment der Ablösung aber, wenn der Bleistift abgelegt wird, und das hört man genau auf der Tischplatte, in diesem Moment schaut der Zweitwähler rasch hinunter und sieht, was der Erstwähler angekreuzt hat. Was bleibt ihm nun anderes übrig, als nachfolgend die andere große Partei zu wählen?

Ich frage mich: Wieso wird in diesem Sommerloch '70 eigentlich in diversen Publikationsorganen geschrieben, zu viert gehe es besser als zu zweit? Warum erkundigte man sich diesbezüglich nicht vorher bei uns? Wir kennen nur Geschlechtsverkehr zu viert, manchmal auch bloß zu dritt, nie aber zu zweit. Bei den ersten heterosexuellen Unternehmen war es noch ganz schön erregend, wenn man gleichzeitig stieß, und die Partnerinnen stiegen auf unseren gemeinsamen Wunsch um. Bald aber gewannen wir den Eindruck, es sei ihnen wurscht, wem sie aufsitzen: sie sehen und merken keinen Unterschied – wen wundert das auch bei eineiigen Zwillingen! Manchmal beneide ich die Meerkatzen, die einen leuchtend blauen Sack, einen leuchtend roten Schwanz haben: aber das dürfte nur ich *allein* besitzen!

Nach meinen Erfahrungen scheint mir Liebe nur zu zweit möglich: die Multiplikation zerstört sie. Davon will man zur Zeit aber nichts hören. Da suggerieren Illustrierte und Filme unseren Mitbürgern, zu zweit lieben sei überhaupt nichts, das fange erst an bei drei bis vier, steigere sich mit der Zahl. Diese Entwicklung beobachten wir vor allem in den sogenannten Sexfilmen, die wir zuweilen in unserem Kino bringen müssen: man hat hier fast den Eindruck, als wüßte ein Paar mit sich allein überhaupt nichts anzufangen! Kaum hat beispielsweise ein junges Paar auf einer Autofahrt ein Anhalterpärchen aufgelesen, schon werden Blicke getauscht, überkreuz, schon wird gemeinsam zu Abend gegessen, schon werden zwei Zimmer bezogen, schon sucht man von beiden Seiten nach einer Verbindungstür, die sich prompt öffnen läßt – na, und so weiter.

Durch solche Propagierung von Gruppensex wird eindeutig das industrielle Leistungsprinzip in die Liebe eingeführt! Denn bitte: üben zwei Paare gleichzeitig Geschlechtsverkehr aus, so kann der männliche Partner A nicht ohne weiteres aufhören, während Kollege B noch dran ist: also muß er weiterstoßen, auch wenn er viel lieber zur Abwechslung ein Zigarettchen rauchen würde. Und eine Frau möchte vor der anderen Frau, selbst wenn die ihre Intimfreundin ist, nicht zugeben, daß sie vor ihr fertig wird; also muß sie ihren Partner mindestens genauso lange bei der Stange halten. Ist hier noch Freiheit? Ich meine, man kann am besten nach seiner jeweiligen Lust disponieren, wenn man mit einer Partnerin allein ist.

Aber er läßt das nicht zu. Nie kann man wirklich privat werden: entweder er guckt zu, oder er macht mit. Die einzige Intimität finde ich nachts, telefonisch. Wenn er ganz tief schläft, wache ich auf, meist gegen zwei, halb drei. Ich ziehe das Telefon heran, leuchte mit der Taschenlampe auf die Nummernscheibe, hole mein Glied aus dem Schlafanzug, rufe die Frau an, die ich nur ein paarmal durch die Schaufensterscheibe gesehen habe, in ihrem Laden für Zeitungen, Zeitschriften, Schreibwaren, Süßigkeiten, Tabak. Sie weiß nicht, wer ich bin, hält mich für einen Mann, der ebenso einsam in einem Bett, in einem Zimmer liegt. Ich begrüße sie mit »Hallo Liebling«, das hört sie gern mit ihren schätzungsweise 55 Jahren: eine Frau mit großen Brüsten, die zu dieser Zeit schlaff und weich liegen, Quallen auf dem Strand. Aber nun projiziere ich auf sie mal diese, mal jene Cover-Brüste: so läuft die Sache schon besser. Ich keuche ihr etwas vor. Davon merkt mein Nebenmann nichts, ich habe Kopf und Hörer unter dem Kissen. Sie keucht telefonisch zurück.

Weil ich noch mehr von ihr hören will, sage ich nach einigen Minuten, sie soll den Staubsauger anschalten – der steht meist auch schon an ihrem Bett. Nun muß sie entweder die Bürste aufstecken oder die vorn etwas plattgedrückte Tülle, mit der man Staub aus Ecken saugt.

Mit einsetzender Dämmerung sind gesellschaftliche Regeln nicht mehr so streng, also kann der Mann auf der japanischen Landstraße, nun bereits etliche Stunden von der Stadt oder dem Dorf seines Ehebruchs entfernt, mit der Frau auf dem Rücken schon mal in einen Seitenweg ausweichen, wenn er von hinten einen Reiter herankommen hört oder von vorn heranreiten sieht. Dann streckt sie ihre Beine, die längst vor Anstrengung zittern, endlich mal aus, steht wieder auf eigenen Füßen, reckt mit ihm den Rücken, Gesäß an Gesäß. Spätestens bei dieser Gelegenheit müssen beide Wasser lassen; sie spreizt die Beine, falls sie ihn nicht bitten will, mit ihr in die

Hocke zu gehen. Wenn sie ihn doch darum bittet, versucht er, gleichzeitig zu koten, sonst muß man nachher noch mal in die Hocke. So sind sie gezwungen, sich bei jedem Vorgang aufeinander abzustimmen, alles gemeinsam zu tun, auch wenn sie es lieber allein täten. Offensichtlich sind diese Konsequenzen vorgesehen, um ihnen bewußt zu machen, was eine Paarbildung ist.

Ihm einmal im Leben die kalte Schulter zeigen! Ihm einmal im Leben den Rücken zudrehen! Einmal im Leben von ihm weggehen, die Tür zuschlagend! Die anderen wissen kaum, wie gut sie es haben: sie können kalte Schultern zeigen, können Rücken zudrehen, können Türen hinter sich zuschlagen, und zwar definitiv. Nutzt man das genügend aus? Viele Paare zeigen sich kalte Schultern, drehen sich Rücken zu, schlagen Türen, und kommen doch nicht voneinander los. Immer heftiger müssen sie die Tür schlagen, um noch Eindruck zu machen – dann öffnen sie die Tür doch wieder, kommen zurück, bleiben ein Paar. Da wäre ich entschiedener: die kalte Schulter zeigen, den Rücken zudrehen, weggehen, die Tür zuschlagen, fest zuschlagen, dröhnend zuschlagen, für immer zuschlagen.

Vier Mann jeweils auf einer Bank, an einem Ruder. Vier Männer, die nebeneinander zur gleichen Zeit essen, trinken, schlafen, rudern. Vier Männer, die sich wie ein Körper bewegen, wie ein Körper behandelt werden. Nur wenn einer dieser Körper draufgeht, Krankheit oder Erschöpfung oder Mißhandlung durch einen Aufseher, nur dann wird er abgetrennt, fliegt über Bord, ausgemergelt, eingekrümmt, Nahrung für miese Fischsorten.

Natürlich wollten wir soviel wie möglich lesen über die Galeerensklaven; dem Verfasser war aber jeder Anlaß recht, um möglichst schnell vom Ruderdeck nach oben zu kommen, in die Kapitänskajüte, vor allem in die Kajüte des Ersten Offiziers: dieser aufgeschwemmte Schönling hielt es nämlich mit jungen Männern, »Jünglinge« genannt, und da genügte ihm nicht bloß einer, er brauchte durchschnittlich deren zwei; zum Beispiel, wenn er die sogenannte Toilettenpeitsche benutzte, offensichtlich ein römischer Damenartikel.

Wir sahen ein, daß solche Einzelheiten der Charakterisierung des Offiziers dienten, aber man hätte mindestens so ausführlich das Leben unter Deck beschreiben müssen, denn hier entschied sich die Karriere dieses protegierten Offiziers. Achtzehn Tage nach Verlassen des römischen Heimathafens bat er, eine römische Außenstellung im Tyrrhenischen Meer anzulaufen, dort residierte einer seiner Protektoren; der Kapitän hingegen wollte nicht dahin, so gab es dauernd Reibereien, Streitereien. Durch verschiedene Tricks versuchte der Offizier den Kapitän zu zwingen, diese Außenbasis anzulaufen: beispielsweise wollte er Trinkwasser aussickern lassen, dadurch eine Auffrischung des Trinkwasserbestands notwendig machen. Dann aber nahm er sich vor, den Bestand an Ruderern so stark zu lichten, daß eine Zwischenlandung unumgänglich wurde; er gab hierzu übelste Anweisungen an den Deckaufseher, dem er Beförderung versprach: so wurde unter den Ruderern geaast. Das wurde freilich nur allgemein erwähnt, nicht genauer beschrieben: der Leser durfte jeweils bloß kurz die Nase unter Deck stecken, Schweiß, Urin, Fäkalien riechen, dazu eine Spur Lauch und Zwiebeln, wegen der Vitaminversorgung, die insgesamt natürlich äußerst mangelhaft war, Zahnfleischbluten war normal. Im Halbdunkel sah der Leser nur eben, wie der Aufseher im Mittelgang mit der Peitsche auf und ab lief, man hörte ihn mit heiserer Stimme den Rudertakt schreien, und schon gings wieder rauf, zum nächsten üppigen Essen, zur nächsten Auseinandersetzung, zur nächsten Schwanzleckerei, Arschfickerei. Höchstens am nächsten Morgen wieder ein kurzer Blick ins Ruderdeck, wo alle nach dem Wecken die Notdurft verrichteten, verstärkter Gestank in der Kapitänskajüte durch Brettritzen, Bodenfugen, in der Kajüte des Offiziers hingegen roch man nichts davon, so stark war sie parfümiert: hier schlief der Offizier lang in den Morgen hinein, was für Seemänner gar nicht üblich ist, auch nicht für römische.

Viel interessanter, viel bedeutsamer hätten wir hingegen eine genaue Beschreibung der Beziehungen zwischen jeweils vier miteinander verketteten Galeerensklaven gefunden. Wie ist das, wenn man fünf, zehn oder zwanzig Jahre aneinandergeschmiedet bleibt? Denn nach Erreichen des jeweiligen Zielorts durften die Ruderer zwar das

Schiff verlassen, wurden aber wegen Fluchtgefahr nicht voneinander gelöst, lagen und saßen aneinandergekettet in Höhlen. Wie ist das, fragten wir uns, wenn man jahrelang im gleichen Takt mit angeketteten Körpern rechts und links rudert? Wie ist das, wenn man an einen Nebenmann gekettet ist, jahrelang, jahrzehntelang, dessen Ausdünstungen Übelkeit erregen, oder er hat die Krätze, hat Schwären, die eitern, selten verheilen?

Den Verfasser freilich interessierten mehr die Konfigurationen nackter Männerkörper, die Zusammenstellungen großer Menus, der Wortlaut dramatischer Auseinandersetzungen: kurz, ihm schienen allein die Vorgänge auf Deck, in den Kajüten wichtig – eine völlig falsche Perspektive!

Die Stewardessen klappen Kunststoffplatten von den Rückenlehnen, jeder bekommt zuerst eine Tasse Schildkrötensuppe, am Untertassenrand Salzgebäck. Wir beugen uns vor, schniefen den Duft ein, nicken uns zu, beginnen zu löffeln: es gluckst rasch in unsere Mägen. Schwieriger ist es beim Fleisch danach: zartes Hühnerfleisch wird in unseren Mundhöhlen zäh und teigig, das Roastbeef klemmt Fasern zwischen die Zähne – da heißt es viel Mineralwasser trinken: wir dürfen nicht auffallen durch nervöse Appetitlosigkeit.

Es ist nun stiller in der Kabine. Der Sofortschläfer schläft nicht mehr, er ißt mit. Sicher meinen alle hier, dies sei das Lunch vor der Ankunft in London. Wir können uns eine pünktliche, reguläre Landung nur noch mit Mühe vorstellen: ganz normal in Heathrow aussteigen, pünktlich, gesättigt? Nach der Fahrt in die City das London sehen, von dem sich, wie wir gelesen haben, jeder ein anderes Bild macht? Doch in der Mitte stets die Towerbrücke, ein bißchen seitwärts der Tower mit viel Gemäuer, weiter weg der Hydepark mit unermüdlichen Rednern und Liebespaaren, und irgendwo die Börse voll schwarzer, steifer Hüte?

Essend fragen wir uns gegenseitig, ob es uns schmeckt: schon diese Frage soll eventuellen Horchern zeigen, daß es uns mundet. Wir stellen so richtig fröhliche Esser dar, die sich tüchtig vollspachteln, weil sie in gastronomischer Beziehung von London nicht viel erwarten. Am liebsten wäre uns freilich, das ganze Lunch bestünde aus mehreren Portionen Nachspeise: rutscht von selbst, wir müßten nicht nachwürgen. Mit süßer Schicht decken wir endlich zu, was die Mägen hochschieben könnten. Und freuen uns über den Kaffee, den wir schlürfen: »Schön heiß, wie? Tut gut, was?«

Nachdem wir pro Kopf und Bauch zwei Tassen getrunken haben, denken wir beide daran, daß Kaffee treibt. Ob wir vor der Aktion noch mal aufs Klo gehen, etwas später? Kaffee braucht ein bißchen, ehe er durch ist, deshalb unterhalten wir uns vorher noch ein paar Minuten. Beispielsweise über das Waffenmuseum, das wir bestimmt besichtigen würden, wenn wir nach London kämen: vor allem Hieb- und Stichwaffen früherer Jahrhunderte. Ohne uns das Stichwort zu geben, haben wir beide eine Abbildung vor Augen aus einer Reiseführer-Seitenspalte über dieses Museum: ein sogenannter Wundenmann, nur mit einem ›Eierbeutel‹ bekleidet, und er muß stehend alle Kriegsverletzungen seiner Zeit erdulden – eine schwere Keule vom rechten Bildrand her auf den Schädel, ein Stein auf die andere Schädelhälfte, ein Dolch in die Stirn über dem rechten Auge, ein Messer in den Backenknochen darunter, eine Art Eispickel in den rechten Oberarm, eine zweite Keule auf den Unterarm, eine Eisenkugel auf den Handrücken, und beim linken Arm sieht es auch nicht besser aus, da hat ein Pfeil den Bizeps durchbohrt, am Unterarm innen ein blutiger Schnitt und in den Rippen von beiden Seiten ein Schwert und eine Lanze, und ein Kurzschwert in der Bauchgrube steckend und in den Beinen ebenfalls Pfeilspitzen, Lanzenspitzen: das alles ist eindrucksvoll, für uns aber nebensächlich. Worauf wir stets schauten, war der kräftige Säbel, der an der linken Schulter, etwa am Ende des Schlüsselbeins, ins muskulöse Fleisch schneidet wie in einen Braten. Wenn wir da auch nur ein, zwei Sekunden hinschauten, setzte sich diese Klinge in säbelnde Bewegung, schnitt tiefer ein und rasch noch tiefer, schnitt, säbelte, schnitt. An so etwas können wir uns nicht satt sehen.

Weiterhin die Frage, ob wir aufs Klo gehen sollen. Wir könnten es uns natürlich nicht leisten, während der Aktion mal zu verschwinden. Aber: würde nicht ein Teil des Eindrucks genommen, wenn wir jetzt ganz normal aufs Klo gingen – eine öffentlich vorgeführte Schwäche? Andererseits: könnte dieser Auftritt die spätere Wirkung auf unsere Mitreisenden nicht ebenso verstärken, dadurch unsere Arbeit erleichtern? Außerdem: wir könnten vom Klofenster aus genau den Moment abpassen, in dem wir die Grenze zwischen Festland und Meer überfliegen. Und das kann nicht mehr lange dauern. Sollen wir, sollen wir nicht?

Wir nicken uns zu, stehen auf, gehen los. Natürlich glotzt fast alles: zwei Männer, die gleichzeitig zum Klo gehen, dabei so eigentümlich eng aneinandergepreßt, und haben sie nicht insgesamt nur zwei Arme und Hände, bei wie vielen Beinen?

Hinter verschlossener Tür schauen wir erst mal aus dem Bullauge, vorgebeugt, abgestützt: noch immer Land unter uns, Belgien. Alles sehr deutlich: die Straßen als Linien, die Häuser als Würfel, die Eisenbahngleise als Reißverschlußmuster und – zipp – die Züge. Aber vor uns, wird es dort nicht schon bläulich? Erst mal pinkeln: es drippelt nur, der Kaffee ist doch nicht so schnell durch; abschlenkern, wegstecken, zumachen. Vorbeugen, noch mal rausgucken: das Blau verdichtet sich.

Draußen wartet man gewiß auf unsere Rückkehr: man hat sich lauter über uns verständigt, die Stewardeß hat nickend die stereotype Frage beantwortet. Sicher werden wir recht unheimlich wirken: sollen wir nicht gleich mit Pistolen in beiden Händen auftreten? Aber wenn die Piloten ihre Tür verriegelt haben? Ob wir uns nicht doch erst wieder hinsetzen, und wir warten ab, bis die Stewardeß ein zweites Mal Kaffee ins Cockpit bringt – dann gleich hinterher? Wir wollen uns nicht vor verschlossener Tür blamieren. Das Schloß durchschießen wäre eindrucksvoll, aber man weiß nie, was eine Kugel sonst noch durchschlägt: rascher Druckabfall wäre auch für uns nachteilhaft. Und wenn die Piloten vor der Landung keinen Kaffee mehr trinken?

Wir schauen wieder raus: Wasserdunst, Kanalblaugrün. Nun ist alles entschieden! Wir ziehen die Pistolen, sie sind körperwarm. Wir wiegen sie in den Händen, schnuppern an den Mündungen, entsichern sie, sichern sie wieder, schauen raus und runter: nun die Grenzlinie des Kontinents, weiße Brandungsstreifen aufgereiht, scheinbar starr. Bis hierher hatten wir den Passagieren den Flug gönnen wollen, jetzt dürfen wir nicht länger warten. Den Riegel zurückdrehen, die Klinke herunterdrücken, die Tür mit zwei freien Fingern aufschieben, schräg durch die schmale Öffnung gehen, eine Pistole vorgestreckt: jetzt geht es los!

Kurz nach dem Krieg: der abgestürzte Jabo im Minengürtel. Weil keiner wußte, wo die Minen lagen, war noch niemand am Flugzeugwrack gewesen. Das hieß: in diesem nicht ausgebrannten Jagdbomber war sicher ein Funkgerät, das sich ausschlachten ließ, war ein eventuell unversehrtes Infrarotgerät, war zumindest die wertvolle Armbanduhr des Piloten, waterproof, shockproof.

Wir schauten genau zu, wie eine Gans dicht am Flugzeug vorbeilief, weil der Junge mehr auf uns geachtet hatte als auf die Gänse: jetzt, jetzt gleich, spätestens jetzt mußte das hochfliegen, Federn weiß, Daunen weich, dazu Gänsefleisch, und all die Partikel mußten in weitem Kreis zerstreut liegenbleiben wie Samen aus der Samenfachhandlung, die eine Sprengbombe getroffen hatte, und in der nächsten Saison wuchsen in der näheren Umgebung Blumenkohl und Stiefmütterchen, Wirsing und Narzissen wahllos durcheinander. Aber die Gans wurde nicht geflämmt, zerlegt, sie lief am Wrack vorbei, konnte jenseits des Minengürtels wieder eingefangen werden. Waren doch keine Minen da, oder war die Gans für die Minen zu leicht?

Wir gewöhnten uns an, mit Hunden zu spielen. Man läßt sie an einem Stock schnuppern, wirft den Stock möglichst weit weg, der Hund rennt hinterher, nimmt den Stock zwischen die Zähne, bringt ihn zurück, will ihn nicht sofort ablegen, man muß ihn zwischen den Zähnen rausziehen und gleich wieder wegwerfen, da wirbelt ein Hund Sand auf, wo Sand ist, will möglichst schnell den Stock erreichen. Als wir den Stock zum ersten Mal ins Minenfeld warfen, möglichst nah ans Flugzeug, und der Spitz hechelte hinterher, da waren wir wirklich gespannt, was in einem Hund alles drinsteckt, doch er kehrte komplett zurück, apportierte den Stock. Den warfen wir gleich wieder ins Minenfeld, diesmal in eine etwas andere Richtung, wir wollten das systematisch erproben; jedesmal aber brachte der Spitz den Stock zurück – schließlich hatten wir keine Lust mehr. War auch ein Spitz zu leicht für Minen? Einen Panzer haben, wie wir ihn auf einem Bild gesehen hatten, mit einer drehbaren Querstange etwa zwei Meter vor dem Bug, an dieser Querstange Eisenkugeln an Ketten, und der Panzer fährt los, die Stange dreht sich, die Eisenkugeln an Ketten wirbeln, schlagen, trommeln, dröhnen auf den Boden, jagen alle Minen hoch, und man kann hinter diesem Dreschflegelpanzer hergehen, in sicherem Abstand, kommt überall ran?

Wir mußten es weiter mit Hunden versuchen. Ein Schäferhund oder eine Bulldogge waren schon besser als ein Spitz, da ist mehr Druck auf den Pfoten, vor allem, wenn sie springen; so freundeten wir uns mit einer Bulldogge an. Die lief hechelnd dem Stock nach, umsprang den Stock im Minenfeld: immer blieb der Kopf dran, blieben die Beine dran, alle vier. Hatten die Erwachsenen gelogen? Wollten sie nicht, daß wir zuerst ans Flugzeug kamen, um die komplizierte Armbanduhr, womöglich eins der berühmten Infrarotgeräte sicherzustellen, mit denen man nachts klar sehen kann, selbst bei Nieselregen, Schneetreiben, Nebel? Weil sich gezeigt hatte, daß den Hunden bei ihren Sprüngen nichts passiert war, liefen wir in weiten Sprüngen zum Flugzeugwrack.

Wenn dort wirklich Minen lagen, so konnte bei dieser Gelegenheit eine der Minen hochgehen und den einen vom anderen abreißen: das wollten wir riskieren. Wohl jeder von uns sah sich übrigbleiben, und vom anderen hingen nur noch Fleischfetzen seitlich dran; die hätte ein Chirurg sauber weggeschnitten, hätte dann das bisherige Verbindungsstück zugemacht, durch Hautübertragung. Aber keine Mine ging hoch, keine einzige.

Fotografiert werden wir ja öfter, von der Presse, von wissenschaftlichen Instituten. Auf Nuancen wird hier freilich kein Wert gelegt – schon gar nicht bei Instituten: die stellen uns nackt vor eine helle Wand, nehmen uns von vorn, von hinten auf, unsere Verbindungszone jeweils in der Bildmitte. Von diesen Fotos bekommen wir keine Abzüge, so was wollen wir auch gar nicht sehen. Wir nehmen an, die Bilder werden in Archiven aufbewahrt oder in Arbeiten zur Zwillingsforschung veröffentlicht.

Um endlich mal Fotos zu haben, die man vorzeigen, weitergeben kann, sind wir zu einem Porträtfotografen gegangen. Wir wurden nacheinander ausgeleuchtet, mehrfach wurde das Stativ mit der Plattenkamera herumgeschoben. Der Fotograf erklärte uns, er werde schon bei der Aufnahme den Bildrand so setzen, daß die gemeinsame Schulterpartie an einem günstigen Punkt abgeschnitten werde. »Abgeschnitten« – der Mann gefiel uns. Eventuell, fügte er hinzu, könne er das mit Retusche auch ein bißchen abrunden. »Abrunden« – auch dieses Wort tat uns gut.

Vollends zufrieden waren wir, als wir die Fotos abholten: nur jeweils *eine* Person auf einem Bild. Natürlich dachten wir uns automatisch den anderen rechts oder links dazu, aber zu sehen war er hier nicht.

In der japanischen Nacht sitzen der Ehebrecher und die Ehebrecherin schlafend Rücken an Rücken, die Beine ausgestreckt, die Köpfe aneinandergelehnt. Wenn das Paar seitwärts kippt, wacht es auf, versucht sich wieder zu setzen, oder es schläft, auf der Seite liegend, weiter, wobei die Frau auch jetzt die Fersen an die Scheide zieht, sie zusätzlich mit der flachen Hand beschützt, weil sie an Waldameisen denkt: schon bei diesem Gedanken kribbelt es in der Scheide, beißt es mit Ameisensäure. Wenn der Mann und die Frau sich im Schlaf oder Halbschlaf drehen wollen oder recken, so reißen sie an den Fesseln und spüren deutlich den anderen, der wach wird und schimpft: auf diese Weise muß die nur für kurze Zeit geplante Gemeinsamkeit sehr konsequent weitergeführt werden.

Wochentags gegen elf, nach unserer Abendvorstellung, machen wir manchmal einen gemeinsamen Stadtbummel. Wer jetzt noch an uns vorbeigeht, hat es eilig oder schaut nicht so genau hin. Und Besoffene finden oft eine simple Lösung: »Mann, ich seh ja doppelt!«

Sehr interessiert sehen wir uns vor anderen Kinos Standbilder und Plakate an; auch kontrollieren wir die Staffelung der Eintrittspreise. Öfter bleiben wir vor Reisebüros stehen, halten Ausschau nach Plakaten, die für London werben: im Vordergrund meist ein Soldat mit buschigem Helm, goldener Kinnkette, roter Jacke; als Hintergrund Towerbrücke oder Big Ben. Gern bleiben wir auch an Schaufenstern von Kaufhäusern stehen, informieren uns über den Stand der Herrenmode, beschauen ebenso die weiblichen Figuren. Übereinstimmend ist unsere Ablehnung von »Partner-Look 70«: Mann und Frau in gleichen Kleidungsstücken, kaum noch unterscheidbar!

Zuweilen machen wir einen Abstecher in eine Kneipe, in der man uns noch nicht kennt, in der wir noch keine Runden geschmissen haben. Wir stellen uns gleich am Eingang, hinter der Windfangdecke, an die Theke, an der man sowieso meist gedrängt steht, bestellen zwei Kölsch, zwei Klare, prosten uns zu, um dem Wirt zu zeigen, daß wir zwei Personen sind, reden nach links und rechts, erweisen uns als unabhängig.

Steht ein Flipper am Eingang, spielen wir eine Partie zu fünfzig: jeder hat seinen Flipperknopf, rechts drückt rechts, links drückt links, mit der gemeinsamen Hüfte bumsen wir gegen das Gerät, um die Stahlkugeln möglichst oft an die Schlagtürme schnellen zu lassen: so treiben wir die ratternden Zahlen hoch, haben meist einen guten Schnitt. Zur Belohnung bestellen wir noch mal zwei Klare, zwei Kölsch, essen je einen Halven Hahn, reden wieder nach rechts, nach links, eingequetscht zwischen Männern am Tresen, alle Schulter an Schulter: fast fühlen wir uns da wohl.

Später gehen wir manchmal mitten auf den Fußgängerstraßen der City: kein Zischeln hinter uns, keine Zeigefinger, Fingerzeige neben uns, keine Passanten, die sich nach uns umdrehen. Oft hören wir nur unseren Doppelschritt. Der führt bei diesen Gängen stets zum Dom: Endpunkt, Wendepunkt. Wir schauen lange in die Grube, die vor dem Dom für eine Tiefgarage ausgebaggert wird. Am rechten Turm ist man noch nicht so tief gekommen wie links: man hat hier versehentlich ein Mosaik freigelegt, mußte darüber ein Zelt aufschlagen, in dem auch zu dieser Zeit Licht brennt. Zehn, zwanzig Meter weiter wurden zudem die Fundamente eines alten Hauses gefunden, römisch oder mittelalterlich: in diesem Bauabschnitt kann man also nicht baggern, wie man gerne möchte. Vor dem linken Turm hingegen gab es offensichtlich kaum archäologische Hindernisse, hier sind die Steinblöcke des Turmfundaments sehr tief freigelegt, und das gibt uns Hoffnung: Könnte sich dieses Fundament bei fehlendem Erdwiderstand nicht ausbauchen, bereits etwas gelockert durch den Bombentreffer im Krieg? Da hatte eine Sprengbombe in die Turmbasis ein hübsches Loch gerissen, man mußte eine Ziegelplombe mauern, obwohl man Steine und Mörtel damals anderswo sicher viel nötiger brauchte. Wir schauen die Fundamentblöcke eindringlich an: bröckelt noch nichts, klaffen noch keine Spalten, baucht sich das Gemäuer nicht aus? Wie gern würden wir zum Hotel Excelsior rüberrennen, uns dort unterstellen, wenn es über neugotische Zacken, Nasen, Wülste herab zu rieseln, zu stauben beginnt, wenn die Tauben hochpurren, wenn dieser saturnraketenhohe Turm sich neigt.

Dann werden die beiden in Anwesenheit des Sheriffs aneinandergeschmiedet: eine dicke Kette vom linken Handgelenk des Rechten zum rechten Handgelenk des Linken, das gleiche an den Fußgelenken. Wir beobachten kritisch die ersten Gehbewegungen der beiden: sie müssen erst einen gemeinsamen Takt finden. Beim Einsteigen in den kleinen, offenen Wagen stellen sie sich noch etwas ungeschickt an. Vorn schwingen sich Sheriff und Hilfssheriff auf den Bock, los gehts. Auf Nebenstraßen durch das nun endlich ruhige Dorf, bei anhaltendem Mondschein an immer einsameren Ranches vorbei ins Gebirge. In einem Bergtal hält der Sheriff den Wagen an, behauptet, er müsse pinkeln, stellt sich aber nicht an ein Rad, zeigt sich befremdlich schamhaft, geht zu einer Baumgruppe. Der Hilfssheriff findet das auffällig, auch pfeifen im Tal recht eigentümliche Vögel, er schlägt auf die beiden Pferde ein, bevor der Sheriff den Pinkelbaum erreicht hat: sofort die ersten Schüsse – mit Bergecho. In einer Kurve stoppt der Hilfssheriff den Wagen, springt vom Bock, rennt zu einem Felsblock, die beiden Gefangenen mit klirrenden Ketten hinterher, einer stolpert, reißt den anderen mit runter: das erscheint uns sehr realistisch. Sie robben gemeinsam zum Felsen. Jetzt erweist es sich als sinnvoll, daß der Hilfssheriff stets drei Colts mit sich führt, er wirft den beiden Gefangenen, an deren Schuld er sowieso nie geglaubt hat, zwei der Schießeisen zu und ein Säckchen Munition.

Wir haben, berufsbedingt, schon sehr viele Feuergefechte gesehen, aber noch keins, das uns so mitnahm, so mitriß, und zwar in sämtlichen Vorstellungen: wir haben dieses Programm sogar drei Tage verlängert, obwohl die Besucherzahl nicht so hoch war wie erhofft.

Der Hilfssheriff wird in diesem Feuergefecht recht bald getroffen: um so besser können wir uns auf die beiden konzentrieren, die nun wortwörtlich voneinander abhängen. In einer ersten kleinen Feuerpause versuchen sie, die Kette zu lösen, sie schlagen mit malmenden Felsstücken auf das Metall, vergebens. Daraufhin will einer die Kette zerschießen, aber der andere warnt mit Recht vor Querschlägern, auch werden sie jede Patrone brauchen.

Es folgt eine Reihe von Situationen, die den Zuschauern zeigt, und zwar drastisch, wie erschwerend es ist, wenn man sich bei jeder Bewegung mit einem Nebenmann absprechen muß, wenn man keinen Schritt, keinen Sprung allein tun kann. Gemeinsam müssen sie robben, klettern, rennen, der Munitionsbeutel an der Handkette befestigt, mit dem Lederriemen: das zeigt, wie sich die beiden auf den neuen Zustand einstellen. Solche Details verbürgen auch die Qualität eines Films: wir werden bei künftigen Bestellungen auf den Namen dieses Regisseurs achten.

Schon nach wenigen Schußwechseln deutet ein Streifschuß eine Möglichkeit an, deren Auswirkung sich unsere Besucher letztlich wohl kaum in allen Konsequenzen ausmalen können. Die beiden aber wissen, was ihnen droht: in Feuerpausen versuchen sie energisch, die Kette zu sprengen; sie schlagen sich fast die Handflächen wund mit den Steinbrocken, wobei Steinsplitter auch noch ihre Augen gefährden, Steinstaub ihre Lippen trocknet – ahnt das Publikum überhaupt, wie gut diese Szenen sind?

Lange können sich die beiden freilich nicht mit den Ketten beschäftigen: dauernd heißt es die Stellung wechseln; sie robben als Doppelkörper eine Schräge hoch, planschen durch einen Bach, kriechen durch Gestrüpp, hasten über eine Fläche, über die viele Kugeln zirpen, finden schließlich eine ziemlich sichere Stelle: kniehohe Felsbrocken ringsum. Gleich schlagen sie wieder mit Felsbrocken auf die Kette, keuchen, hauen, hacken, keuchen, hauen, hacken, keuchen, ein Stein wird von der Wucht gespalten, einer der beiden richtet sich ein Stück auf, will zu einem anderen Felsstück greifen, denkt in diesem Augenblick wohl nur an die Kette, da klatscht es an seinen Kopf, er fällt mit dem Gesicht auf den Boden. Mit trocknen Mündern schauen wir jedesmal zu, wie der andere ihm beschwörend zuruft, wie er ihn umdreht: Blut sickert aus der Schläfe. Und jetzt? Er kann nicht mit einer Leiche an den Ketten weiterlaufen, weiterkriechen, überall würde er hängenbleiben. Für unseren Geschmack wird nun der Abschied zu sentimental ausgespielt, es müßten vielmehr die harten Notwendigkeiten gezeigt werden: wie der Überlebende ein Messer zieht, dem anderen Hand- und Fußgelenk durchtrennt, Hand und Fuß aus den Kettenringen zieht, den Colt des Toten übernimmt und versucht, sich durchzuschlagen. Doch der Überlebende kommt vom Toten nicht los, drückt ihm langsam die Augen zu, wischt Blut ab und so weiter – hier scheint uns die einzige schwache Sequenz des sonst herausragenden Films.

Da stehen wir mit unseren beiden Pistolen, vorerst noch stumm. Wir hoffen, die Waffen sagen genug: auf diese Zeichen sind wohl die meisten Passagiere durch Film und Fernsehen konditioniert. Einen Kopf wenden wir dem Cockpit zu, die rechte Hand drückt die Klinke runter: die Tür geht auf! Nun wenden wir beide Gesichter zum Cockpit, heben wir beide Pistolen, stehen breit im Eingang, ein Kopf sagt: »Hände hoch!« Fast gleichzeitig sagt der zweite Kopf: »Los, die Pfoten hoch!« Und tatsächlich: sechs Hände heben sich im Cockpit. Das wär schon mal geschafft!

Wir haben diesen Augenblick sehr genau vorbereitet: mehrfach hatten wir in unserer Wohnung eine Tür geöffnet, leise, aber rasch, hatten beide Pistolen in die Öffnung gehalten, hatten mit möglichst ruhiger Stimme unseren Befehl gegeben. Für etwa eine Minute sollen die Hände oben bleiben: wir wissen, daß dabei nichts passieren kann, das Flugzeug wird vom Autopiloten gesteuert. Indem wir die cockpit crew zwingen, die Hände hochzuhalten, zeigen wir, daß wir von jetzt an über diese Hände verfügen werden.

Antwort auf die hastigen Fragen geben wir noch nicht. Auch reagieren wir nicht auf die formelle Aufforderung des Flugkapitäns, die Waffen niederzulegen, uns wieder auf unsere Plätze zu begeben. Der linke Kopf schaut kurz in die Kabine, sagt: »Ruhe bewahren, sitzen bleiben!« In der Touristenklasse der gleiche Stimmpegel wie zuvor, dort hat man also nichts gemerkt. Die Stewardessen zeigen sich noch nicht am Zwischenvorhang: werden sie auch in dieser Situation lächeln? Wir könnten sie dazu auffordern.

Wir schweigen noch einige Sekunden. Sicher ist dieses Schweigen besonders eindrucksvoll, denn andere Entführer, so liest man schon mal, sind äußerst nervös, schreien herum, fuchteln mit den Waffen. Wir aber stehen ruhig und doppelt da, eine breite Masse, an der niemand vorbeikommt, dazu zwei Pistolen: uns werden die Piloten für den Rest ihres Lebens nicht vergessen. Weil die Passagiere der ersten Klasse kusch sind, schauen wir wieder mit beiden Köpfen ins Cockpit, das technisch sehr interessant ist. Schließlich erteilen wir einen Befehl, dessen sachlichen Klang wir ebenfalls eingeübt haben: »Schalten Sie die Automatik aus!« Wir schauen dabei mit beiden Köpfen zum Mann vorne links: wir wissen also, wo der Kapitän sitzt. Wir wissen auch, wohin er jetzt greifen muß, er kann uns nichts vormachen. Und wirklich, nach kurzem Gemaule, das wir uns verbitten, schaltet er die Automatik aus, faßt den Steuerknüppel an. Bestimmt hofft nun die Mannschaft, wir würden ein Ziel angeben, das mit dieser Maschine nicht zu erreichen ist, etwa Cuba. Ja, das geht natürlich nicht, meine Herren, würden sie sagen, unsere Maschine ist nur für den europäischen Liniendienst eingerichtet und betankt! Und dann würden sie versuchen, Technik gegen uns auszuspielen. Aber wir sagen nicht Cuba, sagen nicht Iran, sagen nicht Portugal, schon gar nicht Fernost. Wir lassen das Flugzeug noch einige Meilen über den Kanal fliegen, Richtung London-Heathrow, während sich die Piloten eine Reihe möglicher Entführungsziele ausdenken, die alle nicht zutreffen, denn jetzt überraschen wir sie mit einer Zielangabe, die bestimmt keiner erraten hat: Lohausen. Der Kapitän, der sich zumindest in Paris oder Genf sah, fragt zurück: »Lohausen?« Sofort sagt der zweite Kopf: »Ja, ganz richtig, Düsseldorf-Lohausen.« Eine Finte, denn wir wollen nicht nach Lohausen, sondern nach Köln / Bonn. Aber das werden wir dem Flugkapitän erst hinter Antwerpen mitteilen; falls er eine codierte Message durchgibt, kann man in Lohausen ruhig Vorbereitungen treffen – unser Schwenk nach Südosten wird alle anlaufenden Maßnahmen überflüssig machen.

Die Mannschaft ist verwirrt: von Westdeutschland zurück nach Westdeutschland? Wir wiederholen unser Reiseziel nicht, sagen nur: »Fliegen Sie die Wende!« Der linke Kopf schaut rasch noch mal zurück: die Passagiere glotzen, keiner mehr liest Zeitung, der Mann mit der Augenmaske schläft allerdings wieder – den werden wir schon noch wach kriegen!

Wir schauen nun mit beiden Gesichtern ins Cockpit, sagen knapp und diesmal gleichzeitig: »Los, den Wendebogen!« Mit beiden Pistolen zeigen wir die Wendeschleife nach links an: wenn die ausgeführt wird, ist dieses Flugzeug wirklich unser Flugzeug. Und tatsächlich, der Pilot betätigt das Seitenruder, die Maschine fliegt eine sanfte, weite Schleife über dem Ärmelkanal, dessen diesiges Blau wir backbord durch das Seitenfenster sehen. Nun merkt man wohl auch in der Touristenklasse, daß etwas los ist; gleich wird eine Stewardeß nach vorn kommen, oder sie ruft an. Schon schnarrt es im Cockpit. »Nicht abheben«, sagen wir, »die sollen herkommen.«

Ein Kopf dreht sich nach hinten, zugleich richtet sich eine Pistole auf den Vorhang, durch den ein bis zwei Stewardessen kommen werden. Der Flugkapitän leitet wieder Verhandlungen ein, wie zu erwarten, weist auf seine Verantwortung hin. Wir bestätigen ihm erneut, daß er von jetzt an lediglich unseren Anweisungen zu folgen habe. Auf diesen Ton hören deutsche Piloten. Dann der Versuch, uns technisch reinzulegen: er behauptet, er könne ohne Freigabe Düsseldorf nicht anfliegen, müsse Kontakt aufnehmen mit der Flugsicherung. Auf solche Spielchen sind wir vorbereitet: wir haben zu Hause an vielen Abenden in Frage und Antwort die wahrscheinlichsten Möglichkeiten durchgespielt, haben deshalb gleich die passende Antwort: »Sie fliegen off airway, da brauchen Sie keine clearance.« Jetzt wird er hoffentlich staunen, denn wir benutzen hier Original-Piloten-Fachausdrücke. »German is no language for aviation«, haben wir als Zitat in einem Fachbuch gelesen; also bringen wir die Fachausdrücke im Englisch, das in der Luftfahrt üblich ist.

Nach kurzer Bedenkpause will uns der Kapitän erneut testen: »Soll ich etwa nach Karte fliegen?« Wir sprechen jeweils abwechselnd, um zu zeigen, daß beide Köpfe gleich gut informiert sind: »Fliegen Sie so gern manuell?« Wieder ein richtiger Ausdruck plaziert, ausnahmsweise nicht englisch. Um das Spiel ein bißchen abzukürzen, sagt der andere Kopf: »Nun stellen Sie schon Ihre Automatik ein!« Jetzt versucht es der Kapitän mit einem ganz plumpen Trick. »Das ist nur innerhalb des airway möglich.« Da werden wir aber deutlich: »Machen Sie keine überflüssigen Bemerkungen, fliegen Sie Ihr Funkfeuer an!« Und der andere Kopf fügt hinzu: »Los, Frequenz einstellen, Identifikation durchführen, Werte setzen!« Derart exakten Anweisungen läßt sich kaum widersprechen – die Crew beginnt stumm zu arbeiten, hat jetzt auch viel zu tun.

Inzwischen stehen die beiden Stewardessen in der Kabine; sie hatten also Gelegenheit, unsere fachmännischen Anweisungen zu hören, das wird auch bei ihnen den nötigen Respekt schaffen. Eine der beiden winken wir auf unseren freigewordenen Sitz, die andere erhält einen Auftrag: »Sagen Sie als public address der Touristenklasse durch, daß wir einer massiven Störungsfront ausweichen müssen, ein Hurrikanausläufer der Biskaya.« Sie schiebt sich mit eingezogenem Bauch an uns vorbei, berührt trotzdem mit dem Bekken nacheinander unsere beiden Glieder, vielleicht macht sie das noch gefügiger. Sie schaut zum Flugkapitän, der nickt ihr zu; nun bittet sie die Passagiere um Verständnis für die Kursänderung, nennt den Grund, den wir vorgesagt haben. Der Hinweis auf die Biskaya erscheint uns gut, der Biskaya traut man in dieser Beziehung manches zu, das klingt authentisch. Nach der deutschen Durchsage schaltet sie, verstört, wie sie ist, das Mikrophon ab. »Und?« fragen wir. »Wie, und?« fragt sie zurück. »Bringen Sie Durchsagen sonst auch immer einsprachig?« fragt der andere Kopf, weil sich diese Technik als sehr wirksam erwiesen hat. Sie schaut wieder zum Kapitän, der nickt noch mal. »Müssen wir Ihnen mit ein paar Vokabeln aushelfen?« fragen wir galant. Wir haben diese Wörter nachgesehen, auswendig gelernt: im einen Kopf sonst nur die englischen, im anderen die französischen. Die Stewardeß kommt einmal ins Stocken, zweimal ins Schwimmen, wir schütteln nach Beendigung der Durchsage beide Köpfe, gegenläufig, da fängt sie an zu heulen. Mit Recht sagt der Kapitän, sie möge das unterlassen. Nun schluchzt sie. Die linke Pistole dirigiert sie zu unseren Sitzen, dieselbe Pistole winkt die andere Stewardeß heran.

Um den Eindruck zu verstärken, sprechen wir jetzt mit beiden Köpfen gleichzeitig. Dem Flugkapitän, der wie gewohnt einen position report durchgeben will, sagt der rechte Kopf in knappem Englisch: »Omit position report.« Derselbe Kopf fügt hinzu: »Die FS wird schon auf dem scope sehen, daß der Flug nicht planmäßig verläuft.« Zur Stewardeß sagt der linke Kopf, sie soll sechs Lunchs bringen, und zwar umgehend. Falls die Verhandlungen sich auf dem Flughafen länger hinziehen, haben wir Speise und Trank griffbereit, sind nicht darauf angewiesen, daß man uns etwas bringt, das vielleicht chemisch behandelt wurde. Die andere Stewardeß hat aufgehört zu flennen, sie fragt sich wohl staunend, ob wir tatsächlich essen und trinken werden, in aller Ruhe.

Inzwischen sind wir wieder über Belgien. Wir schauen prüfend auf den Kompaß: die befohlene Richtung wird eingehalten. Flugkapitän und Kopilot haben alles aufgesagt, was man ihnen für diesen Fall beigebracht hat, mehr fällt ihnen nicht ein. Sie kontrollieren die Instrumente, schauen auf Belgien runter, machen Markierungen auf der Flugkarte. Wir können die Pistolen senken.

Was mach ich nur, wenn er anfängt zu schnarchen? Das schnarrt, röchelt schon genug neben mir: etwas veränderte Atemführung, und daraus wird Schnarchen, garantiert! Und gegen Schnarchen ist man schutzlos. Zum Beispiel hat es keinen Sinn, einen Schnarcher anzustupsen: der schnappt, schluckt, schnauft, dreht den Kopf zur Seite, schnarcht weiter. Neben einem Schnarcher schlafen heißt später einschlafen, öfter wach werden, früher aufwachen. Wenn man das einem Schnarcher sagt, fühlt er sich auch noch als der Stärkere.

Dieses Rasseln, Fiepen – ob er was an den Bronchien hat, in den Lungen? Bestimmt sind alle Schleimhäute durch sein verdammtes Zigarettenrauchen aufgerauht. Soll doch (wie ich) Zigarillos rauchen, da wird nichts inhaliert. Er aber saugt den Rauch bis in die fernsten Lungenwinkel! Wieviel Teer und sonstigen Unrat hat er mittlerweile in seinen Lungen abgelagert? Bei einem starken Raucher sind es im Verlauf des Lebens bis zu dreißig Pfund, hab ich kürzlich gelesen. Ich habe ihm den Artikel gleich vorgehalten, alles dick unterstrichen – aber das hat ihm höchstens vier, fünf Zigaretten verschlagen, mehr nicht. Und selbst wenn es bei ihm nur zwanzig oder fünfzehn Pfund Teer sind – muß ich alles mit rumschleppen, zusätzlich!

Wirklich, es hört sich nicht gut an: zu viele Nebengeräusche. Das schnurrt, schlackert, fiepende Obertöne. Einmal im eigenen Zimmer schlafen, nur den eigenen Atem hören! Und keinen Atem hören, wenn man die Luft anhält. Und raschen Atem nur hören, wenn man selbst rasch atmet. Aber dauernd sein Atem neben mir, im Stehen, Gehen, Sitzen, Liegen. Atemzug nach Atemzug nach Atemzug, jahrelang, jahrzehntelang sein Atem, dauernd sein Atem, mit jedem Atemzug neu sein Atem, und jetzt auch noch rasselnd, schnarrend, zischend, fiepend. Oder sind meine Ohren empfindlicher geworden?

Nein, er atmet wirklich sehr laut. Atmet aufwendiger, aufgeblähter. Ihm die Nase zupitschen, damit das wieder schrumpft? Aber dann wird er wach, muß aufs Klo. Fast jeden Abend trinkt er zuviel Kölsch, und ich muß mit ihm raus. »Nun sauf nicht so viel«, sag ich ihm, wenn er in unserer Stammkneipe noch ein Glas bestellt oder hier in der Wohnung noch eine Flasche öffnet, aber er hört nicht drauf. Kann ich ihm Glas oder Flasche aus der Hand schlagen? Außerdem trink ich selbst gern Bier. Nur soll er das so dosieren, daß er bis zum Morgen durchhält. Aber: »Ich muß mal!« ruft er, und tippt mich so lange an, bis ich wach bin: »Ich muß mal eben!« Einmal sagen können: »Ja, dann verschwinde doch!« und sich auf die Seite drehen, wahlweise rechts oder links, während er hinaustapert. Aber ich muß mit ihm raus, jedesmal, erbarmungslos jedesmal, da nützt alles Schimpfen nichts. »Wenn du nicht mitkommst, piß ich ins Bett.« Also geh ich mit ihm zum Klo. Da schiffe ich dann auch. »Siehst du«, sagt er gleich, »du mußt ja selber!« »Ich muß gar nicht«, sage ich, »aber soll ich hier so lang untätig rumstehn?« »Ach was, du mußt genauso schiffen wie ich, du hast ja auch Bier getrunken!« »Sicher hab ich Bier getrunken, aber nicht so viel!« Und tatsächlich läßt er nachts im Durchschnitt eine größere Portion Wasser ab, darauf achte ich genau.

Atmet ein, atmet aus, seine Atemzüge, atmet ein, atmet aus, sein

Atemgeräusch, atmet ein, atmet aus: dauernd atme ich seine verbrauchte Luft mit ein und mit ihr seine Viren, Bazillen, Bakterien. Kaum eine Grippe bei ihm, die mich nicht in Mitleidenschaft zieht: zieht mich einfach rein in die Schlappheit, in das Fieber der verdammten rheinischen Grippe – und er ist reichlich anfällig für Grippeviren! Wahrscheinlich, weil der Zigarettenrauch, weil seine rauhen Atemzüge sämtliche Schleimhäute schrundig gemacht haben, und in diesen Rissen und Spalten setzen sich Grippekeime sofort fest, bilden Grippekulturen, wuchern rasch, legen ihn flach. Wenn er sagt: »Ich hab heut so komisches Kopfweh, so einen Druck im Schädel«, da weiß ich gleich: morgen oder übermorgen muß ich mit ins Bett. Ich fühle mich gebunden.

Das ist selbst ohne Grippe schlimm genug. Wenn er bereits morgens herummault, kann ich mich noch so fröhlich aufputschen – bald verbitte ich mir maulend seine Maulerei, schon ist die gute Laune futsch! Und wenn er im Kino lacht, kann ich noch so müde oder wurschtig sein, das Lachen überträgt sich, von Lunge zu Lunge, von Zwerchfell zu Zwerchfell. Wenn er aufgeregt ist, wird auch mein Herzschlag beschleunigt, meine Handfläche feucht. Wenn er sich Sorgen macht, kann ich nicht pfeifen. Wenn er trinkt, wird mir die Kehle trocken. Wenn er ißt, wird mir die Zunge lang. Wenn er gähnt, werde ich müde. Wenn er furzt, sitz ich in seinem Gestank.

Das alles wird mit dem Alter nicht besser. Aus dem Scharren, Schnarren, dem Röcheln und Fiepen wird Schnarchen, garantiert. Und die Anfälligkeit für Grippe im Frühling und Herbst nimmt zu: immer schrundiger die Schleimhäute! Und wenn schließlich Bettlägerigkeit eintritt, Altersschwäche, die bekannte Altersschwäche? Kann ich ihn da noch mitschleppen, seine Füße nachschleifend, sein Arm pendelnd, sein Kinn am Brustbein?

Könnte ich nicht Selbstmord begehen, mit Schlaftabletten, mit einer Papierschere ins Herz, oder die Pistolenmündung an die Schläfe gesetzt, in den Mund geschoben? Darauf weise ich ihn hin, das mache ich ihm bewußt, von Zeit zu Zeit, besonders im Frühjahr. Natürlich will er das nicht wahrhaben, nicht ernst nehmen. Dann zähle ich sachlich meine Motive auf. Erstens ist Frühling, sage ich, und im Frühjahr ist die Selbstmordquote nachgewiesenermaßen am höchsten – deshalb künde ich meine Selbstmordabsicht auch stets Ende April, Anfang Mai an. Weiter: mehr Männer als Frauen beenden ihr Leben gewaltsam – und ich bin ein Mann, und als Mann Manns genug, einen männlich gefaßten Entschluß auszuführen, nachts zum Beispiel. Weiter: mehr Gebildete als Ungebildete begehen Selbstmord – und wir gehören wohl eher zu den Gebildeten, oder nicht? Weiter: mehr Städter als Landbewohner sind Selbstmörder – und Köln ist eine Stadt. Weiter: es sind eher ältere als junge Leute, die sich umbringen – da stehen wir auf der Kippe.

Natürlich könnte ich Selbstmord begehen, indem ich ihn umbringe: in diesem Moment aber wäre der Grund für den Selbstmord ausgelöscht, und doch würde er mich nach kurzer Zeit in seinen Tod hineinziehen. Das möchte ich aber nicht erleben, wie Kälte vom anderen Körper herüberwächst, also mache ich lieber selbst den Anfang. Daß ich diese Möglichkeit habe, beweist, daß ich frei bin!

Dem unrasierten Mann und der unfrisierten Frau sehen Bewohner japanischer Dörfer an, daß dieses Paar schon weit vom Ort entfernt ist, in dem es Ehebruch begangen hat: jetzt darf man den beiden schon mal eine Schale Reis geben oder etwas Birnensaft, da sind sie ganz gierig. Bleiben können sie freilich nicht, wo sie Freundlichkeit erfahren, höchstens für eine Nacht dürfen sie auf der Bastmatte schlafen, die man ihnen hinter ein Haus legt, unter ein Blätterdach. Da kann es allerdings geschehen, daß Männer der Umgebung das Paar im Schlaf überraschen: sie nehmen die Frau, die Rücken an Rücken mit dem Mann liegt, der Reihe nach. Gewiß sagen sie sich, daß es darauf nun nicht mehr ankommt. Natürlich verläßt das Paar nach solch einem Überfall sofort die Ortschaft, ehe weitere Männer kommen. Während er sie trägt, tropft es aus ihr raus.

Wenn wir nach Beginn des Hauptfilms für eine gute Stunde in die Wohnung gegangen sind, weil es dort bequemer ist, schauen wir als erstes zu ›unserem‹ Fenster in der Häuserzeile gegenüber: an jedem Herbst- oder Winterabend ist Licht im Wohnzimmer des dritten

Stocks. Mit beiden Ferngläsern sehen wir die Frau und den Mann vor dem TV-Gerät. Oder sie lesen Zeitung. Manchmal haben sie Besuch; meist ein Ehepaar, das wir auch längst kennen. Nach der Abendvorstellung das gleiche Bild: sie sehen fern, lesen Zeitung, plaudern mit dem befreundeten Ehepaar. Solange wir dies schon beobachten, und das ist mindestens ein Jahr: sie sind zu Hause, Abend für Abend für Abend.

Wir zogen in unserer Stammkneipe Erkundigungen ein: er ist Dekorateur. Wir schauten von außen sein Geschäft an: viele Stoffrollen stehen senkrecht im sehr engen Laden; in der sicher gleichfalls kleinen Werkstatt arbeitet er mit nur einem Gehilfen. Abends gegen halb sieben geht er ohne Umweg nach Hause: das haben wir beobachtet, vom Wagen aus, wie Kripobeamte. Die beiden Kinder (drei und anderthalb Jahre alt) werden von ihm noch ein bißchen rumgeschwenkt, müssen aber bald ins Bett. Danach essen die Eltern in der Küche: leider haben wir dort keinen Einblick. Gegen halb acht erscheinen sie im Wohnzimmer. Erst gegen halb zwölf gehen sie ins Bett. Viel Geschlechtsverkehr kann es nicht geben, wenn sie morgens um sieben aufstehen, und man setzt ein durchschnittliches Schlafbedürfnis von sieben bis acht Stunden bei einem Erwachsenen voraus.

Dieser Mann erschien uns als exemplarisches Opfer einer Gesellschaftsordnung, die Paare zwingt, bis zur jeweiligen Selbstzerstörung beisammenzubleiben, ungünstigstenfalls lebenslänglich. Immerhin, es gibt Zeichen, die Hoffnung wecken. So hatten wir mit Vergnügen eine Zeitungsnotiz gelesen (und selbstverständlich ausgeschnitten), nach der ein Ehepaar in Los Angeles an Freunde und Bekannte eine Drucksache mit folgendem Text verschickte: »Mr. and Mrs. Alexander Goodman beehren sich, die Scheidung ihrer Tochter Barbara Jane von Ronald Melvin anno domini 1970 anzuzeigen.« Darauf bekam diese Tochter tatsächlich Scheidungsgeschenke, man bat sie um Verabredungen, »dates«. Wenn sich einmal durchsetzt, daß eine Scheidung mit den öffentlichen Lustbarkeiten gefeiert wird, mit denen bisher perverserweise Hochzeiten gefeiert wurden, so hat sich unsere Gesellschaft positiv verändert.

Sonst bewegen sie sich in Werbefilmen vorwiegend paarweise: schlendern paarweise durch berühmte Einkaufsstraßen, durch gepflegte Landschaften und rauchen; sitzen paarweise an Cafétischen, an Swimmingpools, auf Schiffen und trinken; hängen paarweise aneinander in Spots über Rasierwasser, Gesichtswasser – Paarbildungen, Paarbildungen!

Dagegen der Surfer: breitbeinig das helle, stromlinienförmige Brett ausbalancierend, die braunen, meernassen Arme gewichtausgleichend gestreckt, eingewinkelt, so schwebt er mutterseelenallein an der meterhohen, blaugrünen, oben kristallweiß stäubenden Wasserwölbung entlang, bis sie bricht und der Mann in nichts als weißem Wasserschaum schwimmt, glücklich winkend: aufkopiert der Name der neuen Körperlotion.

Dies ist der einzige Werbespot, den wir nicht oft genug sehen können. Während wir im Foyer Karten einreißen, Gäste begrüßen, nickend oder namentlich, horchen wir auf die Musik: sobald wir die fröhliche Marschmusik des Werbespots davor hören, gehen wir rasch durch den Gang, stellen uns am Saaleingang auf, schauen zur Leinwand, hoffen, daß in diesen kostbaren Sekunden kein Besucher kommt, dem wir die Karte entwerten müssen, bestaunen die wirklich sehr hohe Brandungswelle, sehen vom rechten Bildrand her, wie erwartet, den kräftigen, braunen Mann in der schwarzen Badehose auf dem Brett heransausen, schräg abwärts entlang der blaugrünen, oben kristallweiß stäubenden Wasserhöhlung, breitbeinig das helle, stromlinienförmige Brett balancierend, die braunen, meernassen Arme gewichtausgleichend gestreckt, eingewinkelt, bis er schließlich in nichts als weißem Wasserschaum schwimmt, glücklich winkend. Wir wollen ihn immer wieder sehen, diesen Mann, der jedesmal beim selben Musiktakt am rechten Bildrand hervorschnellt, allein auf seinem hellen, stromlinienförmigen Gleitbrett an der Brandungswelle entlang, breitbeinig balancierend, die braunen, meernassen Arme gewichtausgleichend gestreckt, eingewinkelt: so schwebt er an der blaugrünen, oben kristallweiß stäubenden Wasser-Einhöhlung entlang, bis sie bricht, und er schwimmt in nichts als weißem Schaum, glücklich winkend.

Pilot und Kopilot schauen durch Frontfenster und Seitenfenster: außerhalb des airway können Militärmaschinen fliegen, es besteht eventuell Kollisionsgefahr. Der F/E geht eine Check-Liste durch. Die beiden Stewardessen sitzen auf unseren Plätzen, mucksen nicht. Die Passagiere vor uns flüstern höchstens. Nur in der Touristenklasse der gewohnte Stimmpegel, dort glaubt man noch an den Hurrikanausläufer. So glatt und ruhig hatten wir uns den Rückflug nicht vorgestellt. Sollte man nicht ein bißchen Dynamik reinbringen? Schließlich sind wir Herren über 20000 Kilopond: wie wärs zum Beispiel mit einem Schwenk nach Paris? Und über der Stadt ziehen wir einige Schleifen, jeder darf mal auf den Eiffelturm hinabschauen? Danach vielleicht ein kleiner Schlenker nach Versailles: das Schloß, die Blumenmuster? Anschließend eventuell noch ein Blick auf Fontainebleau? Gerade in den Schleifen, in den Wenden würden wir spüren, daß dieses Flugzeug unser Flugzeug ist. Zur Zeit aber könnte man hier im Cockpit eine Münze so senkrecht aufstellen, wie das seinerzeit bei Einführung der Düsenklipper von der Werbung demonstriert wurde.

Unter uns Belgien; bald muß sich Ardennengrün zeigen. Über uns etwas Zirrus. Wir haben keinen Hunger, keinen Durst, keinen Blasendrang. Wir schauen uns an den Instrumenten satt.

Sobald wir steuerbord hügliges Grün sehen, weit hinaus zum Horizont, geben wir eine Anweisung, die unsere Crew natürlich überrascht: »Und jetzt fliegen Sie Köln/Bonn an!« Keine Erklärung, nur die Anordnung. Der Flugkapitän versucht noch mal, mit uns anzubändeln: Er könne nicht plötzlich Köln/Bonn anfliegen, die Automatik sei auf Düsseldorf eingestellt. Da sagen wir nur: »Die Automatik steuert das Ziel an, das Sie einstellen, und das ist jetzt KBO!« Daß wir sogar die Chiffre kennen für das Funkfeuer, wird ihn wohl endgültig entmutigen. Der Kopilot sucht auch schon die Landekarte Köln/Bonn heraus, steckt sie in den Rahmen. Der Pilot vollzieht den befohlenen Kurswechsel. Fachgerecht erteilen wir gleich danach die Anweisung: »Request descent clearance.« Der Kapitän nimmt sofort mit der Bodenleitstelle Kontakt auf, leitet den Abstieg ein. Bald sehen wir die Autobahn Lüttich–Aachen–Köln. Wir fliegen an Aachen vorbei, etliche Atemzüge später die linksrheinische Kreisstadt Düren, steuerbord Ausläufer der Eifel. Gleich werden wir, stetig absinkend, den Rhein sehen.

Schon als Jungen hatte mich das fasziniert: wie man Schildkröten schlachtet. Man steckt eine Eisenstange in die Herdglut, läßt die Stange vorn rotglühend werden, drückt sie auf den Rückenschild der Schildkröte, die erst mal Kopf und Füße einzieht, aber rasch wird ihr zu heiß unter dem Panzer, sie schiebt Kopf und Füße wieder raus, man nimmt das bereitgelegte Küchenmesser, schneidet zackzackzackzack die Füße, zopp den Kopf ab. Oder: man hängt die Schildkröte in der Küche auf, beispielsweise an einem Regal, bindet ihr mit dünner Schnur ein Küchengewicht an den Hals, das kann ein Pfundgewicht, darf auch ein Kilogewicht sein, mit diesem Gewicht pendelt der Kopf, pendelt die Schildkröte, der Hals erreicht bald die gewünschte Länge, die vier Beine strecken sich aus dem Panzer hervor, staksen in die Luft, weil die Schildkröte Widerstand sucht: so läßt sich in aller Ruhe überlegen, während Kilogewicht, Kopf, Schildkröte pendeln, was man zuerst abschneidet, Vorderfüße, Hinterfüße oder Kopf: dabei reißt das Gewicht den abgeschnittenen Kopf hinab. Nun läßt man die Schildkröte ausbluten und macht Schildkrötensuppe.

Ohne ihn wäre ich Koch geworden. Ein Koch, der berühmt wird für seine Schildkrötensuppen, klar oder überbacken. Ein Koch, der, wenn er berühmt ist für seine Schildkrötensuppen, viele Schildkröten schlachten muß, eigenhändig. Ich überließe es meinen Gehilfen nur, die Schildkröten dem Gewicht nach an einer Stange aufzuhängen, bände dann persönlich den Schildkröten Küchenwaagengewichte an die Hälse: die größte bekäme das Kilogewicht, die nächste das Pfundgewicht, die folgende das Zweihundertfünfziggrammgewicht, und so fort. Dann setzte ich das Messer an bei der kleinsten Schildkröte oder bei der größten, schnitte zuerst die rechten Vorderfüße ab oder begänne hinten links. Jedenfalls würde ich mit System arbeiten; das dachte ich mir als Kind schon so aus.

Ich möchte ihm manchmal ein paar in die Fresse schlagen, daß es nur so knirscht! Nur würde jeder gut plazierte Schlag Folgen auch für mich selbst haben. Angenommen, er trägt Zahnschäden davon: da muß ich unausweichlich mit zum Zahnarzt. Und wie es dort zugeht, wissen wir mittlerweile! Erst mal passen wir nicht in den Behandlungsstuhl, es werden zwei Stühle für uns aufgestellt, nebeneinander, dicht an der Apparatur. Und dann muß der Patient den Kopf zurücklehnen ohne Stütze am Hinterkopf. Und es muß, je nachdem wer von uns dran ist, der Arzt, der es beispielsweise gewohnt ist, von rechts her zu arbeiten, nun plötzlich von links her ansetzen – unter diesen Umständen arbeitet er verständlicherweise längst nicht so geschickt, es bricht schon mal ein Stück Zahn ab, weil die Zange aus einem ungewohnten Winkel angesetzt wird, der Zahn muß vielleicht sogar in Stücke zerlegt, und die müssen einzeln extrahiert werden; selbst wenn man hier nicht persönlich den Kopf hinhalten muß, man leidet unter verstärkter Speichelbildung, hat eine verschwitzte Handfläche.

Und wenn wir bei einer Schlägerei so unglücklich stürzen, daß der untere sich ein Bein bricht? Dann muß der Partner, ob er will oder nicht, mit ins Krankenhaus, muß dort genauso lange liegen wie der andere, dessen Bein schräg hochgeschient ist im Streckverband, ein Gewicht am Drahtseil, das an einem quer durch den Knochen gebohrten Stab befestigt wird. Da kann man sich, genau wie der eigentliche Patient, wundliegen, oder man kriegt eine Lungenentzündung. Natürlich könnte man versuchen, sich fit zu halten, könnte mit den Beinen unsichtbare Pedale treten, könnte eine Hantel stemmen, könnte sich möglichst oft auf den Ellbogen stützen, damit Luft unter den Rücken kommt – aber wie leicht würde dennoch eine Lungenentzündung übertragen! Und selbst wenn man nicht angesteckt wird, sich nicht wundliegt, stets in Form bleibt – man hätte doch nichts davon: wenn der andere schließlich mit einer Krücke humpelt, kommt man selbst keinen Schritt schneller voran. Außerdem kann man in diversen deutschen Krankenhäusern damit rechnen, daß nicht mal ein Knochenbruch komplikationslos geheilt wird, manchmal müssen die schief aneinandergewachsenen Knochen wieder auseinandergebrochen werden, und zuletzt ist das Bein ein paar Zentimeter kürzer. Da wäre es für alle Zukunft aus mit dem Gleichschritt, der uns am schnellsten voranbringt.

Selbst ein Armbruch wäre schlimm genug! Da könnten wir zwar zu Hause bleiben, nachdem der Arm eingegipst wurde, aber man wäre vollständig auf den anderen angewiesen: er müßte einem die Zähne putzen, müßte einen rasieren, waschen, abtrocknen, anziehen, müßte einem den Schwanz beim Schiffen halten und den Arsch wischen: ginge das überhaupt? Er müßte einem die Kaffeetasse an den Mund heben, müßte einem die Brötchen schmieren, in den Mund stecken, müßte einem die Zeitungsseiten umblättern; nichts kann man selbst tun, wenn der eine Arm, den man hat, gebrochen ist: man hängt am anderen dran, hängt von ihm ab – wissen unsere Mitbürger überhaupt, was das ist: Abhängigkeit? Um jeden Handgriff müßte ich ihn bitten, für jeden Handgriff müßte ich ihm dankbar sein, zu nichts könnte ich ihn zwingen, er könnte mich ungewaschen, unrasiert lassen, ungefüttert, ungetränkt.

Der Mann, dem die Frau auf den Rücken gebunden ist, kann während dieser Zeit weder tagsüber noch nachts den Ehebruch wiederholen: nicht mit der raffiniertesten japanischen Liebestechnik könnte er sein Glied in die Scheide der Gesäß an Gesäß mit ihm zusammengebundenen Frau einführen. Zwar können sie, jeweils um den anderen Körper herumgreifend, die anderen Geschlechtsorgane berühren, aber japanischen Geschlechtsverkehr läßt diese ausgetüftelte Fesselung nicht zu. Wenn der Mann dennoch einmal wieder Geschlechtsverkehr haben will, so braucht er eine Frau, die er mit der auf seinen Rücken gebundenen Frau besteigt; als schmerzhaft in den Fesseln geschleuderter Rucksack merkt sie dann sehr deutlich, was Ehebruch bedeutet. Umgekehrt könnte auch diese Frau wünschen, daß man sie noch mal stößt, das wird dann auf dem Rücken des Ehebrechers ausgeführt, während sein Schwanz ins Leere zuckt; so erlebt auch er, was das ist: Ehebruch. Solche Erfahrungen sind wohl aus pädagogischen Gründen eingeplant.

Das sehen wir genauer vor uns, als die Zeitung es beschreibt: ein Mann, seit 1946 verheiratet, und zum ersten Mal verreiste seine Frau allein, ihre Mutter ein Pflegefall. Der Mann zog erst durch verschiedene Lokale, kaufte dann eine Schaufensterpuppe vom Typ der reiferen Frau. Die eingepackte Figur trug er zum Wagen, schob sie auf den Rücksitz, legte eine Decke drüber, stellte den Wagen in einem Parkhaus ab, ging ins Kino, schaffte in der Dunkelheit die Figur in seine Wohnung. Dort stellte er sie im Schlafzimmer auf, löste die Verpackung: nun war sie blank. Er öffnete den Kleiderschrank, suchte einen Hut seiner Frau aus, setzte ihn auf den kahlen Kopf, umkreiste die nackte Figur mit dem Hut, legte ihn auf dem Bett ab. Aus dem Wäschefach nahm er einen Büstenhalter, dessen Körbchen für die Brustformen zu eng waren, dessen Rückenriemen sich aber verlängern ließen. Nun legte er die Figur auf den langhaarigen Teppich vor dem Toilettenspiegel, zog einen Schlüpfer über die Standfläche hoch zur Hüfte: hing ein bißchen schlabbrig, als die Figur wieder stand. Er suchte ein Unterhemd heraus, blau mit Seidenglanz, durchbrochen in der Brustpartie, drehte der Figur die Arme hoch, zog das Trägerhemd herunter. Dann hielt er der Figur einige Sommerkleider vor, entschied sich für ein Kostüm. Wieder legte er die Figur auf den Teppich, zog ihr den Rock an, murkste den Verschluß zu, half nach mit einer Sicherheitsklammer. Der wieder aufgestellten Figur zog er die Jacke an, knöpfte sie zu. Er ging ein paarmal um die Schaufensterfigur herum, zog ihr die Jacke wieder aus, streifte ihr eine Bluse über, machte das Knöpfchen im Nacken zu, zog die Jacke wieder an, setzte den Hut auf. Er stellte sich neben sie, hakte ein, schaute in den Toilettenspiegel, nahm einen hellen Mantel vom Bügel, zog ihn ihr über, machte ihn vorn nicht zu: so konnte man Kostüm und Bluse sehen. In den zurechtgebogenen Arm hängte er eine Handtasche.

Gegen dreiundzwanzig Uhr schlug er eine Decke um die Figur, trug sie zum Lift, dann aus dem Hintereingang in seine Garage. Er bog die Gelenke zurecht, schob die Figur auf den Rücksitz, kippte sie um, legte die Decke drüber, schloß Wagen und Garage ab, fuhr wieder in die Wohnung hoch. Hier ging er mit der Steinhägerflasche umher, stieg auf das Sofa, wippte trinkend, stieg auf einen Sessel, trank wippend, stellte die Flasche mitten ins Zimmer, ließ die Lampen an, als er ins Badezimmer ging: dort berührte er weder Wasserhahn noch Zahnbürste, pinkelte ins Waschbecken, ging in die Küche, holte aus dem Kühlschrank einen Packen Wurstaufschnitt, fraß einige Scheiben Fleischwurst ohne Brot, verließ die Küche, knipste auch hier das Licht nicht aus, legte sich im Schlafzimmer quer auf beide Betten, in Hemd, Hose, Schuhen, rollte zu den Kopfkissen hoch, wieder zum Fußende hinab, wieder hoch zu den Kopfkissen, schlief ein in der hellbeleuchteten Wohnung.

Am nächsten Morgen, an dem ringsum viele Sonntagsglocken läuteten, blieb er rauchend und zeitunglesend bis halb zwölf im Bett, machte sich in der Küche drei Spiegeleier, trank vier Tassen Instant-Kaffee, schlürfte, schmatzte, furzte.

Und er fuhr zum Waldgebiet, in dem er jeden Sonntag mit seiner Frau spazierenging, hielt diesmal nicht auf dem gewohnten Parkplatz, fuhr auf einen grasbewachsenen Waldweg, zog die Figur aus dem Wagen, bog sie grade, trug sie zu einem geschotterten Wende- und Ladeplatz für Holztransporter. Dort stellte er die Figur auf die Standfläche, rückte ihren Hut zurecht, gab dem Unterarm mit Tasche den rechten Winkel. Aus dem Mantel zog er eine Flasche Reinigungsbenzin, goß ihr eine Portion auf den Hut, eine zweite Portion auf die Schultern, es lief, den Stoff eindunkelnd, die Mantelärmel hinunter, er schüttete Reinigungsbenzin auf den Mantelrücken, goß ihr ein paar Schluck in die Handtasche, ließ etwas Benzin in jede Manteltasche gluckern, schlenkerte die Flasche gegen Brust und Bauch aus, zündete ein zusammengedrehtes Zeitungspapier an, warf den Fidibus gegen die Figur, die, wuff, sofort Feuer fing. Rasch der Hut in Flammen, der Mantel in Flammen, Flammen auch aus der offenen Handtasche. Er fing an zu tanzen, lautlos, abwechselnd das rechte und das linke Bein als Sprungbein. Schon brannten Kostüm und Bluse, brannte das Unterhemd. Die fleischfarbene Gesichtsfläche überzog sich mit Blasen, verfärbte sich schwarz, Hutreste fielen brennend herab. Er tanzte im Uhrzeigersinn um die Figur, wedelte Luft zum Feuer. Schon fielen Ascheplacken vom Kostüm. Er tanzte keuchend, sonst lautlos, wollte niemanden anlocken: es stieg schon genug Qualm auf. Der Arm, an dem die brennende Tasche hing, klappte runter, weil auch das Gelenk brannte, die Tasche fiel ab. Während er weitertanzte, wurde die Puppe krumm, kippte nach vorn: brennende Arme, brennende Beine, brennende Brüste, brennende Hüften.

Als die Flammen kleiner wurden, nahm er vom Holzstapel einen armdicken Knüppel, zerschlug die brennenden Figurenteile. Bereits ausgebrannte Teile zerstampfte er in glimmende Stücke. Zuletzt öffnete er die Hose, bepißte mit schwingendem Glied den qualmenden, nun dampfenden Aschenhaufen.

Eigentlich hören wir abends nie Radio, das läßt schon unser Beruf nicht zu. Sind wir während einer Abendvorstellung zu Hause, informieren wir uns eher über das Konkurrenzangebot des Fernsehens. Doch als wir in einer Programmzeitschrift blätterten, entdeckten wir zufällig auf einer Hörfunkseite das Foto von Chirurgen bei der Arbeit; ein kurzer Begleittext wies hin auf die akustische Dokumentation einer Operation. Da schalteten wir den WDR natürlich ein. Die Sequenzen der Operation wurden stereophon übermittelt, davon merkten wir freilich nichts bei unserem alten Radio. Die Geräusche wirkten aber derart suggestiv, daß wir die Operation wie auf einem Bildschirm vor uns sahen.

Der Chirurg gab halblaut, immer nur halblaut, die Namen der Instrumente an, die man ihm reichen mußte: es schien ein überaus reiches Angebot für ihn bereitzuliegen, auf Abruf. Beispielsweise gab es da Meißel unterschiedlicher Größen und Ausführungen: die wurden richtiggehend mit einem Hammer geschlagen, das klang wie bei einem Steinmetz, nur etwas feucht. Auch wurden Bohrmaschinen eingesetzt – es handelte sich interessanterweise um eine Hüftoperation. Mit einer ähnlich sirrenden Maschine wurden Knochen gefräst: solche Geräusche waren Musik in unseren Ohren, Zukunftsmusik. Hin und wieder summte der Chirurg vor sich hin, wenn er sich so richtig wohl fühlte bei seiner Knochenarbeit: wir summten dann leise mit. Als er schließlich eine elektrische Säge einschaltete, kriegten wir fast zwei Erektionen.

Nun sind die Landeklappen ausgefahren: kleine Turbulenzen, rasch sinken wir ab. Unter uns Ausläufer von Köln, vor uns die Autobahn zum Flughafen. Wir schärfen dem Piloten ein, so früh wie möglich aufzusetzen, rasch abzubremsen, unbedingt auf der Piste zu bleiben. Wir werden mit Pistolengewalt verhindern, daß er auf einen turn-off schwenkt, auf dem taxiway zum Flughafengebäude zurückrollt: in dem Fall wären wir, dicht am Terminal, allzu direkt unter Kontrolle.

Wir setzen uns auf den vierten Sitz im Cockpit, schnallen uns nicht an, strecken sichernd alle Beine aus, richten die Pistolen auf die Crew. Schräg vor uns das Flughafengebäude, die beiden Flugsteigköpfe, einige Linienmaschinen durch Teleskopsteige angenabelt: schon neben uns, schon hinter uns. Das Aufsetzen ziemlich ruppig. »Jetzt bremsen!« rufen wir. Die Maschine ruckelt, wird tatsächlich rasch abgebremst, schon steht sie. Sofort erheben wir uns, schauen mit einem Kopf in die Kabine, mit dem anderen aufs Flugfeld: diesiges Herbstlicht, vor uns noch sehr viel Piste, das müßte für einen eventuellen Start reichen, wir bräuchten keinen U-förmigen back track zu machen. Der Kontrollturm etwa zweihundert Meter steuerbord; man wird den Anflug weiterer Flugzeuge sofort stoppen, wird sie nach Lohausen umleiten: bei Nebel geht das ja auch – wir bringen also niemanden in Gefahr. Die Maschinen, die starten sollen, müssen an den Flugsteigköpfen angedockt bleiben.

Wir lassen die Triebwerke im Stand weiterlaufen, von Tower und Flughafengebäude wird man die Abgase flirren sehen: das zeigt unsere Startbereitschaft. Mit vorgehaltener Pistole geben wir dem Flugkapitän die Erlaubnis, über Sprechfunk dem Schichtleiter im Kontrollturm Bericht zu erstatten. Er beschränkt sich auf einen knappen Report, gibt anschließend unsere erste Forderung durch: Übergabe einer Maschinenpistole mit 400 Schuß Munition, dazu ein Megaphon. Die Übergabe muß durch eine Zivilperson erfolgen, die auf den letzten 300 Metern zu Fuß kommt, selbstverständlich ohne Begleitung.

Nach dieser Durchsage müssen Pilot und Kopilot die Kopfhörer ablegen; dabei zeigt sich, daß der Kapitän rote Öhrchen bekommen hat. Auch riecht es nach Achselschweiß im Cockpit; wir lassen die beiden Seitenfenster öffnen. Über Bordmikrophon fordern wir die Passagiere auf, sitzen zu bleiben, warnen vor jeder Form der Widersätzlichkeit: Achtung, Schußwaffengebrauch!

Während der rechte Kopf das durchsagt, schaut der linke Kopf zum Tower: zwischen den grün getönten Scheiben immer mehr Silhouetten; man wird dort mit Ferngläsern unser Flugzeug beobachten. Wir zeigen uns nach der Durchsage deshalb mal kurz am rechten Fenster, Pistole in der Hand, schauen zugleich links über die Grasfläche zum Wald, in dem sich eine Überraschung vorbereiten könnte. Der linke Kopf setzt sich Kopfhörer auf, mit einem Mikrophon am Bügel, redet den Flugsicherungsbeamten an: Wir ließen starten, sobald sich der Piste ein Fahrzeug nähere, sobald sich über der Piste ein ziviles oder militärisches Flugzeug zeige. Wir machen eine kurze, sicher wirkungsvolle Pause – man wird im Tower atemlos lauschen: zum ersten Mal unsere Stimme! Im übrigen sei die erste Forderung noch nicht erfüllt! Wir legen den Kopfhörer ab.

Nun sieht unsere Maschine aus wie andere entführte Flugzeuge, die wir auf Leinwand und Bildschirm gesehen haben: weit draußen auf leerer Fläche, keiner kommt raus, keiner geht ran, es steht da, steht. Damit schafft es Bewegung, das können wir uns vorstellen. Es werden Polizeioffiziere herbeitelefoniert, herbeigefunkt, sie sausen mit Blaulicht auf der Autobahn heran, sie werden mit Hubschraubern zum früheren Abfertigungsgebäude hinter dem Tower geflogen. Mannschaftswagen der Polizei folgen, vielleicht auch ein paar Portionen Bundesgrenzschutz. Zeitungsredaktionen werden verständigt: überall klingeln Telefone, spulen Lochstreifen, rattern Fernschreiber. Im WDR Köln werden Filmkameras in einen Citroën gesteckt, Männer in speckigen Lederjacken sausen hupend zur Autobahnauffahrt. Immer höhere Repräsentanten der Lufthansa beteiligen sich an der Zielsternfahrt. Die Feuerwehr schickt schön rot lackierte Löschzüge, das Rote Kreuz schön weiße Krankenwagen, dazu einen fahrbaren Operationsstand – wer weiß, was passiert! Wenn nichts passiert, war es wenigstens eine Katastrophenübung.

Nach gut zwei Minuten fährt ein gelbschwarzer *Follow me*-Wagen vom Flughafengebäude auf den parallelen taxiway, schwenkt ab auf die Wiese. Schwer zu schätzen, wo hier die 300-Meter-Distanz erreicht ist – wir halten eine Pistole aus dem Fenster, geben einen Warnschuß ab: der Wagen stoppt sofort. Auf dem Kontrollturm, im Flughafengebäude machen sich nun alle Personen auf diesen Schuß aufmerksam: »Ein Schuß, haben Sie gehört, ein Schuß!« Auch unsere Passagiere werden rätseln, werden Befürchtungen äußern. Wir lassen uns vom Kapitän ein Fernglas geben: aus dem Wagen steigt ein Zivilist, öffnet hinten eine Tür, zieht eine Leiter hervor – die denken mit! Er trägt die Leiter heran: erstaunlich, wie viele Schritte man auf dreihundert Metern machen muß! Der Mann zögert auf Höhe der rechten Flügelspitze, wir winken ihn mit der Pistole heran; er stellt die Leiter unter dem Fenster auf, kehrt um, beginnt nach einigen Schritten zu rennen, weil wir aus dem Fenster brüllen: »Los, Beeilung!« Aus dem Wagen holt er ein Megaphon, einen Karton, eine Maschinenpistole. Den Karton klemmt er unter den Arm, das Megaphon packt er am Griff, die Waffe am Lauf: mit dem Kolben voran trägt er sie her – so ist es richtig. An der Leiter setzt er das Megaphon mit der Trichteröffnung auf die Piste, stellt vorsichtig den Karton ab, packt die Waffe in der Mitte, klettert hoch – der schwitzt aber! Wir ziehen die Maschinenpistole am Lauf herein, während linke Hand und linker Kopf cockpit und cabin unter Kontrolle halten; auch schauen wir regelmäßig zum linken Fenster hinaus, über die Grasfläche zum Waldrand.

Der Mann preßt nun den Munitionskarton an die Brust, weil er sich mit der linken Hand beim Leitersteigen festhalten muß. Das wird knifflig: eigentlich müßten wir mit beiden Händen zugreifen, aber das könnte die Mannschaft ausnutzen. Also muß die linke Hand weiterhin die Pistole halten, während die rechte Hand sich flach rausstreckt – wenn der Karton runterfiele, das wäre blamabel. Der Mann setzt, noch stärker schwitzend, den Karton auf unsrer flachen rechten Hand ab, wir ziehen den Arm zitternd rein. Der Mann klettert gleich wieder runter, holt das Megaphon, reicht es zum Fenster. Kaum haben wir es abgesetzt, sehen wir ihn wegrennen; die Leiter hat er stehen lassen. »Die Leiter!« rufen wir gleich durch das Megaphon. Das schallt ganz hübsch! Prompt kehrt der Mann um, klappt die Leiter zusammen, trägt sie im Laufschritt zum gelbschwarzen Auto, schiebt sie hinein, springt auf den Fahrersitz, fährt über die Grasfläche zum Flughafengebäude.

Währenddes öffnet die rechte Hand den Karton, die linke Hand hält weiterhin die Crew in Schach, wir nehmen ein Magazin heraus, klackernd rastet es in der Waffe ein: haben die vielleicht gehofft, wir kämen damit nicht zurecht? Um zu prüfen, ob man uns scharfe Munition ausgehändigt hat, richten wir die Waffe auf eine Begrenzungsleuchte am Pistenrand, ziehen durch bis zum Druckpunkt – das ruckt in der Armbeuge, spuckt Hülsen in das Cockpit, Markierungsglas zerscherbt. Auf dem Kontrollturm, im Flughafengebäude horcht man jetzt wieder: Ein Feuerstoß?! Wir legen die Waffe ins linke Fenster, ballern in die Grasfläche vor dem Waldrand, bis das Magazin leer ist, nehmen es ab, rasten ein volles Magazin ein, schauen wieder aus dem rechten Fenster: der *Follow me*-Wagen steht am Flughafengebäude – da muß der Fahrer bestimmt 50 Fragen auf einmal beantworten.

Rasch kontrollieren wir mit dem Fernglas noch mal den Waldrand. Wir sehen nichts Verdächtiges, stellen aber trotzdem die Maschinenpistole auf Einzelschuß, schießen zweimal ins Herbstlaub: falls sich jemand im Wald versteckt, ist er gewarnt; falls sich dort niemand aufhält, kann es nichts schaden.

In der Kabine kaum noch Geflüster. Im Cockpit weiterhin Stille: die Crew wartet nur noch darauf, daß sie rauskommt und nach allen Berichten, Verhören, Interviews ein paar Tage Sonderurlaub erhält.

Wir schauen aus dem Seitenfenster rechts: im Kontrollturm drängt es sich; am Flugsteigkopf werden Krankenwagen und Löschzüge militärisch aufgereiht; vor dem früheren Abfertigungsgebäude hinter dem Tower landet wieder mal ein Hubschrauber. Nun wird bestimmt in verschiedenen Räumen verhandelt, diskutiert – sicher auch über die Höhe unserer voraussichtlichen Geldforderung, über einen eventuellen Grenzbetrag. Wir haben lange überlegt, wie hoch wir gehen sollen. Die Zahl darf nicht zu niedrig sein, da wäre die Öffentlichkeit mit Recht enttäuscht. Die Zahl darf auch nicht so hoch sein, daß eine rasche Besorgung der (nicht durchnumerierten) Scheine erschwert wird.

Mit dem Gesamtbetrag würden wir erstens die von der Krankenkasse abgelehnte operative Trennung bezahlen, würden wir zweitens eine jeweils weltweite Individualreise mit Einzelzimmerzuschlägen finanzieren, würden wir drittens die technische Ausrüstung des *Doppelkopf-Kinos* sanieren.

Der Hauptposten ist und bleibt freilich vorgesehen für die Operation. Der von uns längst schon ausgesuchte Chirurg wird nun nicht mehr auf moralische Statements ausweichen können, das Lufthansa-Management wird ihn unter Druck setzen: Will er als Alternative womöglich eine größere Zahl von Passagieren opfern, plus Besatzungsmitglieder? Ließe sich das mit seinem hippokratischen Eid vereinbaren? Er wird sich schriftlich verpflichten müssen, die Operation termingerecht durchzuführen. Erst wenn diese Selbstverpflichtung vorliegt, wenn freier Abzug garantiert, das Geld ausgehändigt ist, erst dann werden wir uns stellen. Um Verhandlungs- und Konzessionsbereitschaft zu fördern, lassen wir zwei Minuten lang die Triebwerke durchpusten. Dafür werden uns die Männer an Kameras und Mikrophonen dankbar sein. Und es lassen sich Kommentare abgeben: Startet die Maschine? Wieviel Kerosin ist an Bord? Könnte ein ausländischer Flughafen noch erreicht werden? Oder wird man fliegen, bis der Treibstoff ausgeht, das Flugzeug abstürzt?

Mit einer Handbewegung ordnen wir an, die Triebwerke zu drosseln. Dann stülpen wir Kopfhörer mit Mikrophon über den rechten Kopf: nun werden wir unsere Forderungen durchgeben.

Die Spirale

Mit diesem Gongschlag, bei dem es 20 Uhr wurde, 20 Uhr Radiozeit, heute am 15. September 1970, mit diesem Gongschlag haben die ersten Sekunden, hat die erste Minute und damit die erste Stunde von wenigstens 140 Stunden begonnen, während der ich zu Ihnen spreche, meine Damen und Herren. Sie wissen ja, daß der gegenwärtige Weltrekord im Dauersprechen oder Dauerplaudern derzeit bei 136 Stunden liegt, das ist eine sehr beachtliche Zahl. Die Weltrekorde davor lagen bei 131 Stunden und davor wiederum bei 120 Stunden, da war der Weltrekordinhaber ein Holländer. Mit dem gegenwärtigen Weltrekord von 136 Stunden, so wurde mir verschiedentlich erklärt, mit diesem Weltrekord wäre die äußerste Grenze erreicht, der ließe sich also nicht mehr brechen. Aber ich meine, Weltrekorde sind dazu da, daß man sie bricht, und ich würde kaum vor Ihnen stehen, meine verehrten Damen und Herren, wenn ich nicht sicher wäre, daß ich diesen Weltrekord sozusagen eigenmündig brechen werde. –

Sie entschuldigen, daß ich trotz Ihres freundlichen Beifalls einfach weiterspreche, aber ich darf keinerlei Pausen einlegen, ich muß hier am unbestechlichen Mikrophon und vor den gestrengen Augen und Ohren der Jury ununterbrochen weitersprechen. Natürlich darf ich mal schlucken oder husten, aber größere Pausen sind nicht erlaubt. Deshalb also weiter im Text: ich darf als erstes über diesen Weltrekordversuch selbst sprechen, das liegt ja wohl auch nah, und da muß ich mir für die erste Viertelstunde schon mal nicht überlegen, was ich sagen soll. Ich werde also den bestehenden Weltrekord brechen.

Die Traumzahl ist für mich dabei natürlich die 150. Einhundertfünfzig Stunden, das heißt umgerechnet, und jetzt muß ich natürlich nicht rechnen, das habe ich vorher oft genug durchgerechnet, einhundertfünfzig Stunden also, das entspricht ganzen sechs Tagen, sechs Nächten und noch sechs Stunden dazu, das wäre also mehr als ein Solo-Sechstagerennen. 150 Stunden, Sie erlauben, daß ich die Zahl noch mal nenne, denn das ist ja wirklich eine stolze und runde

Zahl – ich hoffe also, daß ich diese Zahl gemeinsam mit Ihnen erreiche. Gemeinsam mit Ihnen, das heißt natürlich nicht, ich erwarte von Ihnen, daß Sie die kommenden 140 oder 150 Stunden pausenlos hier ausharren, das wird nicht einmal bei diesen beiden Herren der Jury der Fall sein, die sich alle acht Stunden abwechseln. Aber je öfter Sie kommen, meine Damen und Herren, und je länger Sie bleiben, desto lieber ist mir das. Ihre Besuche sind nicht bloß in den Abendstunden erwünscht, in denen man sowieso eine Gaststätte aufsucht, sondern auch in den Nachtstunden, den frühen Morgenstunden, am Vormittag und am Nachmittag. Erfahrungsgemäß sind es vor allem die späten Nachtstunden oder frühen Morgenstunden, in denen es am schwersten wird, die sind für mich ja keine neutralen Stunden wie für die Radrennfahrer, von denen der eine dann schläft, und der andere pendelt im Bademantel und zeitungslesend herum – bei mir läuft die Zeit immer weiter, bei mir gibt es da keine Sprecherleichterungen, ich kann höchstens mal was leiser reden. Aber der Mensch ist ja bekanntlich im Gegensatz zum Tier das redende Wesen, da wäre das also ein sehr menschlicher Weltrekord. Ein Weltrekord, bei dem ich nur einen Gegner habe, einen indirekten Gegner: die Uhr hier neben mir. Wobei ich gleich sagen muß, daß ich nicht bloß auf Zeit hinarbeiten beziehungsweise hinreden werde, denn ich will noch einen Weltrekord, einen zusätzlichen Weltrekord besonderer Art, aufstellen.

Sehen Sie, man könnte es sich ja leichtmachen, und man sagt hier ein Wort und da ein Wort und macht tüchtig Pausen dazwischen, so ungefähr in der Art: Mei-ne-da-men-und-her-ren-ich-spre-che-a-ber-ich-spre-che-lang-sam-wie-Sie-merken. Also das hätte nach meiner Auffassung gar keinen Zweck, das wäre pure Wortschinderei, möchte ich mal sagen, damit würde man sich nur selbst kaputtmachen. Ich werde also zügig reden, so wie jetzt, ohne zu hetzen: einen Schnelligkeitsweltrekord will ich ja nicht aufstellen, aber sozusagen den absoluten Weltrekord im Dauersprechen. Da wird jetzt natürlich nicht Wort für Wort gezählt, sondern das wird so geschehen, daß man den statistischen Querschnitt errechnet, indem also in regelmäßigem Abstand eine Minute durchgezählt wird, wie viele Wörter ich da hervorbringe, und das läßt sich dann auf die Stunde und so weiter umrechnen. Ich meine, das könnte eine ganz hübsche Zahl ergeben. Denn diese Uhr, diese Jury und auch Sie, meine verehrten Damen und Herren, dürfen ja keine Pausen zulassen, weder ein Schlummerpäuschen noch ein Minutennickerchen, damit wäre der Weltrekordversuch schon abgebrochen. Der gilt sogar schon als abgebrochen, wenn ich auch nur eine halbe Minute schweige, wenn ich fünfzehn Sekunden schweige. Deshalb werde ich gezwungen sein, das zu tun, was ein feiner Mensch nicht tut: ich muß auch beim Essen reden. Freilich werde ich vorwiegend flüssige Nahrung zu mir nehmen, schon um meine Sprechorgane feucht und geschmeidig zu halten. Das werden also, wie sich das bei den bisherigen Weltrekordunternehmen als am günstigsten herausgestellt hat, vor allem leichte Suppen sein, viel Tee natürlich und Fruchtsäfte, dadurch werden kaum Pausen entstehen, höchstens jeweils für eine Schlucklänge. Jetzt fragen Sie sich natürlich, meine verehrten Anwesenden, ob man das wörtlich nehmen soll, ob hier wirklich ohne Pause, ohne mehr oder weniger längere Pause geredet wird.

Gibt es nicht gewisse Gelegenheiten, trotz leichter Suppe und Tee, daß man sich mal zurückzieht, eben weil, naja, Sie verstehen schon? Wenn wir also schon von den Spielregeln dieses Weltrekordunternehmens reden, so muß auch dieser geheime, oder sagen wir mal: heimliche Umstand erwähnt werden. Das wird sich diesbezüglich folgendermaßen abspielen, daß ich mich hier vom Mikrophon zurückziehe, aber nicht ins Schweigen, keineswegs, sondern nur eben in ein separates Räumchen, in dem ich unbeirrt weiterspreche, vor mich hin spreche, und zwar in dieses Handmikrophon mit seiner meterlangen Schnur, die ziehe ich in dem Fall hinter mir her, die ist lang genug, das ist ausprobiert worden, damit es da auf halbem Weg keine Pannen gibt. Sie sehen, auch in diesem Punkt ist alles festgelegt, da kann sich also nirgendwo ein Ausschlupfwinkel ergeben. Natürlich werde ich hier nicht pausenlos stehen, wie jetzt, oder am runtergeschraubten Mikrophon sitzen, ich werde mich nachts auf dieses Feldbett legen, das da hinter mir steht. Sehr bequem ist das nicht, aber mit 27 Jahren soll einem so etwas ja nichts ausmachen, habe ich mir sagen lassen: das ist also ziemlich spartanisch, wenn man so will, aber wenn es bequem wäre, das hätte auch wieder seine Gefahren, da würde man zu leicht einschlafen. Ich werde mich also nur ausstrecken und ins Handmikrophon

21 Uhr 36

nach zwei weiteren Jahren die Meisterprüfung. Da wurden Meisterproben, hätte ich fast gesagt, also Arbeitsproben verlangt, Herstellung von Pralinen, ein sehr süßes Kapitel, und dann natürlich das Meisterstück: in meinem Fall eine Torte mit gegossenem Schokoladenaufsatz. Das ist ein umstrittenes Kapitel, so ein Gußaufsatz, also ich persönlich bin der Meinung, das trägt nicht unbedingt zur geschmacklichen Krönung bei, und im Grunde sind die Herren von der Prüfungkommission der gleichen Auffassung, aber bei so einer Prüfung, da sehen sie es plötzlich doch ganz gern: das gilt nun mal als eine Art Krönung. Mit dem Meisterstück allein ist es selbstverständlich nicht getan, man wird auch in Handwerkskunde allgemein geprüft, in Gesetzeskunde, im Versicherungswesen, in Fragen der Berufserziehung und so weiter, und so weiter, aber ich will hier jetzt nicht zu ausführlich werden, obwohl ich Zeit genug hätte, aber das läßt sich in irgendeiner Nachtstunde ja nachholen. Das heißt, natürlich auch zu jeder beliebigen Tageszeit, ich will mich hier nicht festlegen: es können also jederzeit entsprechende Bitten an mich herangetragen werden, aus Ihrem Kreis, oder aus Ihrer Mitte, ich bin gern bereit, auf die gewünschten Fragen oder Themen einzugehen. Aber im Moment können wir das vielleicht etwas zurückstellen, wenn es Ihnen recht ist, damit wir den Faden nicht verlieren. Wie gesagt also, ich erhielt den Meisterbrief, und damit habe ich theoretisch das Recht, einen selbständigen Betrieb zu führen oder selbständig einen Betrieb zu führen, so heißt das wohl richtiger, und Lehrlinge auszubilden. Das hat mittlerweile auch schon angefangen, aber mit der Betriebsführung noch nicht – ich sagte ja vorhin schon, daß ich diesen Beruf auch deshalb gewählt habe, weil da günstige verwandtschaftliche Bedingungen waren. Jetzt dürfen Sie aber nicht denken, daß ich den Betrieb damit schon mehr oder weniger in der Tasche hätte, so schnell geht das nicht. Und im Moment zeichnet sich diesbezüglich noch nichts ab, aber darüber bin ich andererseits auch ganz froh, da ist man nicht für alle Zukunft festgelegt. Aber ich habe ja nun auch einen gewissen Ausgleich, seit ich mal aushilfsweise, wegen einem Krankheitsfall bei uns, beim Servieren einspringen mußte: und bei dieser nebenamtlichen Tätigkeit, wenn man so will, der bin ich auch mehr oder weniger treu geblieben. Und ich muß Ihnen ganz ehrlich sagen, ich hab das bisher sehr gern gemacht, zum Ausgleich, man kommt aus dem Arbeitsraum heraus, man hat es mit den verschiedensten Menschen zu tun, das ist eben doch ein ganz anderes Fluidum, so in direktem Kontakt, nicht wahr. Ich bin da übrigens auch auf einem Lehrkurs gewesen – es ist ja interessant, was es da alles zu beachten gibt, bei dieser Tätigkeit, davon hatte ich vorher auch keine Vorstellung. Nehmen Sie nur mal die Tischtücher vor Ihnen: wie wechselt man die in Anwesenheit der Gäste aus? In einem Konditorei-Café kann es ja schon mal vorkommen, daß eine Oma ihr Kaffeekännchen umstößt, oder die lieben Kleinen kippen den Kakao um – da heißt es, mit betonter Ruhe das Tischtuch auswechseln, und zwar folgendermaßen, das haben wir genau gelernt: rechte Hand an das rechte Ende des Mittelbruchs, so heißt also die Mittelfalte, dann die linke Hand an die Mitte des Mittelbruchs, und wieder rechte Hand vorn linksherum, die hebt das Tischtuch an, faßt das linke Ende des Mittelbruchs gleich mit, und dann wird im Schlußgriff das Tuch mit beiden Händen hochgehoben und zusammengelegt. Ich gebe zu, das klingt jetzt ein bißchen kompliziert, aber das ist einem regelrecht einexerziert worden, das kann man nachher im Traum, nicht wahr, Herr Kollege? Da lacht er natürlich. Na, jedenfalls, ich hatte einen entsprechenden Kurs absolviert, damit ich in unserem Konditorei-Café richtig auftragen und abservieren kann, wobei es in Cafés wieder besondere Regeln gibt, aber damit will ich Sie jetzt nicht weiter behelligen. Aber ich muß schon sagen, ich mach diese Arbeit zur Abwechslung gern, obwohl ich mir eigentlich in dem Punkt eine gewisse Erweiterung gewünscht hätte, indem man also das Konditorei-Café in ein Tanzcafé umwandelt, zumindest abends, so daß man nachmittags die Damenkundschaft hat und abends jüngere Menschen. Dabei hätte ich die Ansage und so übernehmen können. Sie wissen ja alle, daß ein guter Platten-Jockey den Umsatz ganz erheblich steigern kann, wenn man gewisse Voraussetzugen hat, und da, sagen wir, einen gewissen männlichen Charme spielen lassen kann, beziehungsweise damit aufwarten kann, und den richtigen Ton findet, also darauf kommt es eben vor allem an, daß man den richtigen Ton findet oder trifft. Aber so eine Plattenansage, das war da, wie gesagt, nicht drin, leider, weil so eine Umwandlung auch eine Frage der Konzessionierung ist, da braucht man eine besondere Konzession, und dazu war die Verwandtschaft leider nicht

23 Uhr 07
das ist für meine Begriffe reichlich früh, um mich mal zurückhaltend auszudrücken, und da ist man eben heilfroh, wenn man rechtzeitig bei der Arbeitsstelle ist – morgens noch die Zeitung lesen, das ist nicht drin. Natürlich, man guckt schon so rein, zwischen Tür und Angel, was in der Überschrift steht und vielleicht noch so das Dickgedruckte, damit man ungefähr weiß, ob die Welt nun vergangene Nacht untergegangen ist oder nicht. Aber Spaß beiseite, ich meine, im Grunde genommen, die ganze Politik, wenn man sich das manchmal so anschaut im Fernsehen, diese Verhandlungen und Stellungnahmen und das alles, der Bundestag, nicht wahr, so Auszüge aus einer Debatte, und wenn ich das so vor mir sehe, da sag ich mir manchmal: Was soll das, ihr redet ja letztlich doch bloß zum Fenster hinaus; was ihr wirklich verhandelt, das geschieht hinter verschlossenen Türen. Und das sind meistens ja auch noch Doppeltüren, damit sich ja nichts rausdrängt, so gepolsterte Doppeltüren oder Sandtüren, das ist ja das Neueste auf dem Gebiet, ich weiß nicht, ob die anwesenden Herrschaften das alle so

0 Uhr 28
auf allerlei Fragen vorbereitet: was ist ein Planetenrührwerk, was ist ein Agar-Agar, aber da stellte mir der Vorsitzende der Prüfungskommission, die bestand aus einem Vorsitzenden und einem Meisterbeisitzer und einem Gesellenbeisitzer und einem Lehrer, aber das nur nebenbei, um noch ein paar Sekunden totzuschlagen – dieser Vorsitzende sagte plötzlich: Sie nehmen also fünf Eier, sagte er, aber was für Eier sind das? Wie, was für Eier sind das? Ich dachte erst, der hat einen leichten Hieb weg, aber bitte, so eine Frage kann schon

einen Minuspunkt einbringen. Was versteht nämlich der Konditor und der Bäcker unter einem Ei? Ein Straußenei, ein Entenei, ein Hühnerei? Nichtzutreffendes bitte streichen, Zutreffendes ankreuzen. Und da dürfte man natürlich nur das Hühnerei ankreuzen, weil der Verbrauch von Enteneiern laut Lebensmittelgesetz verboten ist. Naja, über das Hühnerei ließe sich jedenfalls ein ausgewachsener Vortrag halten, ein Eier-Vortrag. Nach dem, wie Sie mich so anschauen, sollte man meinen, Sie hätten nichts dagegen. Nein? Na gut, ich sehe, wir haben schon halb eins – da könnte man eigentlich ruhig mal was über das Ei, über die Eier plaudern. Irgendwas muß ich ja schließlich reden, und da ist das Ei bestimmt nicht das schlechteste Thema. Betreiben wir also ein bißchen Eierkunde. Für den Konditor ist nur eine Eiersorte oder eine Eierart gültig: das Hühnerei. Und dabei natürlich auch nur das Frischei. Da heißt es also bei jeder Eierlieferung eventuelle Schmutz- oder Knickeier aussortieren. Und wenn man sich bei äußerlich normalen Eiern nicht klar ist, ob die frisch sind oder nicht, dann zieht man den Eierprüfer zu Rate, die Eierlampe. Das klingt ein bißchen komisch, das Wort Eierlampe, Sie müssen schon entschuldigen, aber Sie kennen das ja alle: man legt das Ei in ein Loch über der

4 Uhr 19

haben sich alle in die Falle gelegt, in die Fallen, mit Knall und Fall in die Fallen. Ein paar hätten eigentlich bleiben können, find ich, man redet schließlich nicht gern für taube Ohren. Sind Sie nicht mit gemeint, meine Herren, Ihre vier Ohren, die sind bestimmt wach, auch wenn die Augen, naja, ist ja verständlich, so auf den Feldbetten, da gehen die Dinger fast von selbst zu. Aber andererseits ist man heilfroh, daß man liegt. Aber wenn man schon mal liegt, da will man eigentlich auch schlafen, ist nun mal so, falls man nichts Besseres vorhat, aber man wär ja schon zufrieden, wenn nur die Zeit was weiterginge. Bis man so eine Scheißminute abgeredet hat, das konnte man sich ja gar nicht vorstellen, das konnte man sich wirklich nicht vorstellen, wieviel Worte so in eine Minute reinpassen, bis die mal gnädigst weitergeht, das sind pro Sekunde bestimmt ein Wort oder zwei kurze Worte – einundzwanzig – ein-und-zwan-zig, erst eine Sekunde, und mal sechzig, erst eine Minute, und mal dreitausendsechshundert, erst eine Stunde, und mal hundertfünfzig, das, also das nicht ausrechnen, sonst kann ich überhaupt nicht weiter, lassen wir besser bleiben, sonst

5 Uhr 26
abkühlen lassen, in Plastik schlagen, damit nicht abborkt, damit er nicht abborkt, Teig spitz, Teig spitz auseinander, auseinanderrollen, Ecken dünner, Mitte dicker, Mitte dicker, Ecken dünner, Mitte dikker, Ecken dünner, Ziegelbutter, Ziegel, Butterziegel über, übereck, einschla, Teig einschlagen, Teig über, bißchen überlappt, dreifach über-, übereck, dreifach übereck, Drittel markieren, leicht drei Drittel markieren, das äußere, das mittlere, das letzte und darauf, und das äußere, das mitt-, das letzte dadrauf, über das äußere das mittlere, das äußere über das mittlere, das äußere, das mittlere über das äußere das mittlere, das

Zwischen 6 Uhr 30 und 8 Uhr
Sexwelle, die berühmte Sexwelle, eben so eine Sexwelle, eine richtige Sexwelle, geht so rauf und runter, die Sexwelle, so wie eine Welle eben, die Sexwelle, so rauf und runter und immer rund

könnte Ihnen ja das Einmaleins aufsagen, hier so, wenigstens das kleine Einmaleins, damit das keine Pannen gibt, aber man hat ja schließlich seinen Ehrgeiz, nicht wahr, meine Herren Juroren, und da will man seinen Gästen eben auch was bieten und

macht es sich da fein, ist da fein heraus, hat seinen Scheißberuf an den Nagel gehängt, also der bestimmt, einfach an den Nagel, das Boxen, die Boxhandschuhe, und der hat nebenbei auch noch

ob vergangene Nacht die Welt untergegangen ist oder nicht, das war doch gut, wie: daß man in der Zeitung nachschaut, ob vergangene Nacht die Welt untergegangen ist oder nicht. Da haben die natürlich Spaß gehabt, die Leute, daß man in der Zeitung nachschaut, ob nachts die Welt untergegangen ist oder nicht und lange Jahre in der Stadtverwaltung tätig, und zwar in einer ganz guten Stellung oder Position, wie man so sagt, aber der war damit nicht zufrieden, und eines Tages, plötzlich, sagt er: Schluß, aus, ich will das nicht mehr, ich will mein eigener Herr sein, und da macht er eine Pelztierfarm auf, zusammen mit seinem Schwager, soviel ich weiß, und zwar hauptsächlich Chinchilla, Chinchillas. Aber mit den Chinchillas, da ist das nun mal so, daß man vorwiegend abends arbeitet, ich weiß auch nicht genau, warum, das hängt mit den Lichtverhältnissen zusammen, glaub ich, und so ist er tagsüber sein eigener

10 Uhr 46

also der Kollege da, der macht das gut. Der macht das wirklich gut, meine Herren vom Frühschoppen, glauben Sie mir, ich hab das im Blick, der ist ein prima Kellner. Da lacht er, aber das mein ich ernst, bestimmt. Schließlich hat man das selbst gelernt: geräuschlos, möglichst geräuschlos heran und abwarten, was der Gast anhand der vorgelegten Karte auswählt und so weiter. Zurückhaltung, möglichst Zurückhaltung. Das ist also das A und O im Kapitel der Menschenbehandlung, Kunst der Menschenbehandlung, das ist also wirklich ein Kapitel, das wird einem ziemlich eingebleut. Vor allem keine Vertraulichkeiten, das wurde uns immer vorgehalten. Und das ist auch richtig, aber wiederum nicht völlig richtig, das ist jedenfalls meine Erfahrung, meine persönliche Erfahrung. Ich hab da zum Beispiel meine Damen im Café, bei denen weiß ich genau, eigentlich schon beim ersten Besuch, wie ich die zu nehmen habe: das kann ich Ihnen, meine Herren vom Frühschoppen, ja ruhig verraten. Und wenn diese Damen ein paarmal da waren, stellen sich ganz von selbst gewisse Vertraulichkeiten ein – aber das sind, wie gesagt, vorwiegend reifere Damen, das will ich hier gleich betonen. Manchmal, wenn die ganz ungeniert eine zweite, eine dritte Buttercreme bestellen, dann sage ich scherzhaft: Nicht zuviel sündigen, Mutti, sonst gibts zu Hause Verdruß! Und ich biete dann zum Beispiel ein Obsttörtchen an. Das liegt ja nicht bloß im Interesse der Damen, daß die von ihren Cremetorten runterkommen, sondern, je nachdem wie man disponiert hat, liegt das auch im Interesse des Hauses, will ich mal sagen: denn Tiefkühltruhen oder Tiefkühlschränke schön und gut, aber man kann nicht alles wochenlang einfrieren, das kostet erstens Stromgeld, und zweitens hat nun mal jedes Obst seine Saison, da muß man die Ware möglichst schnell an den Mann oder eben an die Damen bringen. Deshalb mache ich manchmal so meine lustigen Bemerkungen: Wer wird denn dauernd mit Buttercreme sündigen, darf ich der Frau Vorsitzenden vielleicht ein schlankes Obsttörtchen offerieren? Und dann lachen die manchmal, meine Herren, und haben einen Spaß und machen sich fast die Hose naß vor Lachen: Frau Vorsitzende, hat er gesagt, Frau Präsidentin, hat er gesagt, der goldige Junge! Wie man da so ankommt, das merkt man dann auch am Trinkgeld. Jedenfalls, die Leute haben es gern, wenn man so persönlichen Umgang pflegt, wenn man seine

11 Uhr 33
hab schließlich auch meinen Hunger, Mensch. Vor einer Stunde hab ich schon gesagt, was ich haben will, und ich hab mein Rahmschnitzel immer noch nicht! Sag dem Küchenchef einen schönen Gruß von mir, und er hätt eine lange Leitung, eine verdammt lange Leitung! Nachher, wenn die Mittagsgäste eintrudeln, kann ich hier ja nicht mit vollem Maul reden, was macht das denn für einen Eindruck! Also bestell dem Küchenchef, er

16 Uhr 07
beispielsweise den berühmten Baumkuchen, meine sehr verehrten Damen, das kann wirklich eine Art Kunstwerk sein. Natürlich, ich bin mir im klaren darüber, und das wissen Sie genausogut wie ich, daß der Baumkuchen nicht mehr so in Mode ist wie früher, obwohl er natürlich immer noch gekauft und geschätzt wird. Aber die Zeitgenossen denken eben nicht mehr in erster Linie an Baumkuchen, wenn sie das Wort Konditor hören, man denkt eher an Torten, etwa in der Art, wie ich sie da vor Ihnen sehe, gnädige Frau: so eine Schwarzwälder Kirsch, nicht wahr, das ist ja nun wirklich ein Evergreen, ein unschlagbarer Evergreen, möchte ich mal sagen. Aber deswegen wollen wir den altbewährten Baumkuchen nun nicht schief ansehen. Denn so ein Baumkuchen, ein künstlicher Baumstamm aus Teigschichten, wenn auch ohne Äste und Blätter und so

weiter, das ist doch schon ein Werk für sich! Früher hat man das ja übertrieben, da wollte man eine regelrechte Rinde vortäuschen, da wurden also Zapfen und Nasen aufgesetzt, wie der Fachausdruck lautet, und zur sogenannten Krönung wurde aus Pappe und Goldfolie und so weiter ein Gebilde obendrauf gesetzt, aber das macht heute kaum noch jemand. Das ist eben heute auch sachlicher geworden. Jetzt hat sich mancher unter Ihnen sicher schon gefragt, wie entsteht eigentlich so ein Baumkuchen? Das will ich Ihnen gern beschreiben – damit gehen wieder ein, zwei Minuten herum, und ich muß ja nun wirklich schauen, daß ich die Zeit hier rumkriege. Also ein paar Worte zum Baumkuchen. Der entsteht oder wächst nicht wie ein Baum von unten nach oben, sondern der wird waagrecht hergestellt. Und zwar in einer Baumkuchenmaschine, in einem speziellen Baumkuchen-Backapparat, der sieht ein bißchen aus wie ein Hähnchengrill, darin dreht sich also eine Walze, und auf dieser Walze wird der Baumkuchen Schicht für Schicht gegossen und gebacken. Zuerst umwickle ich natürlich diese Walze mit Fettpapier, und das wird fest verschnürt, sonst dreht sich das durch, und der Baumkuchen geht in die Brüche, weil er nicht gleichmäßig von allen Seiten gebacken wird. Auf diese Walze mit dem festverschnürten Fettpapier gieße ich dann mit einer Kelle den Teig, lasse ihn festbakken und anbräunen und gieße die nächste Schicht auf. Mit der dritten Lage fängt dann die Formung

Zweite Nacht. 22 Uhr 17. Sprechdauer 26 Stunden
also sehr dafür, daß man ein Vereinigtes Europa, daß man das macht, darauf hinarbeitet, das fände ich also wirklich an der Zeit, mit gemeinsamer Sprache und so, gemeinsame Währung. Ich meine, das hat natürlich so seine Schwierigkeiten, wenn man an die verschiedenen Mentalitäten denkt: damit kommt man ja in meinem Beruf öfter in Berührung. Und wenn man dazu noch ein paar Reisen gemacht hat, da gewinnt man ja doch gewisse Einblicke; wenn einer eine Reise macht, da kann er was erzählen, da kann er wahrhaftig so manches erzählen! Wenn ich allein an die italienische Mentalität denke, also die Mentalität der Italiener, mamma mia! Also, da fällt mir was bei ein, mamma mia, eine wunderbare Sache, muß ich Ihnen

erzählen, muß ich Ihnen unbedingt erzählen. Also ich war mal essen, gut essen, aus – oder mit – einem gewissen Anlaß. Ich denke, wir verstehen uns schon. Und wenn man ein bißchen auf Stil hält, geht man eben schon mal chinesisch essen. Muß natürlich ein gut geführtes Restaurant sein, renommiert; nicht, daß man einen Hund in süßer Soße bekommt! Da lachen Sie! Aber so manche Chinesenköche, die scheuen ja vor nichts zurück, ob Hund, ob Katze, ob Vater, ob Mutter, hätt ich fast gesagt, na, jedenfalls, die haben eine etwas andere Einstellung zum Lebensmittelgesetz. Aber wie gesagt, das betreffende Restaurant, das war ausgezeichnet, und da hatten wir eben getafelt oder diniert und so weiter. Jedenfalls, wir gehen danach zur Garderobe, da ist aber gerade die chinesische Garderobenfrau weg, vielleicht auf einem gewissen Örtchen, ich weiß nicht, jedenfalls kommt so ein chinesischer Typ an, die grinsen ja alle so komisch, und er fängt an zu suchen, kramt und kramt und findet unsere Mäntel nicht, findet einfach unsere Mäntel nicht, trotz Nummernschildchen, anscheinend kam er nicht so ganz mit den Zahlen zurecht, das war ihm alles chinesisch oder spanisch oder böhmisch, was weiß ich, er schaffte es einfach nicht, er bot uns dauernd verkehrte Mäntel an. Schließlich kam die chinesische Garderobenfrau zurück, und die hatte die Lage sofort durchschaut und legte los und putzte den runter, aber auf chinesisch, das hat nur so geschnurrt: müo-müo-hing-hau-hau-tschiang-tschiang-peng-peng-lü-lü-peking-peking-miau-miau und mittendrin originalgetreu »mamma mia«! Und schon gehts weiter: tschau-tschau-hiang-hiang-lü-lü-nasigoreng! Also, ich konnt mich nicht mehr

Zweiter Tag, morgens, 5 Uhr 19
die Teigruhe länger, Teigruhe, schöne weiche Teigruhe, Ruhe im Teig, Teigruhe, schöne weiche Teigruhe, schöne, aaach ganz weiche, weicheweiche Teigruhe, aber das ist ja, da muß ich jetzt, Ruhe im Teig, keine Ruhe im Teig, ich muß jetzt, ich hab, guten Morgen die Herren, ich hab keine Teigruhe, die Ruhe ist im Teich, da morgens, am Morgen wird Teig angesetzt, Ruhe vorbei, Teig angesetzt, setzen wir Teig an, Teige und Massen, Teige und Teige, ansetzen, bearbeiten, Knetmaschine, Kessel, Knetspirale, nein Knethebel,

geht viel besser als mit der Hand, arbeitet richtig durch, nur nicht zu lang, nicht zu lange, sonst reißt der Teig, der Teig darf nicht reißen, der Teig, der darf nicht reißen, der Teig, der darf nicht reißen, der Teig, der reißet nicht, der Teig, der darf nicht reißen, und reißt der Teig nicht reiß, da reißen viele Teige und reißen sich zu Teig, drum wenn der Teig den Teig reißt, so reißt der Teig den Reiß, drum reißen viele Teige, so singt man in der Früh, der Teig, der darf nicht reißen, weil Teig nicht reißen darf, dann reißt nämlich das Klebergerüst, meine Herren, und der Teig kann das Gas nicht halten, kann einfach, einfach das Gas nicht halten, er hat kein Gashaltevermögen mehr, kann sein Gas nicht halten, er hält sein Gas nicht mehr, drum wenn der Teig kein Gas hält, hält er das Gas nicht mehr, drum halten alle Teige ihr Gas hier nimmermehr und

9 Uhr 21. Sprechdauer 37 Stunden
haben ja die Außenseiter, gerade die sogenannten Außenseiter die besten Chancen – ich nehme an, daß Sie da mit mir einer Meinung sind. Was nun diesen besonderen Fall betrifft, so machen diese Plattenjockeys auch gar keine speziellen Kurse mit, soviel ich weiß, die haben sicher bei verschiedenen Gelegenheiten conferiert, und irgendwie ergab sich dann mal die Chance, daß sie da reinkamen, in den Funk. Und wenn man in der Beziehung ein bißchen geschickt ist, und vor allem, wenn man schon was Publicity hinter sich hat, da müßte das eigentlich klappen, meine ich. Wissen Sie, was da so tagsüber manchmal geboten wird, ich will hier keinen Sender nennen, also was da so geboten wird, das ist ja nun auch nicht immer allererste Spitzenware. Ich habe ja bei der Arbeit Gelegenheit genug, daß ich mich informiere, wir haben in unserem Arbeitsraum einen Transistor stehen, der tagsüber meist läuft, so halblaut, wenn nicht gerade die Knetmaschine an ist oder das Rührwerk und so weiter, da hört man also mit halbem oder manchmal auch mit ganzem Ohr hin. Denn Sie wissen ja vielleicht, daß gerade in meiner Berufssparte und in den lebensmittelverarbeitenden Betrieben überhaupt, daß da also strenge Arbeitsvorschriften bestehen, wir dürfen also während der Arbeit nicht rauchen und so weiter, jedenfalls nicht im Arbeitsraum, weil die Sachen sofort jeden Geschmack annehmen, schon das Mehl.

Deshalb, um da was Abwechslung zu haben, übernehme ich ganz gern mal das Servieren, man will ja auch andererseits nicht sein Leben lang Zucker kochen und Schokokuvertüren machen und Einszuzweizudrei-Teige und Wiener Massen und Deutschen Blätterteig und Cremetorten, deshalb schaue ich, daß ich ab und zu ein bißchen unter die Leute komme. Das mache ich auch sozusagen als Vorübung, da lernt man ja nun, wie man etwas richtig anbringt, das ist ja doch eine ganz gute Vorübung, eben in Hinblick auf diese Pläne. Ich muß schon sagen, daß hier, also in der Plattenansage, da sind doch ganz andere Möglichkeiten zur Entfaltung gegeben, da ist man sozusagen am Puls der Zeit. Das merkt man ja bereits am Echo, das diese Leute finden: wenn man so in Programmzeitschriften liest oder in Illustrierten, was so ein Disc-Jockey, also ein Spitzenmann in der Branche, was der allein an Post bekommt, fan-mail, das sind ja tatsächlich ganze Waschkörbe! Und dann werden die Spitzenreiter natürlich von den Plattenfirmen umworben, weil, wenn eine Platte öfter im Radio gespielt wird, da steigt ja erst so richtig der Umsatz, das bringt die Hits zum Klettern, das ist wie ein Barometer oder wie an der Börse

Zwischen 11 Uhr 30 und 15 Uhr
der Frau Präsidentin vielleicht ein hübsches, kleines Obsttörtchen servieren? Jajaja, das hören die gern, das hören die ausgesprochen gern: Frau Präsidentin oder Frau Vorsitzende, das zieht bei diesen Weibern immer! Darf ich der Frau Vorsitzenden vielleicht ein schlankes Obsttörtchen an

doch notwendig, daß der Mensch einen gewissen inneren Ausgleich hat, möchte ich mal sagen, wobei es ja nicht so wichtig ist, wo nun speziell der Ausgleich liegt, aber ich meine doch, daß er

nicht so einen verdammten Durchzug hier! Wenn ich mich erkälte, ist alles zum Teufel, mit der Stimme, da ist die weg! Ihr könnt ja was für frische Luft sorgen, ohne daß es gleich wie

Phänomen der Sexwelle. Also ich hab mal gelesen, was die betreffenden Firmen da für Umsätze haben, toll. Das ist ein ganz großes Geschäft geworden. Vor allem der Buchversand, so Bücher von japanischen Ärzten

fabelhaft, Leute! Und dabei, stellt euch vor, wär sie beinah nicht entdeckt worden, da würde sie immer noch in dieser kleinen mittelamerikanischen Stadt leben, unbekannt, ungenannt. Ich weiß nicht, ob ihr alle die Geschichte ihrer Entdeckung kennt, das ist ja

18 Uhr 48
Flechtgebäck, dauernd Flechtgebäck machen, nichts als Flechtgebäck, Flechtgebäck, Flechtgebäck, da würden Sie die Sache schon anders sehen. Täglich, wöchentlich, monatlich, Jahr für Jahr Flechtgebäck, Flechtgebäck, und immer eins über drei unter zwei über vier und drei über zwei unter vier über eins und zwei über vier unter eins über drei und vier über eins unter drei über zwei und eins über drei unter zwei über vier und drei über zwei unter vier über eins und zwei über vier unter eins über drei und vier über eins unter drei über zwei und vier über drei unter eins über zwei und drei über eins unter zwei über vier und drei über eins unter zwei über vier

Dritte Nacht. 21 Uhr 10. Sprechdauer 49 Stunden
das mal genauer überlegt, mit dem Vereinigten Europa, das ist doch ein verdammt schwieriges Kapitel, wenn man die alle unter einen Hut bringen will. Wenn man schon allein die verschiedenen Mentalitäten bedenkt – in meiner Branche kommt man ja öfter mit Ausländern zusammen, und wie die sich im einzelnen so verhalten, und was die bestellen, und das in welcher Reihenfolge, das ist ja oft erstaunlich. Natürlich, wenn man ein bißchen psychologisches Fingerspitzengefühl hat, da kann man sich darauf schon einstellen.

Und gerade in puncto Menschenkenntnis hat man ja nun doch so einiges gelernt, da entwickelt man so richtig eine Art Einstufungsblick. Wir hatten im Kurs einen Empfangschef eines bekannten Hotels, ein fabelhafter Mann, wie der mit den Leuten umzugehen wußte, ob das nun Vertreter des Highlife waren oder einfache Angestellte, er hat also immer den richtigen Ton gefunden. Naja, also jedenfalls bei dem hatte ich eine Art Probezeit, und der hat mehrmals gesagt, daß ich so schnell das Wesen eines Menschen erfassen kann, vom ersten Blick her, also darüber wäre er wirklich erstaunt. Aber wie gesagt, wenn man ein bißchen psychologisches Fingerspitzengefühl und Schulung besitzt, da ist das kein so großes Problem. Schon, wie jemand ein Restaurant betritt, oder ein Hotel, wie er sich umschaut und so weiter, und zum Empfang kommt oder sich, in einem Restaurant, wie gesagt, an einen Tisch setzt, dabei, also daraus kann man schon einiges schließen. Und dann sind natürlich die ersten Worte entscheidend: also wie der Gast bestellt, das rundet das Bild seiner Persönlichkeit entscheidend ab. Aber deswegen müssen Sie jetzt in dieser Richtung keine Hemmungen oder Komplexe kriegen, meine verehrten Anwesenden, es wird ja bekanntlich nichts so heiß

23 Uhr 05

diese Sexwelle. Erst die Freßwelle und dann die Sexwelle, da möchte man ja fast mal boshaft bemerken, ob hier nicht vielleicht ein gewisser Zusammenhang besteht. Aber im Ernst, das ist ja nun wirklich ein Phänomen, davon müßte man mal die psychologischen Hintergründe beleuchten. Ich hab jedenfalls mal in einer Zeitung gelesen, daß man sich das so erklärt: man war früher unheimlich prüde, so zu Kaiser Wilhelms Zeiten, da hat der Ehemann noch nicht mal seine eigene Frau gesehen, also richtig, und das ist eben genauso, ich meine jetzt nicht mit dem Ehemann, sondern mehr im allgemeinen, das ist eben genauso, wie wenn ein Körper lange keine Vitamine kriegt oder sonstiges, was lebensnotwendig ist, zum Beispiel Kalk. Das hat man ja im Krieg gehört, also man hat da gehört, daß im Krieg die Frauen im Keller am Verputz geleckt haben und da rumgeknabbert, wenn ich das mal ein bißchen spaßhaft sagen soll, weil ihr Körper dringend den Kalk

2 Uhr 18 morgens. Sprechdauer 54 Stunden

also kleberstark sein, bei direkter Führung, Teigführung, direkter Teigführung kleberstark sein und bei indirekter Teigführung nicht kleberstark, wie war das, Moment, wie war das noch, kleberstark, kleberweich, also kleberstarkes Mehl, wenn der Teig indirekt, bei indirekter Führung des Teigs nimmt man kleberstarkes Mehl, nein, für die direkte, für die direkte Führung nimmt man das, wie war das, wirst du wohl noch zusammenkriegen: kleberstark, kleberweich – kleberweich für indirekt, für direkt, kleberweich für direkten Teig, kleberweich direkt der Teig, kleberweich direkt der Teig, da ist die Teigruhe länger, kleberweich die Teigruhe länger, kleberweich, Teigruhe länger, kleberweich und

Dritter Tag. 7 Uhr 10

und aufwischt, und ich erweitere ein bißchen Ihren Horizont, meine Dame, man weiß ja nie, wozu man etwas brauchen kann: vielleicht kommen Sie mal in die Verlegenheit, oder es ergibt sich die Gelegenheit, daß Sie auch in einer Konditorei saubermachen, dann ist es ganz gut, wenn man zum Beispiel über das Vorhandensein und die Wirkungsweise von Mehlwürmern Bescheid weiß: die kommen zwar selten vor, das geb ich zu, aber dann machen sie sich aber auch ziemlich bemerkbar: die fressen nicht bloß das Mehl, die legen auch ihre Eier ins Mehl, einfach ins Mehl, stellen Sie sich das vor, und da kriecht dann der Nachwuchs aus und stößt seine Bälge ab, natürlich im Mehl, und die häuten sich dauernd, die Biester! Fressen das Mehl, eiern ins Mehl, häuten sich im Mehl, kacken ins Mehl, vermehren sich im Mehl! Und die haben auch gleich mehrere Bruten im Jahr, das geht jeweils in die Hunderte und Tausende mit den Eiern im Mehl, jawohl. 15 000 Stück im Jahr, das ist eine ganz normale Quote. So halten die's mit der Vermehrung, nun gucken Sie nicht so weg, meine Dame, in Ihrem Fach muß man so was wissen, wie gesagt, Sie könnten ja auch mal in einer Konditorei putzen, im Arbeitsraum, im Lagerraum, dann wissen Sie schon genau, worauf es ankommt. Ja, das ist mit diesen Viechern genau wie mit den Ratten, die vermehren sich auch wie die Deubel: fünf-, sechsmal im Jahr und jedesmal mindestens ein halbes Dutzend. Und die lassen sich gar nicht mal so leicht beseitigen, wie zum Beispiel die Mäuse: bei denen legt man Fraßgifte aus, vergiftetes Getreide oder Brotscheiben mit leckerer Giftpaste bestrichen, und hopps gehen die hopps! Die Ratten sind viel gewitzter, denen muß man erst mal unvergiftete Köder vorlegen und sie daran gewöhnen und dann einmal Gift rein, Rattengift und futsch! Aber das heißt noch nicht, daß das immer so klappt, bei Ratten muß man sich dauernd was Neues einfallen lassen. Wir hatten mal eine Zeitlang eine Aushilfe, einen Bäcker im Ruhestand, der wollte zum Beispiel den Rattenmännchen einen Stachel anschnallen, mit einem Gurt um den Bauch, und zwar so, daß der schräg nach vorne steht, Sie kapieren schon, und wenn das jetzt so weit kommt, bezüglich Bespringung, dann dringt nur der künstliche Stachel ein, und der ist vergiftet! Warum putzen Sie jetzt da hinten in der Ecke? Na jedenfalls, das Rattenmännchen würde nie so richtig zur Sache kommen, weil das Ding ja davor angeschnallt ist, und darum müßte es sich immer neue Weibchen suchen und auf diese Weise ganz schön

Dritter Tag. 12 Uhr 08. Sprechdauer 64 Stunden
kennen ja nun die Frauen, meine Herren, das ist unter Umständen, je nachdem also, wie man das gerade so trifft, nicht wahr, das ist ja doch eine ziemlich teure Angelegenheit, würde ich sagen. Man will ja auch mal anständig ausgehen, in ein gepflegtes Restaurant, in eine gute Hotelbar, und bei der Gelegenheit möchte man denn auch, daß die anständig, daß die nach was aussehen; und da ist das natürlich nicht immer ganz leicht, wenn man finanziell mithalten, also auf der Höhe halten will. Aber auf der anderen Seite, das wollen wir ja gar nicht leugnen, nicht wahr, meine Herren, das macht doch, das hat doch einen gewissen Anreiz, wenn man da merkt, wie man so ankommt. Aber wie gesagt, man muß schon eben, eben schon was springen lassen, man muß hübsch tief in die Tasche greifen, wenn man einen entsprechenden Fisch an Land ziehen will, da besteht nun mal ein ursächlicher Zusammenhang, möchte ich sagen, auf Grund gewisser Erfahrungen, die man so gemacht hat. Obwohl es natürlich Leute gibt, die beides ganz gut kombinieren, die ziehen einen Fisch, einen hübschen Fisch an Land, das einerseits, und dann ist der Fisch

derart beschaffen, daß die nicht mal in die eigene Tasche greifen müssen, diesbezüglich, sondern, daß der auch noch was einbringt, also ein kapitaler Fisch – da gibt es ja so Spezialisten auf dem Gebiet. Also ich hatte mal einen Bekannten, den hatte ich in der Ausbildung kennengelernt, der war damals in der Boxstaffel – dabei hatte ich den natürlich nicht kennengelernt, aber der war damals grade Boxamateur, nebenher, und der sah gar nicht mal wie so ein Playboy aus, wie ein Beachboy, das hängt ja auch schon mit der Nase zusammen, oder von der Nase ab, insofern die alle so eine Wackelnase haben, die Boxer, weil das Nasenbein vorher rausoperiert wird: da konnte man richtig mit dem ausgestreckten Zeigefinger reindrücken, wie in Gallerte

Zwischen 16 und 19 Uhr
Hand an das rechte Ende des Mittelbruchs, dann linke Hand an die Mitte des Mittelbruchs, und wieder rechte Hand vorn links herum, die hebt das Tischtuch mit an, faßt darauf das linke Ende des Mittelbruchs, und dann wird im Schlußgriff

einfach da raus, also mal was anderes, was ganz anderes, da muß man eben mal die Tapete wechseln, und da fahre ich dann mit ein paar Freunden nach Berlin, das ist wenigstens nicht so provinziell, da ist so ein Hauch

Baumkuchen, da wird dann Schicht auf Schicht, also da ist zuerst mal ein Fettpapier, nicht wahr, und dann der Teig, das geht Schicht um Schicht, da kommt der Teig

wie die Sexwelle da vorgedrungen ist, das zeigt sich, das sieht man ja schon bei der Reklame, da sieht man das ganz deutlich, es wird ja kaum noch eine Zahnbürste ohne ein Mädchenbein

hat im Grunde gar nicht gewußt, was das, Zeit, das hat man wirklich nicht gewußt, als wenn jetzt so Minute um Minute, man hat das Gefühl, man muß da jede Minute treten, so ein Tritt in mir so einen Scheißfraß vorsetzen! Ich reiß euch den Saftladen hier raus, ich hol euch hier Publikum wie noch nie, und da muß ich auch wohl noch darum bitten

1 Uhr 43. Sprechdauer 77 Stunden
Teig machen, Teig, Teig machen, geschlagener Teig, gerührter Teig, schwerer Teig, einfacher Teig, wieder Teig und noch mal Teig, täglich Teig und nächtlich Teig, immer Teig, nur noch Teig, nichts als Teig, verdammter Teig, scheiß in Teig. Der Teig darf nicht weich sein, läuft auseinander, Gare nicht zu schwach sein, nicht zu kalt arbeiten, gut bemehlt abpressen, nicht die Maschine verschmieren, flott ausgären, ausgären und ausstoßen, viel Butter, wenig Touren, wenig Butter, viel Touren, Ziehfett rein, Ziehbutter, ein Pfund Mehl und ein Pfund Butter, bäh, fester Kleber, fest muß er kleben, der Teig, den Teig bearbeiten, rund zustoßen, kreuzweise einschneiden, bearbeiten, rund zustoßen, kreuzweise einschneiden, bearbeiten, rund zustoßen, kreuzweise einschneiden, zustoßen, einschneiden, kreuzweise zustoßen, einschneiden, kreuzweise, zustoßen, einschneiden, zustoßen, einschneiden, kreuzweise, zustoßen, zustoßen

Vierter Tag. 8 Uhr 15
dir auch immer schön die Füße, ja Kollege? Brauchst nichts zu sagen, reicht ja, wenn ich armer Hund rede, bis mir die Zunge aus dem Maul hängt. Hier im Hals ist auch schon alles ganz ausgeleiert, kein Wunder nach 84 Stunden – aber wie stehts mit den Füßen? Wer den ganzen Tag auf den Füßen ist, und in den Schuhen ist, der wird da leicht anfällig – komm, sag nichts, davor ist keiner sicher! Da heißt es also täglich brav die Füße – wechseln, hätte ich fast gesagt, also die Füße waschen, und zwar möglichst mit Seife, ja. Und täglich schön brav die Strümpfe und Schuhe lüften. Wenn man die Strümpfe über Nacht schön lüftet, weißt du, und im Bett nicht anbehält, dann sind die nämlich erfahrungsgemäß viel saugfähiger, jawohl. Und alle zwei, drei Tage waschen, also die Strümpfe. Und die Füße, falls das mit Wasser und Seife allein nicht hinhaut, dann wäschst du die eben mit, wie hieß das noch, mit Lysol, Lysol, so heißt das, mit einer

Lysollösung, nein, das stimmt auch nicht, das hieß anders, Moment, ich habs gleich, das liegt mir – Lysoform, ja, so hieß das: Lysoformlösung. Da wäschst du also schön brav die Füßlein mit einer Lysoformlösung und dann einpudern, besonders zwischen den Zehen, oder einreiben, mit so einem Talg, aber davon weiß ich den Namen nicht mehr, irgendwas mit Sa-Sowieso-Talg, oder was eben so an schweißlindernden Mitteln

Vierter Tag. 19 Uhr 10
dabididah, sie ist wirklich großartig. Einfach großartig. Das merkte man auch gleich bei der Aufnahme, Freunde, da hatte ich das Glück dabeizusein. – Und jetzt muß man als Jockey eben was erzählen, wissen Sie, so Dinge, die der Hörer noch nicht weiß, dadurch entsteht dann eben der besondere Kontakt, das direkte Fluidum, nicht wahr. Das müßte also ungefähr folgendermaßen gehen, daß man also ungefähr sagt: Freunde, das klappte gleich von der heißen Probe weg auf Anhieb, sie sagte einfach: Versuchen wirs mal, und dann ging sie ans Mikrophon, schneidet das mal mit, und diesen ersten Mitschnitt habt ihr nun gehört, da mußte nichts wiederholt werden, nichts reingeschnitten, das ging gleich frisch weg auf Band, auf die Platte. Und ich meine, das hört man, daß da nicht lange rumprobiert und rumlaboriert wurde. Und damit gleich die nächste Aufnahme, für euch – jetzt müßten natürlich Namen kommen, von Hörern – also für euch ganz speziell habe ich die nächste Platte ausgesucht, auch sie gesungen, ratet mal, gesungen von wem wohl, wer mag das wohl singen, na, wer mag das singen, wer allein kann das

Fünfte Nacht. 0 Uhr 02
hier so mit einer Gurke rumkrache, man soll ja nicht mit vollem Mund reden, und bei Gurken schon gar nicht, aber wenn man so die 100-Stunden-Grenze geschafft hat, da hat man sich doch das Recht auf eine Gurke verdient, finden Sie nicht auch, meine Herrschaften? Das ist verdammt erfrischend, so eine Essiggurke, muß ich schon sagen, so krachig und knusprig, das ist unheimlich erfrischend, find ich. Obwohl, ich muß zugeben, wenn man richtig kaputt ist, da würd einen das auch nicht hochkriegen. Und ich muß Ihnen sagen,

es hat in der letzten Zeit Stunden gegeben, mein Lieber, vor allem nachts, also ich hab gedacht, ich krieg die Kurve nicht mehr, da kommt man schwer ins Schleudern. Aber jetzt, da verrate ich Ihnen ja nicht zuviel, meine verehrten Anwesenden, wenn ich Ihnen sage, daß ich ganz sicher bin, den Weltrekord zu brechen! Da bin ich ganz sicher. Ich fühl mich im Moment wieder völlig auf der Höhe, wirklich, ich bin völlig fit, jetzt kann mir nichts mehr dazwischenkommen. Die Herren Vorredner, die red ich jetzt alle in Grund und Boden, die werden ganz klein, die werden ganz klein und häßlich, das sag ich Ihnen schon im voraus. Und noch ein paar andere Leute dazu, die werden auch ganz klein und häßlich. Na Prost Gurke! Krach, das kracht ja wirklich toll! Einige der anwesenden Herrschaften werden sich nun fragen: Muß es zur Feier der 100-Stunden-Grenze wirklich eine Gurke sein, ausgerechnet eine Gurke, unbedingt eine Gurke? Ja, meine Damen und Herren, es muß eine Gurke sein, auf Biegen und Brechen, ich bin also gradezu geil auf Gurken, ich hab fast das Gefühl, ich wär schwanger, und das Gurkenwasser sauf ich gleich hinterher, Sie werden sehen, wenn ich die beiden hier verputzt hab, dann

1 Uhr 53 morgens.
festgestellt, also, wenn man ein bißchen gut, wenn man ein bißchen was an sich hat, jenes gewisse Etwas, also ein Fluidum, so ein direktes Fluidum, da hat man eigentlich in neun von zehn Fällen, also bei Frauen hat man da eigentlich überhaupt keine Schwierigkeiten. Und das ist nun etwas, also wenn man sich selbst gegenüber ganz ehrlich ist, das macht da, wenn man so merkt, man kommt gut bei denen an, das, naja, Sie verstehen schon. Aber manchmal hat man eben doch so Bedenken, will ich mal sagen, weil das, irgendwie ist das zu leicht, und die Romantik, die geht dabei eben

Sprechdauer 103 Stunden
zwanzig vor vier, die ganze Zeit schon zwanzig vor vier. Solang ich auf die Uhr schau, zwanzig vor vier. Noch nie so lang zwanzig vor vier gewesen. Und wie oft wird das noch zwanzig vor vier? Laß mal rechnen, das vertreibt was die Zeit, dann ist nicht mehr zwanzig vor

vier, dann ist neunzehn vor vier, oder achtzehn vor vier, ist nicht mehr zwanzig vor vier, dann ist das schon weiter, dann ist das zwanzig nach vier oder so, oder nachmittag, wenn bloß schon nachmittag wär, zwanzig vor vier, geht das denn überhaupt nicht, das soll doch endlich weiter, endlich weiter, zwanzig vor vier, die ganze Zeit nichts als

5 Uhr 18
Butter mit Mehl schaumig gerührt, Ganzei mit Zucker warm angeschlagen und rein, Ganzei mit Zucker warm rein und schaumig gerührt, Butter mit Mehl schaumig rühren, Ganzeier mit Butter und Zucker schaumig rühren, das Mehl unterziehen, Butter mit Eigelb schaumig rühren, Eiweiß mit Zucker anschlagen, mit Mehl unter die Buttermasse melieren, Eier aufschlagen, mit Butter schaumig rühren, alles schaumig und Eigelb unterziehen und Eiweiß mit Zucker aufschlagen, schaumig schlagen, Butter mit Mehl schaumig rühren, gelber Schaum, Dotter rein, pißgelber Schaum, Eier und Mehl und Butter, schaumig, jahrelang, Butterschaum, Zuckerschaum, Mehlschaum, Eierschaum unterziehen, melieren, anschlagen, unterziehen, Butter mit Mehl schaumig rühren, Ganzei mit Zucker warm anschlagen, warm und Zucker, schaumig, gelb, eigelb, buttergelb, schaumig, Zucker rein, Eischnee, schaumig, warm anschlagen, schaumig, warm anschlagen, Zucker und schaumig, anschlagen, warm anschlagen, Butter und Ei, schaumig, warm anschlagen

Fünfter Tag. Zwischen 11 und 14 Uhr
das so vergleicht, die Prüdigkeit oder Prüderie früher, da würde man ja sagen, daß diese Sexwelle auch ihre Meriten hat, obwohl, andererseits, man muß leider sagen, daß dabei jede Romantik, das machen die doch bloß noch

man so weiß, ungefähr weiß, ob die Welt nun vergangene Nacht untergegangen ist oder nicht, also was da eben so passiert ist. Aber das, ich meine, ich bin persönlich der Meinung, wenn das

Mittelbruchs, so heißt also die Mittelfalte da, und dann kommt die linke Hand, die kommt an die Mitte dieses Mittel, von diesem Mittelbruch, und dann die rechte Hand vorn links

wie da alles hinter verschlossenen Türen, immer hinter verschlossenen Türen, in der Politik, also ich meine immer, man sollte da Tage, da Politik der offenen Türe

so eine junge Dame, die soll ja auch nach was aussehen, das fällt doch auf einen zurück, und wenn man nun mal ein bißchen Lebensart im Leib hat

lassen mich reden und reden und fragen nach nichts, überhaupt kein Interesse die, daß ich mal Auskunft geb, oder die Erfahrungen, die man so gemacht hat, die lassen mich einfach reden und reden, die, statt da mal, die lassen mich einfach reden, die, und reden und

nicht so viel futtern, Mutti, nicht so viel muttern, Futti, Muttern futti, nicht so viel, so viel futtifutti mit der Mutti, die Sachen, die Sahne da rein in die Muttifutti

15 Uhr 05. Sprechdauer 115 Stunden
für die zehn Pfennig pro Bierglas, und die paar Pfennig pro Tasse Kaffee und nicht mal zehn Prozent für die Speisen, also wenn ich das dafür machen würde, meine Herren Juroren, da wär ich ja ein ganz armer Hund, das kann ich Ihnen sagen. Aber das ist in Wirklichkeit, da ist das bloß so ein Durchgang für mich, verstehen Sie, so eine Durchgangspassage, und das mache ich auch bloß einmal, können Sie Gift drauf nehmen, zu den Typen gehör ich nicht, die so ihre Tour draus machen, so seh ich ja wohl auch nicht aus, oder? Jedenfalls, das ist das erste und letzte Mal hier, das kann ich Ihnen sagen, das, ich hab sowieso schon das Gefühl, meine Lippen und das hier, das wird nie wieder normal, das schlabbert mir alles runter, wie eine Hottentottenschürze, wenn ich das mal so kraß ausdrücken soll. Also, wie gesagt, damit würde ich mich nicht begnügen, freie Ver-

pflegung, das bißchen Umsatzbeteiligung und die Pauschale, anteilig am Gesamtverdienst, also damit würde ich, darauf kommt es mir bestimmt nicht an, ich hab ja nun schließlich

18 Uhr 53
einfach raus will, das, da bin ich Ihnen ganz ehrlich, meine Damen und Herren, ich war also mit zwei Kollegen, also nicht Kollegen, nicht direkt Kollegen, das waren zwei, zwei Bekannte von mir, wir waren nach Berlin geflogen, zu einem Wochenende, wir wollten uns mal ein anständiges Wochenende, und wir waren also, wir waren kaum da, wir saßen gerade, und schon, wir hatten gerade das erste Bier, und irgendwie, ich weiß auch nicht, da hatten wir schon Krach, auf irgendeine Weise, jedenfalls, ich hatte so eine Wut, ich habe derartig die Wut gekriegt, ich hab gesagt: scheiß drauf, und dann bin ich, da hab ich mir das nächste Taxi geschnappt, und gleich wieder raus da, zum Flugplatz, also zum Flughafen, und dann bin ich mit der nächsten Maschine, da bin ich ganz hart in der Beziehung

Sechste Nacht. 21 Uhr 17
Zeit überhaupt nicht weiter, einfach nicht weiter, hunderteinundzwanzig Stunden, seit Stunden hundertein, hunderteinundzwanzig Stunden, stundenlang hunderteinundzwanzig Stunden, immer hunderteinundzwanzig, hunderteinundzwanzig Stunden, hunderteinundzwanzig Stunden, hunderteinundzwanzig, hunderteinundzwanzig Stunden, aber das muß weiter, warum das nicht weiter, hunderteinundzwanzig, hunderteinundzwanzig, hunderteinundzwanzig, hunderteinundzwanzig Stunden, das muß doch weiter, muß endlich weiter, hunderteinundzwanzig Stunden, hunderteinundzwanzig, das muß doch, hunderteinundzwanzig Stunden, warum geht das nicht, die Zeit überhaupt nicht, hunderteinundzwanzig Stunden, aber das muß doch weiter, das

22 Uhr 06
Tonband mit und gleich nach der Aufnahme mit dem Tonband ein kleines Gespräch, in der Kantine oder so, mit dem Tonband, wie war es, wie hat es geklappt, und dann der Urlaub und so weiter, so

die persönlichen, die persönliche, das Fluidum. Und deshalb alles im voraus, das müßte man alles im voraus, wenn das auf die Liste, Hit Nummer sowieso, da liegt das schon gleich, da hat, also da kann man das in der Ansage so

23 Uhr 41
die sollen mich, die können mich alle mal, die, ich werds denen, die, mich einfach, denen werd ichs, mit denen nehm ichs noch auf, die Knickeier da, sollen das mal, ich, hundertdreiundzwanzig, die Knickeier da, das sollen die mal, die, mit denen, denen werd ichs zeigen, hundertdreiundzwanzig, das sollen die mal, die, die Knickeier da, denen werd ichs zeigen, die werd ich alle, die hau ich alle in die, die Knickeier, denen werd ichs zeigen, die Knickeier da, die haben wohl, sind da einfach, ich werds denen zeigen, die, denen werd ichs zeigen, die Knickeier da, ich

Sechster Tag. 0 Uhr 17 morgens
überhaupt nicht weiter, Scheißzeit, reden und reden und überhaupt nicht weiter, geht überhaupt nicht weiter, das, das muß doch weiter, muß endlich, der Zeiger, das ist, muß weiter, ich, geht nicht weiter, ich, mein Hals, da ist alles so auf und rauh, die Zunge ist ganz, die, ich kann die, ich bin doch, Scheißzeit, ich kann doch hier nicht, Scheißzeit, weitergehn, ich sag weitergehn, das muß doch weiter, geht überhaupt, ich muß doch, Scheißzeit, überhaupt, wirklich, ich, das auf, alles ganz auf, das alles, mein Hals, das alles, ich muß doch, bitte, geh weiter, ich, das, Scheißzeit, ich, weitergehn, ich sonst, ich, bitte, nur ein Stück, kleines Stück, Zeiger, weitergehn, nur ein Stück, sonst ich, wirklich, das alles, rauh, ganz auf, kaputt, das, ich, bitte weiter, weitergehn, Zeiger, Scheißzeit, weitergehn, Scheißzeit, ich sonst ich, bitte

2 Uhr 51. Sprechdauer 126 Stunden
aufkochen, Zucker, das geht da so, aufkochen, kocht da so auf, bläh, abschöpfen, das abschöpfen, das alles, Zucker, aufkochen, Hilfe, ich muß kotzen, der Zucker, immer Zucker aufkochen, aufkochen, bläh, ich will das nicht, ich will nicht, ich will nicht mehr, ich, auf-

kochen, bläh, aufkochen, der Zucker, abschöpfen, alles Zucker, abpinseln am, am Pinselrand, alles Zucker, abpinseln am Kessel, am Kesselrand abpinseln den Zucker, am Pinselrand, ich, dein Zuckerpinsel, bläh, abpinseln, ich also, kocht da so auf, Zucker, ich, nein ich, Zucker, ich kann, zum Kotzen, abpinseln, am Zucker, der Hukker, ich, das abpinseln, am Pinselrand, der Pinsel, das, ich, bläh, Zuckerpinsel, ich

3 Uhr 11. Sprechdauer 127 Stunden
will, weil ich doch siebenundzwanzig, hundertsiebenundzwanzig, das geht überhaupt, ich will doch, ich, das muß, weil ich endlich, das kann doch nicht so, ich muß doch weiter, ich, hundert, ich will, geht das, geht überhaupt nicht, das muß doch, ich, hundertsiebenund, ich, das muß doch, ich muß, ich, verdammt, ich will doch, hundertsiebenundzwanzig, ich muß, das kann doch nicht, das muß, ich will doch, hundertsieben, hundertsiebenundzwanzig, ich kann nicht einfach, das kann doch nicht, das alles, der Hals, ich will, die Zunge, das, hundert, ich, bloß, das ist, ich muß doch, das alles, ich will, ich muß doch, hundertsieb, ich kann, ich muß das, ich doch, hundert, ich will doch, ich muß doch das, ich, das alles, ich, die Zunge, das so, alles, das alles, hundert, ich muß doch, die Zun, das, bläh, ich muß doch, ich, das hun, ich will doch, ich, die Zun, alles so, ich das, bläh, ich muß doch, das alles so, ich, das muß, das alles so, ich, das, bläh, Zun, ist das, die, Zun, das, die, ich muß doch, so auf, ich will doch, das ist, ich das, die Zun, das die, ich muß doch, die, das alles, ich, die Zu, ich, die, das, ich, bläh, ich, das alles, ich, bläh, ich, alles, ich

New York in zwei Strichen

Auf einem der Holzklappstühle des Sonnendecks ein junger Mann von etwa zwanzig; mit seiner jüngeren Schwester, mit seinen Eltern in derselben Stuhlreihe trank er Cola aus einem Pappbecher, aß knirschend Kartoffelchips, bis das Schiff vom Pier ablegte. Nun zog er aus seiner Umhängetasche einen kleinen Block, unliniertes Papier, einen sorgsam zugespitzten Bleistift, schaute aufmerksam zu den Hochhäusern, Wolkenkratzern rund um das Empire State Building, begann zu zeichnen: eine feine Linie senkrecht, eine dickere, mit schräggehaltenem Bleistift gezogen, waagrecht. Und während das Schiff an leeren Piers von Kreuzfahrtlinien, an verfallenen und verfallenden Frachtpiers vorbeifuhr und während, nach dem niedrigeren Gebäudeniveau des Greenwich Village, die Hochhausgruppe der Downtown heranglitt, mit dem neuen Doppelwolkenkratzer des World Trade Center fast unmittelbar am Hudson, zog er mit der feinen Bleistiftspitze die senkrechte und waagrechte Linie nach, verlängerte sie zögernd um einen Millimeter. Und er zeichnete mit dem Bleistift, der so gut wie keine Spuren hinterließ auf dem Papier, weiter an dieser Waagrechten und Senkrechten, während das Schiff dicht heranfuhr an die kleine Insel mit der Freiheitsstatue, und man sah das rotweiße Gebäude auf Ellis Island, und das Schiff machte einen U-turn, vor dem Bug nun wieder die Downtown, die Battery, und der junge Mann schaute wie ein aufmerksam hinblickender junger Zeichner zu dieser Wolkenkratzergruppierung, zeichnete weiter an der Senkrechten und Waagrechten, keine dieser Linien länger als drei oder vier Zentimeter, der Park an der Inselspitze mit dem klassizistischen Old U.S. Customs House und das schwarze Rudin Rose Building und das ebenfalls schwarze State Street Plaza und das hellere New York Plaza, und weiter links, abrückend im Bild, der älteste Pier der Stadt und einige Küstenwachboote; der junge Mann folgte mit den Augen allen Hinweisen des Lautsprecher-Kommentars. Und während das Schiff am South Street Seaport Museum vorbeifuhr, ein Dreimaster, aber ohne Segel, am Pier, und während das Schiff auf die Brooklyn Bridge und die Manhattan Bridge zufuhr, das dumpfe Brausen der Reifen auf dem Eisengitterrost, zeichnete er die senkrechte und waagrechte Linie weiter, verlängerte sie, vielleicht, um jeweils einen Millimeter, machte die waagrechte Linie, vielleicht, auch ein ganz klein wenig dicker, und während das Schiff am Seaplane Terminal und am Heliport vorbeifuhr, von dem denn auch ein Besichtigungshubschrauber hochbullerte, Richtung UNO-Gebäude, und während die Roosevelt-Insel näher rückte, zeichnete er an dieser senkrechten, der waagrechten Linie, die sich nicht veränderten. Die Queensborough-Brücke, hochgeschichtet das Cornell Hospital, die Hauswürfel auf der Roosevelt-Insel rechts, der dichte Verkehr auf dem Roosevelt Drive links, die kontrastreich wechselnde Silhouette Manhattans, und er arbeitete an der waagrechten und der senkrechten Linie spurlos weiter, beschaute auch, wie alle, die weiße Kolonialstilvilla im Park, den Amtssitz des Bürgermeisters, ließ die sehr feine Bleistiftspitze weiterhin über das Papier gleiten, wie schraffierend zucken an der Waagrechten, und das Schiff fuhr ein in den schmaleren Harlem River, niedrige Eisengitterbrücken, rostig, vielfach Drehbrücken, Schwenkbrücken mit bestimmt jahrzehntealtem Schmierfett an den Zahnradzähnen, und Farbige schauten, manche mit Radios in der Armbeuge, auf das Schiff herunter, und Schuppen und Werkstätten rechts, zusammengestauchte Autowracks, stockwerkhoch geschichtet, kleine Fabrikgebäude, grauschwarz, schließlich das Yankee-Stadion, rund, aber immer noch war der junge Mann beschäftigt mit der senkrechten und der waagrechten Linie, und das Schiff fuhr nun zu auf die drei dicht hintereinander liegenden, sehr hohen und weiten Brücken zwischen dem High Bridge Park und der Bronx, fuhr um die Nordspitze Manhattans, ein kurzer Abschnitt nun, in dem man sich in einem Fjord glauben konnte, Bäume an Hängen, eine Felswand, allerdings mit einem riesigen, weiß aufgemalten C, und die Henry Hudson-Brücke danach, der Inwood Hill Park links – währenddes zog die Bleistiftspitze die senkrechte und die waagrechte Linie nach, und das Schiff fuhr an einer alten, endgültig beigedrehten Eisenbahnbrücke vorbei in den wieder sehr weiten Hudson, mit dem bewaldeten Steilufer nördlich von New Jersey, frischer Wind nun, die Fahrt jetzt etwa zwei Stunden lang, der junge Mann schaute zum Inselufer wie ein Zeichner, der sich kein Detail entgehen lassen will, setzte den Bleistift wieder an, und zu sehen war auf einem Hügel die Klosteranlage, importiert, wieder zusammengebaut: die Cloisters, und dann die weit gespannte George Washington Bridge, danach die (über die Schiffslautsprecher nun nicht mehr kommentierte) Fahrt entlang am Henry Hudson Park, dann (wieder kommentiert) die Hall of Fame, weiß, klassizistisch, hohe Kuppel, und der hohe, weiße, gotisierende Turm der Riverside Church, und als klassizistischer Rundtempel das Soldiers and Sailors Monument, immer noch im langgestreckten, von hohen Wohnhäusern abgegrenzten Park, und der junge Mann zeichnete, zufrieden aussehend, die beiden Linien nach, schließlich wieder das Empire State Building, das Chrysler Building, das Rockefeller Center, und als das Schiff einbog zum Pier, klappte er den Block zu, schob ihn sorgsam in die lederne Umhängetasche, den Bleistift ebenfalls.

Und der Sultan von Oman

Wenn du hier, wo du jetzt stehst oder sitzt oder liegst, so hatte man James gesagt, und nicht nur ihm, das wußten auch Jungen in seiner Bostoner Nachbarschaft: Wenn du dich an dieser Stelle einbuddelst, dich lotrecht durch die Erdkugel wühlst, kommst du schließlich in einer Wüste heraus. Aber in welcher? Der weiten chinesischen, der riesigen afrikanischen, der großen arabischen Wüste? Er hatte das als Schüler nicht nachgeschaut, Atlas aufschlagend, Globus drehend, für ihn war selbstverständlich: Wenn er sich von Boston aus durch die Erdkugel wühlte, konnte er nur in der arabischen Wüste herauskommen. Hinter geschlossenen Augen sah er wiederholt, wie er sich hervorarbeitete aus einer rotbraunen Düne – und schon umgab ihn Wüstenhauch, Wüstenglut.

1973 ist O'Shaugnessy nicht mehr sicher, daß eine direkte Erddurchbohrung von Boston aus in die arabische Wüste führen würde, aber muß er dem Zwölf- oder Dreizehnjährigen deshalb widersprechen? Er weiß ja nun, daß Bohrungen selten lotrecht sind, daß von einer Bohrstelle aus diverse Richtbohrungen durchgeführt werden können mit elastischem Bohrgestänge, und so führte die Richtbohrung des jungen James in die Wüste, in der Lawrence of Arabia (in einem spannenden Buch) einen Zug vom Gleis gesprengt hatte.

James O'Shaugnessy in seiner New Yorker Wohnung: im Schneidersitz auf der französischen Liege, auf großkarierter schottischer Decke, vor ihm die Zeitung, die Zeitschrift, neben ihm der Aschenbecher. Die Liege umgeben von gestapelten Zeitungen, Zeitschriften: rosarot die *Financial Times*, auf Glanzpapier *Fortune* und *Times*, *New Yorker*; die ausgewertete Zeitung, Zeitschrift wird auf den Stapel gleichen Titels gelegt. Der Plastikkorb neben der Liege ist nur da für Papiertaschentücher, Zigarettenschachteln, Getränke-Tetraeder, für Prospekte, die er aus Publikationsorganen schüttelt.

Papier bedeckt auch die eine Wand, die kein Regal verstellt: eine großformatige Karte des Middle East, mit Filzstift eingetragene Linien und Markierungen vor allem im Ostbereich des arabischen

Subkontinents: *Musquat, Oman*; von der Spitze der weit in die Meerenge von Hormus hineinragenden Halbinsel ein Fächerfeld von Pfeilen, im Sektor zwischen NW und NO. Aus Zeitungen, Zeitschriften geschnittene, angepinnte Foto-Reproduktionen: zwei Festungen, eine Hafenbucht flankierend; eine kleine Hafenstadt mit weißen Häusern, von grauschwarzen Bergen eingefaßt, die sich tief ins Landesinnere staffeln; ein bartloser älterer Mann mit Turban; ein bärtiger jüngerer Mann mit Militärkappe; ein Mann, der in aufgebauschtem Burnus auf Skiern eine rotbraune Wüstendüne hinabfährt; ein von zwei Schleppern gezogenes Pipeline-Verlegungsschiff; Aufriß und Querschnitt eines Supertankers; die »Explosionszeichnung« einer Lenkwaffe: die wichtigsten Teile vom Zeichner perspektivisch auseinandergerückt, Aufschlüsselung unter dem Bild.

Zwei Wände verdeckt von Regalen: Bücher, gereiht und geschichtet, Schnellhefter, Einschlagmappen, hektographierte, xerokopierte Schriften. Vor allem aus waagrecht liegenden Büchern hängen fingerbreite Zettel, an den Kopfenden Stichworte, Kennworte mit Bleistift, Kugelschreiber, Filzstift. Keine Zahlen, keine Chiffren, O'Shaugnessy führt kein Register. Wenn er etwas sucht, hebt er die schlaffen Papierstreifen an. Sein Suchen ist oft ungeduldig, er flucht dabei über die Unordnung, die er zugelassen hat, legt meist eine Schallplatte auf: vorzugsweise John Coltrane, beispielsweise *Sun Ship*.

Papierfrei ist in seiner Wohnung nur die Fensterseite: seitlich im Panorama-Ausschnitt noch etwas Grün von der Anhöhe der Cloisters; Blick hinüber zum Hudson; die Hängebrücke nach New Jersey.

Im kleinen Vorraum dutzendweise Zettel, hellblau, mit der Druckaufschrift *Don't forget!*. Auf diesen Zetteln sind Termine vorgemerkt, Titel von Filmen, die er sehen, von Büchern, die er kaufen will, hier sind Stichworte notiert aus Büchern, Zeitschriftenaufsätzen, Zeitungsartikeln, hier werden Fakten und Argumente gesammelt: Die Zeit nach dem Weihrauchhandel, die Zeit nach dem Sklavenhandel, die Zeit nach dem Mineralölhandel ... »ein durch gewaltige Kräfte vorwärts getriebener Sitz« ... Oktoberrevolution des Jazz ... Lehre vom gemäßigten Gesamtumsatz ... Meerenge von Hormus: im Tagesschnitt Passage von 3 Mio. Tonnen Rohöl ...

Zettel, auf denen Nahrungsmittel, Kleidungsstücke, Gebrauchsgegenstände vermerkt sind, hängen an Rahmen und Fläche der Wohnungstür. Er nimmt solche Zettel nicht mit: vor ihnen stehenbleibend, prägt er sich Notiertes ein. Durchgestrichen wird Erledigtes nicht, manches erledigt sich von selbst; ist kein Platz mehr da für weitere hellblaue Zettel, so reißt er größere Zettelflächen herunter, ohne noch mal prüfend draufzuschauen.

Zettel sogar am Spiegel des kleinen Badezimmers: bei besonders starker Zettelvermehrung sieht O'Shaugnessy sein rotbraunes Kraushaar, sein sommersprossiges, hellhäutiges Gesicht umgeben von diesen blauen, vielfach dicht beschriebenen Zetteln – Materialien zum Memorieren, beim Rasieren.

Zettel auch im Büro des O'Shaugnessy, im Zentralgebäude der United Oil Corporation, Park Avenue, aber hier breiten sie sich nicht an den Wänden aus, hier sammeln sie sich auf einer Metallfläche, von kleinen Magneten angepreßt; ein Querfaden, ein lotrechter Faden lassen sich so verschieben, daß im Fadenkreuz jeweils ein Zettel mit besonders wichtigen, aktuellen Notizen hängt. ›VERSCHWÖRUNGSTHEORIE‹!

Oktober 1973, Vierter Nahostkrieg. Die Großmächte USA und SU erzwangen die Beendigung der Kampfhandlungen. Arabische Länder stellten die Öllieferungen an die Vereinigten Staaten und die Niederlande ein: die USA, weil sie Israel offen unterstützten, Holland, weil es als pro-israelisch galt. Die Öllieferungen der arabischen Länder an westliche Industrienationen sollten kontinuierlich gedrosselt werden, bis sie sich solidarisch erklärten mit der Forderung der Arabischen Liga, Israel müsse sich auf die 1967 von der UNO-Sicherheitsresolution 242 festgelegten Grenzen zurückziehen. Drosselung der Erdölförderung der arabischen Staaten im Oktober bereits um 20 Prozent; zugleich Anhebung der Rohölpreise. Zusätzliches Anheben dieser Preise durch Mineralölkonzerne. In den Medien Entwicklung und Propagierung der Verschwörungstheorie.

Ende November 1973: ein Vorstandsmitglied der United Oil Corporation fliegt nach Westeuropa und in den Nahen Osten. Sein Arbeitsbereich: Public Affairs. Sein Name: David G. Matheson, Jr. (58). Er wird begleitet von James O'Shaugnessy (36): Persönlicher Referent, Experte in »Arabian affairs«.

Der Auftrag der Konzernleitung: Die PR-Reise soll demonstrieren, daß kein Kartell, kein Komplott von Mineralölkonzernen in der Preispolitik besteht; diese Initiative der United Oil Corporation soll sich dokumentieren in Gesprächen und Verhandlungen; durch begleitende Pressearbeit soll das Image, das Corporate Design der UOC optimiert werden.

David G. Matheson, Jr.: den Spitznamen »Lips« hat O'Shaugnessy ihm nicht gegeben, den hat er übernommen, der scheint exakt auf Matheson zugeschnitten. Der schmale, zumindest oben schmal wirkende Kopf betont durch die enganliegenden weißgrauen Haare; etwa in Höhe der Wangenknochen scheint sich der Kopf nach unten hin zu verbreitern, aber das könnten Messungen leicht widerlegen, der Eindruck wird suggeriert durch den auffällig breiten Mund. Die Lippenhaut freilich scheint dünn, leicht verletzbar. Diese Weichheit noch betont durch den sehr schmalen, weißen Schnurrbart, den Matheson kurz hält.

Spricht Matheson, so sieht man nur die untere Zahnreihe; die Schneidezähne auch bei temperamentvollem Reden verhängt von der Oberlippe. O'Shaugnessy ist sicher, daß auch andere (andere erst recht!) Matheson auf die Lippen schauen, selbst wenn er nicht spricht, wenn sie nur entspannt geöffnet sind, spaltweit, beim Zuhören.

Matheson macht lange genug seinen Job, er weiß selbst, daß seine Erscheinung fast automatisch Assoziationen weckt an einen englischen, zumindest schottischen Lord, daß er damit »ganz von selbst« vertrauenswürdig und überzeugend wirkt, dazu muß er gar nicht so sehr viel reden. Manches Gegenargument, manche Unterstellung erledigt er mit einem simplen »Ach was« oder »Ich bitte Sie!«. Und das nimmt man ihm (weithin) ab. Matheson weiß, daß sein Öffentlichkeitsbild auch mitgeprägt wird von seiner »soignierten« Kleidung. So trägt er stets elegant geschnittene, vorwiegend dunkelblaue Anzüge, die das meist etwas rosige Gesicht, das weißgraue Haar betonen.

Podiumsgespräch in der Aula der Universität Zürich über Vorgeschichte und Ursachen der Ölkrise. Die Teilnehmer: Dschamil al-Adham, Referent der Botschaft Kuwait; Dietmar Wolf-Braeuning, Wirtschaftsjournalist; Günther Rohde, Publizist; David G. Matheson, Jr., United Oil Corporation.

James O'Shaugnessy sitzt nicht auf dem Podium, sondern in der ersten Reihe. Dennoch ist er mehr als nur Zuschauer; erfahrungsgemäß wird er von Matheson gelegentlich einbezogen – er richtet sich an ihn als seinen Persönlichen Referenten, fragt beispielsweise nach einer Zahl, schließlich kann er nicht alles im Kopf haben; solche ›Schwachstellen‹ lassen ihn, da ist er sicher, menschlich wirken.

Was Zuschauer und Zuhörer nicht wissen können: O'Shaugnessy hat als Vordenker, als Planer ein taktisches Konzept ausgearbeitet – wie Matheson den Kuwaiti bloßstellt, »ins Messer laufen« läßt.

O'Shaugnessy hatte sich gewünscht, daß dieser Araber dick ist, schnurrbärtig, und er trägt das nachthemdähnliche Dischdasch, und ein schwarzer Doppel-Stirnreif um Kopf und Kopftuch, und das Gesicht womöglich von einem Schweißfilm überzogen. Oder daß der Araber aussieht wie König Faisal von Saudi-Arabien: schmales, langes Gesicht, hager, faltig, Hakennase, verdickte Unterlippe. Leider ist der teilnehmende Araber ein kleiner, milchkaffeefarbener Mann in elegantem Anzug, und auf den riesigen, den neuerdings unermeßlichen Reichtum weist höchstens die goldene Kappe seines Kugelschreibers hin; die wird aber nur einmal abgezogen, bleibt dann liegen, unbeachtet.

Wie zu erwarten, bezeichnet al-Adham die »Ölwaffe« als letztes Mittel, im Nahen Osten eine gerechte und dauerhafte Friedenslösung zu erreichen; man werde das Teilembargo erst aufheben, wenn die Israelis sich aus allen 1967 besetzten Gebieten zurückgezogen hätten; man erwarte hier breite Unterstützung durch den Westen.

Wolf-Braeuning stellt eine Zwischenfrage: Ob al-Adham glaube, man könne Freundschaft mit der Ölwaffe erzwingen?

Der Kuwaiti spricht von einer »Diplomatie des Öls«; das Ölembargo gelte zudem nur den Vereinigten Staaten und den Niederlanden; beide Nationen hätten grundlos eine antiarabische Haltung eingenommen.

Günther Rohde bestreitet, daß die Initiative zur Einführung der neuen »aggressiven Marktpolitik« von den erdölfördernden arabischen Ländern ausgegangen sei; die Verengung des Rohölmarktes, die gleichzeitige Anhebung der Preise seien den Mineralöl-Konzernen höchst willkommen; bereits im Vorjahr hätten die US-Konzerne die (von der Regierung festgelegten) Preise für Heizöl nicht mehr hoch genug gefunden; weil beim Raffinerieprozeß Heizölgewinnung und Benzinherstellung technisch gekoppelt seien, habe man in den USA mit der Heizölproduktion auch die Benzinproduktion gesenkt: Drosselung des Raffineriedurchsatzes von 92 auf 84 Prozent; Ergebnis: Verengung des Marktes, Erhöhung der Nachfrage, Mehrkäufe in Rotterdam, auf dem freien Ölmarkt, und dies wiederum habe zu Preissteigerungen geführt. Die Marktsituation in den Vereinigten Staaten im April dieses Jahres: Benzin sei knapp und teuer gewesen, Heizöl ebenfalls. Mit dem Vierten Nahostkrieg sei nun eine Interessengemeinschaft entstanden zwischen den vorwiegend amerikanischen Mineralölkonzernen (»sisters«) und der Organization of Arab Petroleum Exporting Countries; noch voriger Tage, am 17. November, hätten sich in Wien Verhandlungsdelegationen der sechs OAPEC-Länder am Golf mit Vertretern der 13 westlichen Mineralölgesellschaften getroffen. Bei dieser Konferenz hätten die Konzerne vorgeschlagen, und zwar gewiß nicht zum erstenmal, eine schrittweise Anhebung der Basispreise durchzuführen, bis ein »bestimmtes Niveau« erreicht sei. So die offizielle Formulierung. Dies sei im Klartext die Pauschalzustimmung zur Preisanhebung. Dabei zeige diese Erklärung nur so etwas wie die Spitze eines Eisbergs; er würde von dem hier anwesenden Repräsentanten der United Oil gern erfahren, ob nicht schon vorher auf eine Erhöhung der Rohölpreise hingearbeitet worden sei.

Und Matheson stellt »eindeutig klar«: Die Preiserhöhung der arabischen erdölfördernden Länder sei bereits *vor* dem Vierten Nahostkrieg beschlossene Sache gewesen. Er weist hin auf eine Tagung in Wien, am 9. September: hier hätten Saudi-Arabien, Kuwait, Quatar, Abu Dhabi, Irak und Iran den Rohölbasispreis von 3 auf 5 Dollar pro Barrel angehoben – damit sei hinlänglich dokumentiert, von *wem* die Preiserhöhungen ausgingen! Und auf der Außerordentlichen Konferenz der OAPEC-Länder in Kuwait am 17. Oktober sei eine *weitere* Preissteigerung erörtert worden. Dies und die Tatsache, daß sich in der von den Arabern herbeigeführten Krisensituation die Mineralölkonzerne nicht zu einer einheitlichen Haltung entschließen könnten (und hier verweist Matheson mit Nachdruck auf den gegenwärtigen Alleingang der United Oil Corporation), dies sei wohl Kommentar genug zu den »grassierenden Gerüchten«, die dreizehn schönen »sisters« wären mit den bekanntlich so potenten Ölscheichs in die Betten gegangen. Mit diesem von O'Shaugnessy bereitgelegten Witz löst Matheson im Saal vereinzelte Lacher aus. James schaut sich prüfend um.

Ist er für voraussichtlich längere Zeit in einem Hotelzimmer, so zieht O'Shaugnessy den dezent grauen Anzug aus: die Jacke hängt er über einen Bügel und in den Schrank, die Hose legt er sorgsam über eine Stuhl- oder Sessellehne, die aufgeknotete Krawatte schlenkert er dazu, das weiße Hemd wird an Kragen und Manschetten geprüft, fällt entweder auf den Boden oder wird in Griffhöhe abgelegt. Und James zieht Jeans an, ein T-Shirt und nun auch Schweizer Hüttenschuhe.

So streift er im Hotelzimmer umher, wenn er Zeitungen vorsortiert: den Anzeigenteil läßt er gleich auf den Boden gleiten, den Sportteil nach kurzem Überblick, das Feuilleton blättert er nur an – keine Zeit, es zu lesen, schon gar nicht in dieser Krisensituation, die ihn zwingt, möglichst viele Informationen zum Thema zu sammeln. Es bleiben übrig der politische Teil, der Wirtschaftsteil; diese Seiten nimmt er mit zum Bett, auf das er sich im Schneidersitz hockt, einen Aschenbecher neben sich und ein Bündel verschiedenfarbiger Filzstifte. Seiten, auf denen nichts anzustreichen, auszuschneiden ist, läßt er über die Bettkante weggleiten – bei günstigem Winkel können sie einige Meter weit schweben, landen mit Papiergeräusch auf dem Teppichboden. So nimmt O'Shaugnessy das jeweilige Hotelzimmer in Besitz: Bodenfläche, auch Schreibtisch und Bett bedeckt mit bedrucktem Papier, mit Zeitungen vor allem, auch mit hektographierten und xerokopierten Blättern.

Die ausgeschnittenen Pressenotizen, Zeitungsartikel, Zeitschriftenaufsätze: hier werden wichtige Sätze unterstrichen; zusätzlich senkrechte Striche am Zeilenrand, oft ganze Abschnitte lang; Wörter von Ellipsen, Ovalen umschlossen, vielfach in Kontrastfarben, und manche dieser eingekreisten Wörter durch Striche verbunden, senkrecht, waagrecht, diagonal: so können Figuren entstehen wie Molekülmodelle.

O'Shaugnessy bleibt, umgeben von Papier, auf dem Bett hocken, wenn Matheson »für einen Moment« hereinschaut. Besteht die Möglichkeit, daß er stört, so ruft Matheson vorher an; meist aber sind sie den ganzen Tag beisammen, also würde er es rechtzeitig bemerken, wenn James eine junge Frau mit aufs Zimmer nimmt.

Matheson geht mit nachschleifendem linken Fuß (Autounfall) über die Papierflächen, ohne hinunterzuschauen, setzt sich, das rechte Knie mit der linken Hand hochziehend, auf die Bettkante. »Quality performance and efficiency« als Prinzipien, die er auch zu persönlichen Leitwerten gemacht hat, aber zuweilen will er mit James halt bloß mal plaudern, sich dabei erholen, nach einem anstrengenden Tag, vor einem wichtigen Termin.

Bei diesen Plaudereien führt O'Shaugnessy meist mechanische Arbeiten aus: beispielsweise klebt er die sichtlich bearbeiteten Zeitungsspalten, Aufsatzseiten auf standardisierte Blätter, an immer gleicher Stelle der Name des Publikationsorgans, das Erscheinungsdatum. Diese Materialsammlungen in roten Plastikmappen, durchnumeriert: *Oil and Politics 1–9*.

David G. »Lips« Matheson scheint physiologisch »wie programmiert« für leichte und überzeugende Artikulation, aber diese Erwartung erfüllt er nicht. Vielmehr pflegt er dieses Image: Wenn er den Mund aufmacht, hat er Gewichtiges, Überzeugendes zu sagen. Weil Matheson diese Erwartung kennt, hat er sich darauf eingestellt, neigt hier aber (so sieht das O'Shaugnessy) zur Überstilisierung: er vertraut gelegentlich zu sehr auf seine »Ausstrahlung«, auf seine knapp suggestive Artikulation.

Diese Verknappung kann zur Verarmung führen; deshalb ist notwendig, daß James seine Argumentation wieder anreichert und auffächert. Wenn Matheson dann ausspricht, was O'Shaugnessy vorbereitet hat, so wirkt das zumindest auf James vielfach so: Eigentlich ist gar nicht notwendig, daß ich, David G. Matheson, Jr., dies im einzelnen noch ausführe, aber nun bin ich mal hier, deshalb will ich das auch noch bringen, zur Ergänzung, Abrundung; der eigentliche Überzeugungsfaktor aber bin ich selbst, hier leisten Argumente, Zahlen, Daten bloß Hilfsdienste. Und das verleiht ihm gelassene Souveränität: sie allein schon baut einen Teil des Mißtrauens ab, mit dem sie als Repräsentanten der Mineralölbranche konfrontiert werden.

O'Shaugnessy weiß, daß bei Matheson auch Bequemlichkeit mitspielt, wenn er ihn, vor allem bei Pressekonferenzen, an seiner Seite sitzen läßt: »Come over here, James!« Natürlich kann er damit auch demonstrieren, daß es bei der UOC demokratisch zugeht, da spricht nicht immer bloß der jeweilige Boß, da wird in »guter amerikanischer Tradition« der jüngere Mitarbeiter einbezogen. Großzügig läßt ihm Matheson zuweilen auch den Vortritt, aber hier hat O'Shaugnessy meist das Gefühl, er muß eine Schneise freireden, in der Matheson schließlich seinen Auftritt hat: der muß dann gar nicht mehr viel reden, sagt überzeugend mit wenigen Worten das Entscheidende.

Dazu leistet O'Shaugnessy, das weiß er, seinen Beitrag. Er fühlt sich deshalb nicht bloß als »Wasserträger«: er sieht und hört gern, wie über Matheson zu unmittelbarer und nachhaltiger Wirkung kommt, was er ausgearbeitet, bereitgelegt hat. Diese Vorbereitungen könnte Matheson letztlich selbst treffen, er hat aber nicht mehr die Zeit dazu. Und er weiß: seine Wirkung liegt in seiner Präsenz. Das bedeutet für diese (nun von Zürich nach Kuwait führende) Reise: eine fast lückenlose Kette von Terminen. Wie soll er da noch aufarbeiten, sich »aufladen« können? Nun erst recht bewährt sich die (auch psychische) Konstellation Matheson / O'Shaugnessy.

Flug über die Kura al-Maru-Wüste. Pipelines schnurgerade in Sand und Geröll.

Für O'Shaugnessy wird (nach wie vielen Jahren zum ersten Mal wieder?) dieser Tagtraum des Vierzehnjährigen gegenwärtig: Er, James (Querkopf, verdammter Träumer, leg das Buch weg!), durchquert eine Wüste, tagelanges Wiegen auf dem Kamel zwischen endlosen Dünen, das Kamel vom Wasservorrat im Schwapp-Bauch zehrend, er selbst erstaunlich durstlos. Schließlich: die als schwarz beschriebene Mauer der Stadt, von der er gelesen hatte, Märchen über die Stadt aus Messing. Und O'Shaugnessy, Persönlicher Referent, sieht, wie James im Schatten der Stadtmauer das Kamel hinknien läßt, mit den für ein Kamel typischen umständlichen Bewegungen, und es wird dort auf ihn warten, die Läufe müssen nicht in Knöchelhöhe gefesselt werden – James konnte sich als Junge völlig auf dieses Kamel verlassen. Und nun sieht O'Shaugnessy, noch einmal vom Kamel gestiegen, die scheinbar zufällig an die Stadtmauer gelehnte, helle und hohe Leiter, die er kinderleicht hinaufgestiegen war, wiederholt, um immer deutlicher die Stadt zu sehen mit ihren Straßenflächen aus Messing, ihren Wandflächen aus Messing, ihren Dachflächen aus Messing, und aus Messing die Minarette, die Kuppeln der Moscheen.

Sandspuren: eine Bohranlage, von Bulldozern an Drahtseilen über Dünen gezogen.

Kuwait, im ersten Jahrzehnt des zwanzigsten Jahrhunderts: ein Städtchen mit wenigen tausend Einwohnern. Es war von einer Mauer umgeben aus Lehmziegeln, und wenn es ausnahmsweise mal länger regnete, wurde die Stadtmauer weich: Abbröckeln, Abschwemmen, Einsinken, sie mußte geflickt, ergänzt werden.

Kuwait City, zu Beginn der siebziger Jahre des zwanzigsten Jahrhunderts: die Altstadt wird von Bulldozern, Baggern abgeräumt. Nur ein paar Stadttore bleiben übrig, auf Verkehrsinseln. Geplant sind, begonnen werden Hotelhochhäuser, Bürohochhäuser, Wohnhochhäuser.

Kuwait City. Gespräch der Herren Matheson und O'Shaugnessy mit Minister Saiyid Fahad ibn Hammad al-Ghazali. Für diese Unterredung wird ein Dolmetscher nicht benötigt: al-Ghazali hatte mehrere Semester an der University of Iowa studiert; zwei Jahre war er Botschaftsreferent in den Vereinigten Staaten.

Nach dem etwa vierzigminütigen Gespräch im weitläufigen, holzgetäfelten Amtszimmer des Ministers: Besuch O'Shaugnessys bei Dr. Abdul Mishab, der »rechten Hand« des Ministers. Er empfängt James in seinem amerikanisch eingerichteten Büro mit grünen Ledersesseln, herabgezogenen Leichtmetall-Sonnenblenden.

Die Gespräche, selbst wenn sie in freundschaftlicher Atmosphäre stattfinden, oder: wenn sie eine für weitere Verhandlungen günstige Atmosphäre erzeugen, sie wären in der gegenwärtigen Situation überflüssig, falls sie keine öffentliche Resonanz fänden – und hier ist O'Shaugnessy zuständig, auch für die publizistische Auswertung.

Eigentlich übernimmt O'Shaugnessy mit dem Ausarbeiten von Pressevorlagen (die vielfach wörtlich übernommen werden: Dankbarkeit der meisten Redaktionen für »Formulierungshilfen«) eine Aufgabe, die dem Pressereferenten zustünde, aber es wurde eine Absprache getroffen: für den Zeitraum der PR-Reise wird O'Shaugnessy »unter dem Zaun durchgrasen«.

Selbstverständlich kann er nicht im Detail über die Verhandlungen, Gespräche informieren, entscheidend ist das Vorzeichen, das er der jeweils bis zur Andeutung gerafften Zusammenfassung gibt. Die Pressenotizen dürfen keineswegs die Verschwörungstheorie unterstützen: zwei Herren des Konzerns, die im Nahen Osten umherreisen, Fortsetzung der Konspiration, vielmehr: es muß gezeigt werden, daß hier durchaus konträre Positionen bezogen werden.

So formuliert O'Shaugnessy etwa folgendermaßen: In einem offenen Gespräch mit Minister al-Ghazali habe David G. Matheson, Jr. mit Nachdruck betont, daß eine weitere Anhebung des Rohölpreises für die gesamtwirtschaftliche Entwicklung gefährlich sei, ein Überziehen könne zu einer weltweiten Rezession führen, deren Folgen auch für die ölexportierenden Länder gefährlich wären.

Auch wenn es jeweils nur Pressenotizen sind (beispielsweise plaziert in der *Financial Times*, Overseas News), wichtig ist ihre möglichst dichte, fast zum Indizienbeweis komprimierte Folge: Ein Mitglied des Vorstands der United Oil Corporation warnt in Gesprächen mit politischen und wirtschaftlichen Repräsentanten der Golf-Länder vor allzu forcierten Preissteigerungen. Das Spektrum: ein bißchen warnen, ein bißchen drohen. Daß »sheiks and sisters« gemeinsam die Preise hochrangeln – diese populäre Vorstellung soll ja durch die Public-Relations-Reise möglichst überzeugend widerlegt werden, zumindest für die UOC.

Kuwait City. Gespräch Matheson/O'Shaugnessy mit Abdul Munim ibn Shihab, dem Vorsitzenden der Kuwaiti Finance and Investment Guarantee Corporation (KFIGC): gestutzter Vollbart, tiefe Kerblinien zwischen Nase und Mundwinkeln. Auch diesmal keine Verständigungsschwierigkeiten: ibn Shihab hatte in London und Yale studiert, graduiert. Anwesend bei diesem Gespräch sein persönlicher Berater, A. C. (»Ace«) De Johnette (früher Mid-East Real Estate Investment Inc.): er sorgt mit dafür, daß ein Teil der rapide anwachsenden Öleinkünfte angelegt wird in amerikanischen Investments, auch in Grundstücken, vor allem im Süden der USA.

Eine Glaskuppel über dem Innenhof des Hotels in Kuwait. O'Shaugnessy im Gespräch mit einer Gruppe meist gleichaltriger Kuwaitis: Es sei notwendig, auf lange Sicht, ein Energieabkommen zu schließen zwischen »oil-pumping and oil-burning nations«; die Sicherung des Mindestpreises nicht als geschäftliches Abkommen zwischen Rohöllieferanten und Mineralölkonzernen, sondern auf »höherer Ebene«, gefordert und gefördert von den Außenministerien.

Stilisiert vereinfachte maurische Bögen über Säulen.

Dieses Abkommen auch zwischen der OPEC und weiteren Industrienationen wie Japan, Westdeutschland; durch Abschöpfung und variable Zölle müsse dafür gesorgt werden, daß importiertes Rohöl nicht unter einem bestimmten Preis ins Land komme.

Der Innenhof ausgelegt mit Teppichen; rundum Sitzkissen.

Seitens der Mineralölkonzerne sei man sehr daran interessiert, das erhöhte Preisniveau zu halten, die hohen Produktionskosten des Alaska- und Nordseeöls müßten »abgeschirmt« werden, ebenso die Entwicklung teurer Alternativ-Energien.

Oman. Das 1970 deklarierte Sultanat umfasse das frühere Maskat und Oman sowie das südlich unmittelbar daran anschließende Gebiet von Dhofar; das Territorium erstrecke sich längs der arabischen Südost- und Südküste des Golfs von Oman und des Arabischen Meeres; im Inland reiche es tief in die Wüste Rub' al-Khali (Leeres Viertel) hinein; nordwestlich der Stadt Maskat ein breiter, mit Dattelpalmen bewachsener Landstrich, in dem die seit Jahrhunderten gleich gebliebene Oasenwirtschaft betrieben werde; doch zwischen Maskat und der weit im Süden gelegenen Provinz Dhofar sei die Küste rauh und abweisend: Dhofar selbst dagegen sei ein weitgehend fruchtbares Gebiet.

In Maskat, Oman, ergeben sich Gesprächstermine nicht sofort, O'Shaugnessy hat ein wenig Zeit. So breitet er auf dem Hotelbett seine Middle-East-Karte aus, schaut auf das Gebiet zwischen Volksrepublik Jemen und Vereinigten Arabischen Emiraten: Sultanat Oman. Nordöstlich, südöstlich der Küste die Route der Öltanker: O'Shaugnessy hat diese Linie dick durchgezogen, vom Persisch-Arabischen Golf durch den Golf von Oman in den Indischen Ozean. Schraffiert hat O'Shaugnessy im Sultanat Oman die Süd-Provinz Dhofar: das Gebiet, in dem die Befreiungsarmee mit Truppen des Sultans kämpft. Einen Pfeil hat James von der Volksrepublik Jemen hinüber nach Dhofar gezogen: Unterstützung der Partisanen. Aus dieser Konstellation entwickelt O'Shaugnessy sein Dhofar-Szenarium.

Im sowjetischen Flottenstützpunkt Aden im Südjemen werden taktische Raketen ausgeladen; auf Kamelkarawanen (oder mit Geländewagen?) werden die zerlegten Lenkwaffen über die Grenze der Volksrepublik nach Dhofar transportiert, abends, nachts, wenn britische und iranische Hubschrauber, Düsenjäger die Berggebiete nicht mehr überfliegen, schießend, bombardierend. James hat eine ungefähre Vorstellung von der Berglandschaft, durch die solch eine Karawane (Kolonne?) ziehen (fahren) würde, er hat einen Farbfotobericht über diesen Partisanenkampf gesehen, in einer Zeitschrift: grelle Felslandschaft, in den Tälern Baumbewuchs.

Auf Bergen, deren Namen er auf einer Spezialkarte Omans noch ablesen will, denn dieses Szenarium soll in allen Details möglichst exakt sein, auf diesen Bergen werden in Höhlen die Raketenteile zusammenmontiert, von Experten, die aus dem Jemen mitkamen.

O'Shaugnessy geht nun von dieser Situation aus: wieder einmal wird eine größere Spende von Nahrungsmitteln und Medikamenten des Internationalen Roten Kreuzes für die Bewohner der Provinz Dhofar von Sultan Qabus beschlagnahmt. Seine Taktik: die rebellischen Bergbewohner sollen verhungern, verdursten. So werden von britischen und iranischen Kampfflugzeugen bereits Ansätze zum Bau von Brunnen und Wasserleitungen bombardiert; ebenfalls werden Bordwaffen und Bomben eingesetzt bei Versuchen der Bergbewohner, Felder anzubauen. So werden Nahrungsmittel und Medikamente in der Provinz Dhofar immer dringlicher gebraucht, der Sultan verhindert jedoch rigoros, daß die internationalen Spenden ins Gebirge transportiert werden.

Dies als Auslöser der Raketenaktion, die O'Shaugnessy konzipiert: zur »Demonstration« wird ein Tanker beschossen, ein leerer (!) Tanker mit Kurs auf den Persisch-Arabischen Golf. O'Shaugnessy markiert auf seiner Karte in der Arabischen See das Zielgebiet. Kurs, Name, Nationalität des Tankers werden den Aufständischen rechtzeitig von der sowjetischen Marine übermittelt. O'Shaugnessy setzt voraus, daß hier ein Tanker der United Oil getroffen wird: Implikationen schon jetzt für seinen Konzern.

O'Shaugnessy legt einen »Denkzettel« an, auf dem er sich mit kritischen Hinweisen konfrontiert: sich bei den Planungen der Aktion nicht zu sehr mit der Sache der Befreiungsbewegung identifizieren! Ein Bildbericht einer amerikanischen Illustrierten hatte in ihm beinah Sympathie für die Partisanen geweckt: Frauen, die mit ihren Kindern die Arbeit der Männer übernehmen, solange sie kämpfen; dunkel gekleidete Frauen, die auf dürrem Boden hocken, Verkrustungen lockern, Wasserrinnen graben; Partisanen, mit Maschinenpistolen und Sturmgewehren in der Armbeuge, die um eine Plastikfolie kauern, Reis zu Bällchen formen; Umarmungen unter Partisanen, wenn einer von längerem Alleingang zurückkehrt oder nach dem Ausheilen einer Verwundung wieder teilnimmt am Befreiungskampf; Kinder, die unter Segeltuchplanen sitzen oder unter einem Felsüberhang, und sie lernen ohne Bücher, Hefte, Tafeln; ein Partisanenarzt, der barfuß, mit der Maschinenpistole an der Schulter, lange Fußmärsche zu Kranken macht ...

James O'Shaugnessy, an systematisches Planen und Ausarbeiten gewöhnt, entwickelt zugleich mit dem Dhofar-Szenarium das »Persönlichkeitsprofil« des Mannes, der das Projekt verwirklicht. Weil James sich in einen Araber nicht so recht hineindenken kann, obwohl er in der gegenwärtigen Phase der PR-Mission ständig mit Arabern in Kontakt kommt, entwickelt er einen Planer und Koordinator europäischer Herkunft. Über den Südjemen in das Krisengebiet eingeschleust, könnte dieser Mann eine Partisanengruppe auf die besondere Aufgabe vorbereiten, sie dann mit ihr durchführen – selbstverständlich in enger Zusammenarbeit mit Experten.

Die Rollenfunktion liegt damit fest. Jetzt braucht O'Shaugnessy Details, um sich ein genaueres Bild von »seinem« Mann machen zu können; mit ihm hätte das Szenarium noch kräftigere, sich vielleicht einmal in die Realität einprägende Konturen.

Eigentlich, sagt O'Shaugnessy bei einem Arbeitsessen mit zwei Wirtschaftsjournalisten im Ruwi Hotel, Maskat, eigentlich müssen wir den Arabern dankbar sein: das Embargo hat uns nachdrücklich gezeigt, welch ein Irrweg die Energiepolitik des Laisser-faire war; nun endlich wird den Politikern, wird allen Verantwortlichen klar, daß eine langfristige Energiepolitik auf breiter Basis entwickelt werden muß; mit dem besinnungslosen Verschwenden muß es ein Ende haben. Keiner der beiden Journalisten macht sich Notizen, aber O'Shaugnessy weiß, rechnet wenigstens damit, daß seine Formulierungen einwirken werden auf die nächsten Artikel dieser beiden Korrespondenten: Resonanz auf solche Statements vor allem in Oman ...

O'Shaugnessy spricht nun (in einer Formulierung, die sich zum Aufgreifen anbietet) von einem »heilsamen Schock«; man dürfe Kohle, Gas, Elektrizität nicht länger gegeneinander und gemeinsam gegen das Öl kämpfen lassen, mit dem einzigen Ziel, den Energieverbrauch hochzuputschen. Und welche Verschwendung dabei! Etwa die Energieerzeugung in Kohle- und Schwerölkraftwerken: zwei Drittel der Wärmeenergie gehen verloren und noch mal fünf Prozent bei der Stromübermittlung – Verschwendungsgesellschaft! Dieses Stichwort bringt er selbst, und es schließt für ihn, das macht er deutlich, die entschiedene Forderung ein nach rascher Revision und Reform. Er ist sicher: eine auferlegte Beschränkung wird Erfindungskraft freisetzen. Mit dieser Perspektive finde bei der UOC ein Umdenken statt, nicht nur im Board of Directors. So werde man eine Anzeigen-Kampagne starten, die (für die Zukunft nach der Krise) sparsameren und intelligenteren Gebrauch der Ressourcen empfehle. Die guten alten Tugenden besonnenen Wirtschaftens (Reduktion des Gesamtumsatzes) müßten wieder propagiert werden.

Dies hat James O'Shaugnessy im »Hinterkopf«, und manchmal erzählt er auch davon, aber eigentlich nur Frauen: sein Großvater war aus Irland eingewandert, ein Schneider; er wollte in den Staaten eine Herrenschneiderei eröffnen; aus Gründen jedoch, die nicht weitererzählt wurden in der Familie, konnte er seine bisherige berufliche Tätigkeit nicht fortsetzen; er machte in Boston schließlich eine Wäscherei mit Büglerei auf, übernahm hier das Bügeln, seine Frau mußte waschen, leitete später die Wäscherei.

Die ersten Erinnerungen O'Shaugnessys an seine Großeltern: die Großmutter mit roten Händen, Unterarmen, der Großvater mit einem Bügeleisen. Wurden die damals nicht mit Kohle beheizt? Oder hatte sein Großvater jeweils zwei Bügeleisen, eins auf der Herdplatte, während er mit dem anderen arbeitete, das recht bald schon auf den Herd zurückgestellt wurde, und er bügelte weiter mit dem inzwischen erhitzten Eisen – ein fast ritualisiertes Austauschen? Ein Bügeleisen, das nicht direkt mit Kohle beheizt wurde, war bestimmt leichter, also dürfte sein Großvater nach dem Austauschverfahren gearbeitet haben, und das direkt beheizte Bügeleisen nur bei besonders schweren Stoffen und Tuchen. Nach welcher Methode auch gebügelt wurde: ständig war Dampf in der Büglerei.

O'Shaugnessys Vater übernahm das Geschäft, erweiterte es: nach dem Zweiten Weltkrieg kam eine Chemische Reinigung dazu. Großvater machte nun, solange die Augen, die Fingergelenke es zuließen, Flick- und Änderungsarbeiten.

Weiter erzählt James, wenn er einmal ins Erzählen kommt: im väterlichen Betrieb wurde er »dauernd eingespannt« – Wäsche ausfahren, besonders in den Schulferien. Reisen wurden nicht gemacht, höchstens zu Familienfesten, an Wochenenden. Zuweilen erhielt er etwas Geld, aber das wog die Arbeit nicht auf, schon gar nicht die Aushilfsarbeiten, wenn ein Mitarbeiter krank war oder Urlaub nahm: nur sehr ungern hatte er sich als Junge im dampfendheißen Bügelraum aufgehalten, in dem mittlerweile halbautomatische Pressen standen. Und nur gezwungen arbeitete er in der Chemischen Reinigung, mit der süßlichheißen Luft. Hautjucken in Gesicht und Nacken, auf den Handrücken, dazu asthmatische Anfälle. Diese »Schwächen« hatte ihm sein Vater durch intensivierte Arbeit »austreiben« wollen. O'Shaugnessy weiß: er würde heute beim Betreten einer Chemischen Reinigung sofort wieder Hautjucken, Atembeschwerden kriegen.

Für das Dhofar-Szenarium das Persönlichkeitsbild des »Machers« entwerfend, weiß O'Shaugnessy, daß es für ihn nicht leicht sein wird, sich in einen Mann hineinzudenken, der sich bis zur völligen Identifikation in die Dhofaris hineindenken muß. In diesem Mann muß beispielsweise noch Resonanz sein auf die Seeräubermentalität der früheren Anwohner des Persisch-Arabischen Golfs, der Arabischen See – wieviel davon hat sich erhalten bei ihren Nachkommen? Weiter müßte er sich eindenken in die für Araber bezeichnende Religiosität – Faktor mit wachsender Relevanz. Und selbstverständlich wird er sich in das offenbar nicht kapitalistische, nicht profitorientierte, nicht konsumfixierte (weil andere Werte setzende) Denken von Dhofaris und überhaupt von aufständischen Arabern hineinfinden müssen – nur so kann er das Vertrauen von Partisanen gewinnen.

Als Kind hatte James oft von Piraten gelesen, manchen der großen Piratennamen hat er behalten, zum Beispiel: Captain Avery. Und Jean-David Nau, genannt Lolonnois, berüchtigt wegen seiner Härte, Brutalität. War er es, der ein halbes Dutzend Gefangener an einen Anker fesseln, den Anker ins Wasser senken, schließlich kappen ließ? Die Piratinnen Anna Bonney und Mary Read; man konnte die beiden wild kämpfenden Frauen erst besiegen, als man Segel über sie warf.

Selbstverständlich wurde James als Junge traurig, wenn er vom Ende der meisten Piraten lesen mußte, vom Untergang der Piraterie überhaupt: Segelschiffe mit Kanonendecks wurden gegen sie eingesetzt, erste Dampfschiffe. Die letzten Freibeuter an der Küste der in die Meerenge von Hormus hineinragenden Halbinsel. Mit vielen Dhaus griffen die Piraten jeweils ein großes Segelschiff an, Kämpfe bis zu drei Tagen, und diese Zähigkeit, Entschiedenheit, Rücksichtslosigkeit kann James verstehen: diese Seeräuber hatten nichts als die Wüste hinter sich. Sogar an einen (wenn auch leichten) Kreuzer wagten sie sich heran, kurz vor 1800, der Kapitän fiel, die halbe Mannschaft wurde getötet, die *Viper* konnte sich gerade noch absetzen. Ein Jahrzehnt später wurde erneut ein englisches Kriegsschiff angegriffen, auch die *Fury* entkam nur knapp; mit ihren sechs Kanonen war sie gegen die raschen, wendigen Segelboote der Araber nicht angekommen.

Vergeblich hält James bei seinen kurzfristigen Aufenthalten in arabischen Städten Ausschau nach einem originalgetreuen Märchenerzähler, der auf einem Marktplatz, in einem Kaffeehaus, an einer Stadtmauer, an einem Stadtmauerrest Gruppen um sich bildet. Vielleicht noch ein Märchenerzähler in Radio Kuwait oder in Radio Oman oder in The Voice of the United Arab Emirates, aber James möchte einen Märchenerzähler *sehen*, und der dürfte nicht zurechtgemacht sein für Touristen oder Angestellte, die mal ein halbes Stündchen freihaben, diesen Märchenerzähler müßte er dort aufspüren, wo er umgeben ist von Einheimischen: da würde sich James vor ihm hinsetzen, auf einem Kaffeehausstuhl oder auf dem Sandboden des Marktplatzes oder an der Stadtmauer, würde sich von einem Araber, der Bakschisch dafür bekommt, Stichworte übersetzen lassen, wüßte dann gleich Bescheid, hat als Junge schließlich viele Märchen gelesen, in Boston, hat immer noch viele Märchen präsent, wenn auch in ungenauen Umrissen, mit verwischten Details, und vieles hat sich verändert in seinem Kopf im Lauf der Jahre, solche Veränderungen wohl auch bei einem originalgetreuen Märchenerzähler in Maskat.

Der Zauberer, der in die Stadt kommt mit einem kleinen Eimer, fordert die Kaufleute, die Händler heraus: Wer dieses Eimerchen füllt, gleichgültig, mit welcher Ware, erhält hundert Dinare; wer den Eimer nicht füllen kann, verliert, was er hineingetan hat, und zahlt noch zehn Dinare obendrein. James sah als Kind lesend, sieht heute erinnernd vor sich, wie ein Händler einen Sack Zucker in das Eimerchen schüttet, aber das wird nicht voll, und er schüttet einen zweiten Sack Zucker hinterher, nützt auch nichts, beim dritten Sack Zucker ist das Eimerchen immer noch leer, doch der Händler gibt nicht auf, er schüttet einen Sack Reis in das Eimerchen, es bleibt leer, auch beim zweiten, dritten und vierten Sack Reis, nun erst gibt der Händler auf, muß zahlen. Dennoch nimmt ein anderer Kaufmann die Herausforderung an, schüttet einen Sack Weizen in das Eimerchen, noch einen Sack Weizen, wieder einen Sack Weizen und einen weiteren Sack Weizen; schließlich sind zwanzig Sack Weizen im Eimerchen verschwunden, spurlos. Da zahlt der Getreidehändler die zehn Dinare, trollt sich. Weiterhin die Herausforderung durch den Zauberer, und ein Strohhändler sagt sich, ihm werde es bestimmt gelingen, diesen kleinen Eimer zu füllen, er hat gerade zehn Wagenladungen Stroh, er stopft Stroh, Stroh, Stroh in den Eimer, eine Wagenladung, drei Wagenladungen, fünf Wagenladungen, dann gibt er auf. Und wird nicht auch Wolle und Baumwolle in den Eimer gesteckt? Das weiß James nicht mehr so genau; jedenfalls: was man auch in den Eimer schüttete, steckte, stopfte, er wurde nicht voll, nicht einmal durch die harte Arbeit von zehn Wasserträgern, die zwei Stunden lang Eimer um Eimer um Eimer in den kleinen Eimer des Zauberers gossen; erschöpft gaben sie auf.

Schließlich kam ein Scheich vom Land in die Stadt, auch er nahm die Herausforderung des Zauberers an, gab einem der zahlreichen Umherstehenden einen halben Dinar, ließ einen halben Sack Kichererbsen, Zucker oder Reis kaufen, und er schaute sich solange den Eimer an, das ließ der Zauberer selbstsicher zu, der Scheich entdeckte im Boden des Eimers ein winziges, in James' Vorstellung etwa stecknadelkopfkleines, von den anderen übersehenes Menschenauge, und unauffällig nahm er etwas Staub oder Wüstensand, rieb ihn ins fast unsichtbar kleine, unersättliche Menschenauge, schüttete den halben Sack Kichererbsen, Zucker oder Reis in das Eimerchen, schon war es randvoll, gehäuft voll, tot fiel der Zauberer um.

In einer weit zurückliegenden, fremd gewordenen Zeit, in den fünfziger Jahren des zwanzigsten Jahrhunderts, residierte der Sultan von Oman in einem kleinen Palast, der in einem Hafenstädtchen von etwa sechstausend Einwohnern am Ufer stand, zwischen zwei alten portugiesischen Festungen. Im Audienzsaal von Sultan Said ibn Taimur ibn Feisal ibn Turki ibn Said ibn Ahmed ibn Said Al bu Said hatten Besucher einen übereinstimmend als schön bezeichneten Blick auf die Bucht, in der mehr Segelmaste als Schiffsschornsteine zu sehen waren; auf eine Felswand weiß gepinselt die Namen zahlreicher Schiffe; auf diese Schriftfläche schaute Sultan Said ibn Taimur gern, er bezeichnete sie als sein Gästebuch. Wenn er so etwas sagte, soll seine Stimme sanft geworden sein, und er spielte in den langen Pausen der Gespräche mit einer Bernsteinkette, und an der Seite trug er ein Schwert mit goldenem Knauf.

Zuweilen brach dieser Sultan auf zu einer Reise: sein Schwert zurechtrückend, sein Gewand raffend, schwang er sich auf den Beifahrersitz eines Geländewagens, aufgesteckt die rote Fahne von Maskat, und staubaufwirbelnd fuhr sein Wagen an der Spitze einer kleinen Kolonne von Militärfahrzeugen, in denen Hofgefolge und Leibwächter hockten, und in den Straßen und am Stadttor verneigte sich alles vor dem Wagen mit der roten Fahne und dem Mann mit Sonnenbrille und Turban, schon sauste der Geländewagen hinaus auf die Wüstenpiste, Said ibn Taimur ließ so schnell wie irgend möglich fahren: »Wenn Sie mit diesem Burschen reisen, dann können Sie sich aber am Sitz festhalten!« Er wippte und schwankte, und immer wieder zog er aus der umhängenden wasserdichten Tasche von blauem Segeltuch sein Thermometer, seinen Kompaß, sein Barometer, das ihm die jeweilige Höhe angab. Streng achtete er darauf, daß sein Reiseplan eingehalten wurde, maß mit Daumen und Zeigefinger auf der Karte nach.

Wenn eine der Gebetsstunden kam, ließ er anhalten, stieg aus in seinem langen, sandfarbenen Überwurf, mit dem Fernglas vor der Brust, mit der umgehängten blauen Segeltuchtasche, und er verneigte sich gen Mekka, und das Hofgefolge und die Leibwächter mit den langen Flinten verneigten sich ebenfalls gen Mekka, und der Sultan stieg wieder in den Geländewagen, und weiter ging es, staubwirbelnd, und der mitreisende englische Journalist James Morris merkte sich das alles, schrieb es auf, veröffentlichte es in einem Buch, das es längst nicht mehr zu kaufen gibt.

James O'Shaugnessy, als Middle-East-Experte, bringt auch nach Maskat Informationen mit; freilich sind die Lücken im Informationsraster über Oman besonders groß.

Zur Situation der omanischen Ölwirtschaft: die wichtigsten Ölfelder bei Fahud. Gesamtförderung etwa 200000 b/d, »Fässer« (159 Liter) pro Tag.

Was O'Shaugnessy bestätigt wird, in vertraulichen Hinweisen: die Kapazität, die wirtschaftliche Nutzbarkeit der Fahud-Felder könnte bereits nach einem Jahrzehnt rapide nachlassen (»sharp drop«), wird nach einigen weiteren Jahren mit Sicherheit enden.

Die Fakten also, von denen O'Shaugnessy ausgehen muß: die derzeitige Ölförderung Omans, auch die in den nächsten Jahren zu erwartende Ölförderung des Sultanats, ist geringfügig, fast bedeutungslos gegenüber der Ölförderung etwa Kuwaits, läßt sich überhaupt nicht in Relation setzen zum Ölausstoß Saudi-Arabiens; 200000 b/d gegenüber 5000000 b/d. Könnte die United Oil von dieser sowieso schon geringen Quote einen wiederum geringen Teil aufkaufen, so wäre das nur möglich unter ungünstigen Konditionen. Sollten hier spätere direkte Verhandlungen aufgrund der halboffiziellen Vorgespräche durch Matheson erfolgreich sein, so hätte der Abschluß beinah überhaupt keine wirtschaftliche Bedeutung, hier gäbe es nur eine potentiell positive Auswirkung auf das Corporate Design der United Oil. Wird durch zweckentsprechend formulierte Pressetexte bekannt, daß United Oil mit Oman verhandelt, so wird die UOC, profilgewinnend, herausgelöst aus dem Kartellblock: eine Mineralölgesellschaft, die »auf eigene Faust« mit einem ölfördernden arabischen Land verhandelt, das der Vereinigung ölfördernder arabischer Länder nicht angehört – ein Partner also, der ebenfalls Selbständigkeit zeigt.

Maskat. Gespräch Matheson / O'Shaugnessy mit dem Öl- und Finanzminister Rashid ibn Said al-Asnaj: tiefliegende Augen; fächerförmige Falten in den Augenwinkeln; Stirnfalten parallel zu den schwarzen Brauen. Die Unterredung findet in einem kleinen Konferenzraum statt; auf der weiten Mahagonifläche des Schreibtischs ein silberner Wimpelständer mit einer weißgrünroten Miniaturfahne des Sultanats. Anwesend: der Referent des Ministers, Abdel Rahman ibn Mohammed; ein Protokollführer; ein Palästinenser als Dolmetscher. Die Besprechung dauert mehr als zwei Stunden, zwischendurch wird Kaffee serviert.

O'Shaugnessy denkt über die Akkumulation von Pressenotizen, von kurzen Artikeln hinaus: nach Abschluß der Reise in den Nahen Osten soll der Pressereferent der UOC ein Dossier in Umlauf bringen. Schon die Reihung der Land- und Stadtnamen wird zeigen, wie systematisch der Konzernrepräsentant versucht hat, vor weiteren Preis-Eskalationen zu warnen, zur Vernunft zu mahnen. Selbstverständlich darf dabei nicht der Eindruck entstehen, hier seien keine Gespräche geführt, sondern Auftritte inszeniert worden – O'Shaugnessy muß also taktisch formulieren. Da er es gewohnt ist, bei jedem Spielzug den Gegenzug einzuplanen, macht ihm das Vergnügen: ausbalancierende Formulierungen, »pin point«.

Und O'Shaugnessy notiert im Entwurf seines Szenariums einige Forderungen der Dhofaris, die zugleich mit der Meldung des Tankerbeschusses der Weltöffentlichkeit bekanntgegeben werden.

Erstens, jede Einmischung durch andere Staaten hat zu unterbleiben; England und der Iran werden namentlich genannt, auch Jordanien, das den Sultan von Oman ebenfalls unterstützt; sobald sich englische oder iranische Schiffe der Küste nähern, wird ein voller Tanker versenkt.

Zweite Forderung: die Nahrungsmittel und Medikamente des Roten Kreuzes werden unverzüglich ausgeliefert. Dazu werden Dörfer oder Täler benannt; Einzelheiten ließen sich in einer späteren Funkbotschaft (des selbstverständlich mobilen Senders) durchgeben: daß die Lieferungen in Säcken mit einem Maximalgewicht von 100 Pounds abgeladen werden sollen; sobald ein Lastwagen entladen ist, muß er abfahren; die Übergabe wird von umliegenden Bergen aus mit Ferngläsern kontrolliert; bei Abweichungen (»irregularities«) werden sofort leichte und schwere Waffen eingesetzt.

Drittens: die Truppen des Sultans sollen sich aus der Provinz Dhofar zurückziehen.

An diesem Punkt der Planung sucht O'Shaugnessy einen Neuansatz, nachdem er auf einem besonderen Zettel Argumente notiert hat, die gegen solch eine Raketenaktion oder zumindest gegen die Ausschließlichkeit des Raketeneinsatzes sprechen: vor allem die enorme technische Schwierigkeit, Raketen, in Teile zerlegt, mit einer Kamelkarawane oder Wagenkolonne Hunderte von Kilometern weit zu transportieren, dann unter primitivsten Bedingungen zu montieren. O'Shaugnessy notiert deshalb mit einem betonenden Pfeil auf einem Sonderzettel: *Helikopter?*

Maskat, Ruwi Hotel. Arbeitsessen der beiden Repräsentanten der UOC mit Abdullah ibn Razik, dem Geschäftsführer der Oman Petroleum Enterprises Inc.: ein Endfünfziger, massiger Schädel, die Augen von den Lidern halb verhängt, weißer, kurz gehaltener Bart. Er ist begleitet von Karim al Bassam, der erst anderthalb Jahre zuvor aus Kairo zurückgekehrt war. Al Bassam hat ständig eine Pistole dabei.

Und der Sultan von Oman: Qabus ibn Said al-Said, Jahrgang 1940, lebte ab 1956 meist im Ausland, vorwiegend in England, wurde hier zuerst ausgebildet durch einen Privatlehrer, war zwei Jahre Kadett an der Militärakademie Sandhurst, Militärdienstzeit bei den »Cameronians«, unter anderem in der Rheinarmee, FR-Germany, danach Studium in Oxford, kommunalpolitische Ausbildung am Bedfordshire County Council; 26jährig kehrte er nach Oman zurück, wurde von seinem Vater offenbar über längere Zeiträume hinweg im Palast zu Salalah eingesperrt, auf daß er keinen Unfug anrichte mit seinem abendländischen Wissen, das Allah nicht wohlgefällig sein kann.

Denn darin blieb sein Vater stur: sein Land, sowieso schon isoliert durch Natur und Geschichte, es sollte sich nicht öffnen, nur das nicht! Kein Rundfunk, kein Fernsehen – man hatte ja nicht mal Strom im Land. Und wozu Zeitungen – neunzig Prozent der Landesbewohner konnten nicht lesen. Es genügte also vollständig, wenn Anordnungen und Dekrete öffentlich angeschlagen wurden, die mochte dann lesen, wer lesen konnte. Und keine Hotels, nein, rigoros nicht: wie dann noch unter Kontrolle halten, wer nach Oman kam, mit dem Flugzeug, dem Schiff? Glücklicherweise keine einzige Straße von außen herein, keine einzige Eisenbahnlinie, schützend der Gebirgszug des asiatischen Faltengürtels. Wer ausreisen, einreisen durfte, das bestimmte er persönlich in diesem Land, das so groß ist wie Großbritannien und Irland zusammen und höchstens eine dreiviertel Million Einwohner hat, seßhaft oder nicht.

Mit 29 verlor Qabus die Geduld: neunzig Prozent der Provinz Dhofar mittlerweile von Rebellen beherrscht! Er setzte, unterstützt von Engländern, seinen Vater ab, öffnete sofort das Land. Symbolischer erster Akt: er hob die alte Regelung auf, nach der abends die Stadttore von Maskat geschlossen wurden. Und er ließ nach wenigen Wochen bereits einen Rundfunksender einfliegen, samt Fachleuten; er ließ eine erste Zeitung gründen; er ließ Kaufleute ins Land reisen. Und er intensivierte den militärischen Widerstand gegen die Rebellen. Kurz, er verhielt sich so, wie O'Shaugnessy das eigentlich wünschen müßte: clever. Offiziell würde er ihn auch jederzeit so bezeichnen: clever. Inoffiziell ist die Sachlage etwas schwieriger.

Denn eigentlich, wenn James sich rückhaltlos befragt, eigentlich müßte er zugeben, daß ihn dieser clevere Qabus kalt läßt, daß ihm der Alte, der nun in London lebt (und er hat ihn noch nicht besucht!), viel sympathischer ist, daß er letztlich (aber das sagt er niemandem!) Sultan Said ibn Taimur nur deshalb böse ist, weil er seine Eigenschaften, sein Verhalten nicht viel entschiedener ausgeformt hat: Sultan Said ibn Taimur ibn Feisal ibn Turki ibn Said ibn Ahmed ibn Said Al bu Said als eine Art Siegelbewahrer einer Doktrin des gemäßigten Gesamtumsatzes.

Was O'Shaugnessy selbstverständlich nicht will: ein Beduinen-Reservat. Aber doch dies: ein Land ohne »efficiency«, dies vor allem; ein Land, das sich nicht Zukunft zerstört, indem es Vergangenheit auslöscht. Ein Land, noch selbstbewußter in seiner geographischen Sonderposition!

Zur Not würde sich O'Shaugnessy hier mit dem früheren Maskat und Oman zufriedengeben, Dhofar könnte sich loslösen, genug Wüste zwischen beiden Gebieten. Maskat und Oman: das Gebiet, in dem abends die Stadttore geschlossen wurden. Möchtet ihr in einer überschaubaren Stadt leben, in deren Ringmauer abends die Tore zugemacht werden? Freunde, Partygäste lachten, drüben in den Staaten, wenn er diese Frage stellte, aber das war ein zögerndes, nachdenkliches Lachen: Eigentlich ja ... warum nicht ... doch, ja ... Und James erzählte, daß dies noch bis 1970 Realität war, »in this our world«: nach Sonnenuntergang wurde zwanzig Minuten lang eine Trommel geschlagen auf Fort Merani, dann drei Böllerschüsse, und die Stadttore von Maskat wurden geschlossen.

Dieses Schließen der Stadttore: warum das ironisieren? James will hier bewußt machen, was die meisten sich insgeheim wünschen: Gefühl von Sicherheit, Geborgenheit.

Und was machten die Omanis zwischen dem Schließen der Stadttore und dem Beginn der Nachtruhe? Streiften sie durch Gassen und Straßen? Fanden Gemeinschaftstänze statt, über Stunden hinweg? Setzten sie sich, in Gruppen und Grüppchen, auf den noch warmen Boden, auf runde Sitzkissen oder knarrende Hocker, und sie begannen zu erzählen?

Historische Perspektivlinie des James O'Shaugnessy: Oman als Modell für Die Zeit nach dem Mineralölhandel. Denn Oman hatte auch dies überlebt: Die Zeit nach dem Weihrauchhandel. Oman (Arabia felix) jahrhundertelang als wohl größter Weihrauchproduzent Arabiens; Weihrauchbäume jetzt nur noch vereinzelt, vorwiegend an Nordhängen, der Absatz von Weihrauch volkswirtschaftlich bedeutungslos. Und Oman hatte dies überlebt: Die Zeit nach dem Sklavenhandel. Der boomte noch zu Beginn des 19. Jahrhunderts, dann kam dieser Handelsartikel auf den Index, doch Oman hat sich auch auf diese neue Situation eingestellt. Also muß es Vorbild werden für Die Zeit nach dem Mineralölhandel. Modell eines florierenden Landes mit beschränktem Gesamtumsatz?

Begeisterung, das weiß O'Shaugnessy, macht produktiv, und so will er eigenes Begeisterungspotential einbringen bei der Charakterisierung des Planers und Koordinators im Dhofar-Szenarium.

Freilich, dieses Begeisterungspotential ist nicht homogen; horcht er in sich hinein, so sind da verschiedenartige Resonanzen. Männer, die er besonders bewundert, sind beispielsweise die norwegischen Independent Tanker Operators. Die arbeiten ganz anders, als er das im Studium, bei den Banken gelernt hat, die pfeifen auf Wirtschaftsprognosen, Gewinnberechnungen, Rentabilitätsstudien, die verhalten sich fast wie Spieler. Erling Naess, der 1946 mit 30000 Dollar begann und 1966 eine Flotte von 48 Millionen verkaufte, über seinen Sohn Michael, der in der Harvard Business School graduierte: »Ich sage meinem Sohn Michael immer, er ist zu intelligent. Man braucht nur einen guten Riecher.«

Die Norweger sind erst relativ spät ins Geschäft eingestiegen, sie suchen Marktlücken, bieten sich sofort an, können enorme Gewinne herausholen, können riesige Verluste machen: ein Tanker zuwenig im Persisch-Arabischen Golf, und die Frachtraten steigen rapide (»Traumraten«), ein Tanker zuviel, und sie brechen ein (»Trauerraten«). Der Supergewinn, der »scoop« im vergangenen Monat: mit einer Fahrt wurden sieben Millionen Dollar verdient. Und James erzählt, wenn er hierüber zu erzählen begonnen hat, vor allem von Hilmar Reksten, über siebzig: der hatte in kürzester Zeit so viel Geld verdient wie keiner zuvor in der Geschichte des Handels. Zum Beispiel im Mai dieses Jahres; ein telefonisch vermittelter Kontrakt über einen Londoner Schiffsmakler: bei Rate 140 drei Schiffe für sechs Fahrten, und er hat ein viertes »angedient«. Wieviel wird dabei herausspringen? wird O'Shaugnessy zuweilen gefragt, und er antwortet: »So an die 80 Millionen.« Und er lacht. Hilmar Reksten!

Doch da ist zugleich Begeisterung für einen ganz anderen Mann, für John Coltrane, den wenige Jahre zuvor verstorbenen Jazz-Saxophonisten, den O'Shaugnessy zweimal im Village Vanguard gehört hatte und von dem er sämtliche LPs besitzt. Was er an Coltrane bewundert: die Bescheidenheit, die Selbstbescheidung im Privaten, und in der Musik die grandiose Expansion, die beinah obsessive Expression. Alles zerschlagen, zertrümmert, was vor allem den Weißen lieb war am Jazz; Überliefertes eingeschmolzen in einer Intensität, die sich in seinen letzten Jahren fast zur Weißglut steigerte. Etwas von dieser Weißglut, gleichsam eine Glutflocke, will O'Shaugnessy in die Konzeption »seines Mannes« einbringen. Wie oft schon hat er, in seiner Wohnung mit Blick auf den Hudson und hinüber nach New Jersey, Platten dieses Musikers aufgelegt, vor allem, wenn er aus der Park Avenue zurückkam: diese atemberaubend kompromißlose, fast selbstzerstörerische Musik! Und seine manchmal so erstaunliche, ja ihn zuweilen sogar erschreckende Resonanz! Gefährliche, zumindest gefährlich klingende Musik: wie chaotisch müßte die auf Kollegen wirken? Aber er spielte sie, früher, nur Freunden, Frauen vor, und die mochten seinen Enthusiasmus kaum teilen, die waren »wie vor den Kopf geschlagen«, fühlten sich »abgestoßen« – und das verstärkte nur die Anziehung! Er fragt sich, ob hier irisches Erbgut nachwirkt, mitspielt.

O'Shaugnessy will diese beiden Begeisterungspotentiale fusionieren bei der Entwicklung des Planers und Koordinators. Diese Fusion müßte sich bereits im Namen dokumentieren – und einen Namen braucht er jetzt, sonst wird ihm die Verschmelzung von Personendetails, Bewußtseinsformen kaum gelingen. Die Vornamen liegen bereits fest: Hilmar »John«. Und den Nachnamen braucht er nicht lange zu suchen, den übernimmt er von einem Gesprächspartner: Eklund.

In einem Gespräch mit einem Redakteur der *Washington Post* gab G. F. Wayne, Jr., Chairman des Board of Directors der United Oil Corporation, zu, sein Konzern habe in den vergangenen Jahren »Wahlhilfen« an das Ausland gezahlt. Auf die Frage des Redakteurs, an welche Länder Zahlungen gegangen seien, machte der Konzernrepräsentant keine näheren Angaben, betonte jedoch, diese Unterstützung sei nur Ländern gewährt worden, in denen solche Maßnahmen nicht gegen die Gesetze verstießen.

Die unbewohnte Insel und, wahrscheinlich in ihrer Mitte, die weiße Kuppel. Die wollten sich die Kaufleute anschauen, das Schiff legte an, der Trupp zog los, der Erzähler blieb zurück, bekam trotzdem alles mit: die Kaufleute vermuteten, in der riesigen weißen Kuppel sei ein Schatzhaus, ein Warendepot, sie begannen auf das Kuppelweiß einzuschlagen, wohl mit Knüppeln, Felsbrocken – Risse, Sprünge, Brüche, etwas begann herauszusickern, wasserhell, Weiß brach ein, Wasser schoß heraus, die Kaufleute erweiterten das Loch, entdeckten in der Kuppel einen jungen, aber schon riesenhaften Vogel; den zerrten sie, nach weiterer Lochvergrößerung, heraus mit seinem naß anliegenden Gefieder, schlugen ihn tot, schnitten Vogelfleisch von den Vogelknochen. Das wurde zum Schiff gemeldet, und der Mitreisende, der dieses Märchen erzählte, vor allem für James, immer wieder, er warnte: Tut das bloß nicht, das ist ein Junges vom Vogel Ruch, wenn der das merkt, zertrümmert er unser Schiff! Doch die Kaufleute ließen sich nicht warnen, wollten wenigstens Vogelfleisch mitbringen von dieser Exkursion, schnitten, schälten es weiterhin ab, und plötzlich Schatten an diesem wolkenlosen Tag, sie schauten hoch, ein riesiger Flügel zwischen Insel und Sonne: der Vogel Ruch, und er sah sofort, was geschehen war, schrie, das schallte seemeilenweit, nun kam das ebenfalls riesenhafte Weibchen angeflogen, schrie, die Kaufleute rannten zum Schiff, über dem die beiden Riesenvögel zu kreisen begannen, der Erzähler übernahm das Kommando, befahl, nachdem die keuchenden Kaufleute wieder an Deck waren, alle Segel zu setzen. Die beiden Riesenvögel schwenkten ab, flogen zur Insel zurück, wurden unsichtbar hinter weißer Kuppel und felsgrauem Berg, das Schiff fuhr hinaus mit prallen Segeln, die beiden Vögel wieder heran mit fast horizontweiten Flügelschlägen, in ihren Krallen jeweils ein hausgroßer Felsblock, der Vogel Ruch nun schon über dem Segelschiff, er ließ den Felsblock fallen, er rauschte herab, ein hastiges Ausweichmanöver, der Fels schlug dicht neben der Reling ins Meer, eine bestimmt mehrere hundert Meter hohe Fontäne; davon hat der Erzähler nicht gesprochen, aber die sah James als Kind vor sich, die sieht er heute noch vor sich, und der hinabschießende Felsblock riß ein Wasserloch ins Meer: ein Trichter bis zum Meeresboden, das Schiff in diesen Trichter hineingerissen, wieder hochschnellend an die Wasseroberfläche. Nun ließ das Ruch-Vogelweib den Felsblock aus den Krallen, er zerschlug das ganze Heck, seemeilenweit war das Holzsplittern, Holzkrachen, Holzdröhnen zu hören, das Schiff ging unter mit schlappen Segeln, nur der Erzähler konnte sich retten, mit einer Planke, die ihm Allah und auch James zuschoben im strudelnden Wasser, damit er, überlebend, diese Geschichte erzählen konnte.

Bevor ihn Vorstandsmitglieder bei der Erörterung des Szenariums danach fragen können, konfrontiert O'Shaugnessy sich selbst mit dieser Frage, um auch wirklich auf alles vorbereitet zu sein: Warum überhaupt Dhofar? Und seine vorwegnehmende Antwort: Gewinnt die Befreiungsbewegung die Macht über die Salalah-Ebene und (aufgrund der Aktion, wie O'Shaugnessy sie entwirft) über das gesamte Oman, so beherrscht sie selbstverständlich auch die Musandam-Halbinsel.

Glücksgefühl, als O'Shaugnessy auf seiner Middle-East-Karte an der Nordspitze der tief in den Persisch-Arabischen Golf hineinragenden Halbinsel zum ersten Mal die Angabe »to Oman« las: Natur und Geschichte haben damit die günstigsten Voraussetzungen geschaffen für die Entwicklung des Oman-Szenariums! Denn: auf der Halbinsel Musandam wäre eine Verkleinerung und zugleich Vermehrung von tankerstoppenden, eventuell tankerversenkenden Waffen möglich, gegen die (saudi-arabische oder iranische) Luftaufklärung machtlos bliebe!

Zuerst schien ihm besonders geeignet ein Berg von immerhin 2087 Fuß, auf seiner Karte leider namenlos: wie weit reicht von hier aus die Sicht in den Golf? Wie viele Möglichkeiten hier, Lenkwaffen zu installieren, in kleinen Bergbunkern, und wieviel Bewegungsspielraum für mobile Einheiten?

Freilich, dieser Berg könnte ständig beobachtet, könnte leicht unter Beschuß genommen werden. So richtete O'Shaugnessy seine Aufmerksamkeit bald auf die der Halbinsel nördlich vorgelagerte, nur durch eine schmale Landbrücke mit Musandam verbundene, von fjordähnlichen Meerarmen tief eingeschnittene Halbinsel, für die er auf seinen Karten bisher noch keinen Namen fand; so bleibt sie für ihn, vorerst, die »Zusatz-Halbinsel«. Als größerer Ort vor ihr al Khasab – hier würden wohl die Schiffe mit Waffen und Einsatzgruppen anlegen; Verteilungspunkt. An der äußersten Nordspitze Salib: Name von potentiell historischer Bedeutung, denn in der Umgebung dieses Dorfs (Fischerdorf? altes Piratendorf?) die wahrscheinlich stärkste Massierung von Einsatzgruppen und Waffen; von hier aus kann man einen weiten Bereich der Meerenge überblikken, mit Waffen »bestreichen«.

Al Khasab und Salib: diese Namen haben sich in seinem Kopf festgesetzt. Sehr gerne würde er einmal die Steilküstenabschnitte, die Steilkusteneinkerbungen, Steilküsteneinhöhlungen dieses Gebiets sehen, aber er kann es sich auch ohne Ortstermin vorstellen: von dieser (verzerrt kleeblattförmigen) Halbinsel aus könnte man Tanker fast mit Bazookas unter Beschuß nehmen. Weil sich solche Waffen ohne jede technische Vorbereitung gegen den nächstbesten der im Fünfzehn- bis Zehnminutentakt vorbeifahrenden Tanker einsetzen ließen, verböte sich eine militärische Aktion gegen ein Freies oder Revolutionäres Oman von selbst.

Ja, O'Shaugnessy hat an alles gedacht; das wird man im Vorstand anerkennen müssen!

Flug nach London. Vortrag vor dem Rotary Club. Zusammen mit einer Dia-Serie wurde O'Shaugnessy von der Presseabteilung ein Abriß des Referats mitgegeben; frei sprechend kann er dieses Exposé ausweiten oder verkürzen, muß sich nur an die Reihenfolge der Dias halten, die im Text durch Sperrdruck markiert sind, durchnumeriert.

Und James ist nun doch mal einverstanden mit dem rotblonden Kraushaar, das er als Kind gehaßt hat: sein Aussehen könnte die Assoziation fördern, er selbst hätte teilgenommen oder hätte teilnehmen können am *ABENTEUER ALASKA*.

Der Referent läßt als erstes eine Landkarte der Halbinsel Alaska projizieren und zeigt, wo hoch im Norden die Prudhoe Bay liegt und südlich der eisfreie Hafen Valdez, und die Pipeline wird Prudhoe und Valdez verbinden, dieser Linie folgt er im Vortrag, von Norden nach Süden, und er nennt die Namenskette, weil sie schön klingt: Prudhoe Bay and Crazy Horse; Franklin Bluffs and Happy Valley; Toolik, Galbraith, Atigun; Chandalar and Dietrich, Coldfoot and Prospect; Old Man, Five Mile; Livengood and Fairbanks; Delta, Isabel, Glennallen; Tonsina, Sheep Creek, Valdez.

Nach der Namens-Ouvertüre die Zahlen, die erwartet werden. Die Pipeline wird bezahlt von der Alyeska Pipeline Service Company, einem Konsortium von acht Mineralölkonzernen, und die United Oil ist mit zwölf Prozent beteiligt; die geschätzten Kosten lagen erst bei 900 Millionen Dollar, inzwischen schätzt man, daß die Pipeline zwischen 5 und 6 Milliarden Dollar kosten wird – riesige Investitionen also!

Warum sie derart hoch sind, zeigt der Referent nun an einigen Beispielen.

James wechselt den Geschäftsmanns-Anzug aus gegen T-Shirt, Pullover, Jeans, Mokassins, zieht den hellen Regenmantel an: der auch in London milde Dezember, heizölsparend. Der livrierte Portier: schaut er ihm nach, wie er loslatscht, mit hängenden Schultern, hochgeschlagenem Kragen, nicht mal ein Taxi geordert?

Nur drei Block weiter das große Plattengeschäft; indem er zu Fuß dorthin geht, rasch, weil er nur ungefähr eine Stunde Zeit hat, bereitet er sich vor auf das Musikhören; er braucht das zum inneren Energieumsatz: sein »Arabian light«. Zwar gibt es in jedem Hotelzimmer zum Fernsehgerät auch ein Radio, aber entweder werden hier nur zwei ausgewählte Programme eingespielt, eins mit vielen Flötenkonzerten, eins mit sanfter Rockmusik, oder er findet beim Absuchen der Skala nie, garantiert nie seine Musik.

Er zieht im Geschäft den Mantel aus, rollt ihn zusammen, legt ihn auf den Musikbarhocker, setzt sich auf den Packen, läßt sich von der vollbrüstigen, erstaunlich schlanken Verkäuferin zwei Coltrane-Titel vorlegen; eine dieser Platten nimmt er »sowieso schon mal«, *A Love Supreme*, obwohl er die längst schon besitzt, aber er möchte von jetzt an eine Coltrane-Platte im Gepäck haben! Auf dem Cover, vorn wie hinten, ein ganzseitiges Schwarzweißfoto von John, im Profil: auffällig der Stirnwulst über den Brauen – seine »Energie-Zone«; die recht tief liegenden Augen; die fast klassisch geschnittene Nase; das leicht zurückweichende Kinn; das sehr kurz gehaltene Kraushaar. Auf dieses Bild möchte O'Shaugnessy zwischendurch mal schauen können, sich »aufladend«.

Mit der Platte erkauft er eine Frist zum Anhören der LP, die er schon seit Tagen hören wollte: *Ascension*. Er hat sie ebenfalls im Plattenregal stehen, in New York; aber nun will er diese Musik, gerade diese Musik, noch einmal auf sich einwirken lassen, wenigstens zehn Minuten lang, eine viertel Stunde. Schon während er den Kopfhörer überstülpt, spürt er Schweiß in den Achselhöhlen – also setzt bereits der innere Energietransfer ein!

Der sonore, zugleich hochgeputschte Anfang, fünf Saxophone, zwei Trompeten, die Rhythmusgruppe, das rasche Aufheizen der Gruppenimprovisation, »the relatively high level of intensity at which it begins«, und bald schon das erste Solo, geblasen von John Coltrane auf dem Tenorsaxophon, Sprung in ein Stadium schärfster Intensität, Vorzeichen für die Soli der anderen Musiker, für die wilden, »schreienden« Gruppenimprovisationen, und Marion Brown, dessen Solo-Einstieg für James der heißeste der ganzen Platte ist, rauh-heiser, Brown berichtete, die Leute im Studio hätten vor Erregung geschrien, buchstäblich geschrien: »a totality of the group performance«. Wäre die Aufnahme noch heißer, noch intensiver, wenn hier Araber mitspielten? Er hat mal auf einer Jazzplatte Beduinen gehört mit heiser-näselnden Blasinstrumenten, deren Originalbezeichnungen er vergessen hat, deren Klang aber noch gegenwärtig ist; warum nicht beispielsweise ein Omani in dieser Gruppe, mit einem Wüstenoboen- oder Wüstenschalmeiensolo in der Gruppenimprovisation? Wüstenatem, Wüstenhitze, Wüstenlicht ... !

Vorarbeiten zur Teilnahme von David G. »Lips« Matheson, Jr. an einem Roundtable-Gespräch der BBC.

Von einem »egg head« unter den Wirtschaftsjournalisten wird vor allem dieser Vorwurf zu erwarten sein: Allein schon die Inflationsrate des Dollar (als offizielles Zahlungsmittel für Rohöl) machte eine ausgleichende Anhebung des Preises notwendig – die Mineralölkonzerne hätten deshalb eine Erhöhung des Rohöl-Listenpreises um zehn oder fünfzehn oder zwanzig Prozent vorgeschlagen. Dies als Beweis, als ›Beweis‹ dafür, daß die Mineralölkonzerne primär mit der OAPEC, dann mit der gesamten OPEC eine Anhebung des Preises beschlossen hätten. Einer der Wirtschaftsjournalisten könnte hier auch darauf hinweisen, daß die Mineralölbranche in diesem Krisenjahr Rekordgewinne machen werde.

O'Shaugnessy notiert dazu: Betonen, daß die Gewinne in den ersten drei Quartalen gemacht wurden, keineswegs im gegenwärtigen letzten Quartal erzielt werden; erklären, auch bei dieser Gelegenheit, daß im übrigen der Konzern Gewinne erwirtschaften muß, um investieren zu können, vor allem in Alaska und bei Off-shore-Bohrungen in der Nordsee: Sicherstellung der Energieversorgung der Zukunft!

Selbstverständlich setzt O'Shaugnessy voraus, daß auch diese Argumentation gekontert werden kann. Mögliches Gegenargument: Es gehe nicht um die selbstlose Erfüllung eines öffentlichen Auftrags, es gehe darum, daß die United Oil Corporation in Zukunft in der Spitzengruppe dieser Branche eine immer höhere Position einnehmen wolle. Die UOC könnte in der Liste der 25 umsatzstärksten amerikanischen Unternehmen mit Ende des außerordentlich erfolgreichen Geschäftsjahres 73 von Platz 18 durchaus um mehrere Ränge nach oben rücken.

Falls solch ein Einwand nicht kommt, wird beim Round-table-Gespräch zumindest hingewiesen auf die zunehmende Expansion der Gesellschaft, und zwar, in jüngster Zeit, auf verschiedenen Energiemärkten und Produktions-Sektoren. Besonders aktiv die UOC Nuclear Research and Engineering Company und sehr erfolgreich die UOC Chemicals Inc., nicht nur im petrochemischen Bereich, und rasch expandierend die UOC Enterprises, die »Brükkenköpfe« erkämpft auf den Märkten für Kohle, synthetische Treibstoffe, Sonnenenergie und zusätzlich, in immer größerer »Diversifikation«, in den Produktionsbereichen Kunststoffe, Informationssysteme. Die UOC Exploration Co. soll dafür sorgen, daß der Aufwärtstrend der durch Fusionen rasch gewachsenen Gesellschaft auch in Zukunft anhält: Beteiligung an Forschungen besonders auf dem Gebiet des Lasereinsatzes bei der Kernfusion.

Wie auf eine Kritik an solcher »Akkumulation« und »Expansion« reagieren? James bereitet auch hier Argumente vor, für Matheson, für eventuell eigenen Gebrauch, doch allzu dringlich erscheint ihm das nicht: wer von den öffentlich auftretenden Systemkritikern ist schon im genauen Detail informiert über den Aufbau der Corporation und ihre vielfältigen Beteiligungen? Wird nicht meist ins Vage geredet, mit emotional aufgeladenen Schlagwörtern?

Hilmar »John« Eklund: für ihn hat O'Shaugnessy bisher nur eine Art Forderungskatalog entwickelt, der sich aus seiner Mission ergibt. Er muß körperlich robust, zumindest: zäh sein. Er darf keine Scheu haben vor dem Einsatz von Handfeuerwaffen, Sprengstoffen, Lenkwaffen. Er muß überzeugt sein von der Notwendigkeit des Kampfes der Dhofaris, muß sich mit ihnen in jeder Hinsicht identifizieren.

Aus diesen allgemeinen Voraussetzungen ergibt sich noch kein genaues Bild einer Person: James muß diesen Hilmar »John« Eklund dreidimensional vor sich sehen. Und auch: es müssen Bewußtseins-Transfusionen stattfinden, ja, es muß sich eine fast brüderliche Beziehung entwickeln! Als dies James zum ersten Mal bewußt wurde, war er fast erschrocken; zugleich aber fühlte er sich durch den unsichtbaren Partner auf winkelzügige Weise bestätigt. Es muß sich hier ein Feedback ergeben: daß ihn Hilmar »John« Eklund stimuliert zu einer noch genaueren, noch konsequenteren Ausarbeitung des Oman-Szenariums!

Eigentlich arbeitet O'Shaugnessy in einer Verdichtungszone von Realität: in einem Konzern, im Wirtschaftsbereich. Dennoch hat er zuweilen das Gefühl, er sei von Realitäten abgerückt, gerade durch seine Tätigkeit: das Überziehen von Realität mit einem Wortfilm. Oder: Einspeicheln, Glattmachen, »ich produziere Glasnudeln«. Einmal zur Realität durchstoßen! Aber beispielsweise das Rohöl, »crude«, das er so oft benennt – wo ist das Realität für ihn? Kürzlich hat er sich wieder eine Pumpstation zeigen lassen, in Kuwait, aber da war nur der »Christbaum« zu sehen, der Eruptionskreuz-Aufsatz mit Ventilen und Schiebern auf der Ölquelle, und die Pipeline, durch die das Rohöl in sanftem Neigungswinkel zum Golf fließt, zum Loading Terminal. »Wenn das Öl erst mal entdeckt ist, sieht man es nie wieder.« Sprengen eines »Christbaums«, einer Pipeline: dann erst würde Rohöl Realität für die Augen, Realität für die Nase.

Internationale Energie-Agentur in Paris: Durchspielen von Krisensituationen der Rohölversorgung; »Manöverbeobachter« passen auf, daß die Vertreter der Ölgesellschaften diese Notübung nicht benutzen, um neue Absprachen zu treffen; ständige Anwesenheit eines Vertreters der amerikanischen Anti-Trust-Behörde.

James erzählt gern arabische Witze. Präludierend berichtet er dann, er habe sie frisch von der Middle-East-Reise mitgebracht, verändert dementsprechend Details (beispielsweise Ortsnamen).

Ein Schuhmacher in Kuwait (James hat nie einen Schuhmacher in Kuwait City gesehen, kam in der kurzen Zeit nicht in entsprechende Stadtviertel), ein Schuhmacher in Kuwait wird von einer Kinderhorde belagert, er soll noch mal eine Geschichte erzählen; er ist bekannt dafür, daß er tolle Geschichten erzählen kann, nähend und hämmernd, aber an diesem Tag hat er keine Lust, beim Nähen und Hämmern zu erzählen, er sagt: Lauft zum Markt, dort werden Feigen und Datteln kostenlos verteilt! Die Kinder stieben davon. Der Schuster arbeitet weiter, wird sichtlich unruhig, die Kinder könnten längst zurück sein, maulend; es sind nur eine, höchstens zwei Minuten von seinem Basar zum Markt, doch die Kinder kommen nicht. Der Schuster packt sein Werkzeug zusammen, schließt den Basar, geht zum Markt: Könnte ja sein, sagt er sich, daß dort *wirklich* Feigen und Datteln kostenlos verteilt werden ...

Das Lachen nach diesem Witz: nicht herausberstend, eher verhalten, von sich selbst überrascht. Damit sich das wiederholt, erzählt James diesen Witz mehrfach, nun in London, und er wird ihn, »back in the USA«, ebenfalls erzählen: bestimmt auch dort das gleichsam nachdenkliche Lachen.

Ein Mädchen in London: James ist nicht weiter erstaunt, als sie ihm sagt, sie sei achtzehn. Die Hälfte seines Alters, aber das ist eine zufällige Entsprechung, er ist hier nicht fixiert, nicht allzu sehr – unter zwanzig sollten die Partnerinnen allerdings schon sein! Die meisten von ihnen nennen ihn, in einem fast schon Pawlowschen Reflex: Nessie.

Das Mädchen kennengelernt in einem Restaurant, mitgenommen ins Hotel: hellhäutig, sommersprossig, rotbraunes Haar. Er ist nicht auf »seinen« Typ festgelegt, aber hin und wieder sucht er doch die Bestätigung, daß in solchen Mädchen, Frauen eine fast bewußtseinsraubende Intensität ist beim Lieben. Was er erlebt hat, ein paarmal, was sich nun wiederholen soll: spüren, wie das Blut abgesogen wird aus Lippen, Gesicht, Schultern, Brüsten. Schon beim Küssen, gleich nach dem Schließen der Türe: das Kühlerwerden der Lippen? Und wenn er die Brüste streichelt: das Zurückkippen des fast blutleeren Kopfs? Erfahrung, die ihn zuerst erschreckt hatte: dieses laffe Wegkippen, und fast alles Blut scheint angestaut in den Schwellkörpern des Scheideneingangs – in der Erinnerung ein phosphoreszierendes Flimmern!

Wird sich auch diesmal wieder (rückwirkend) bestätigen, was Frauen vielfach erwarten von einem sommersprossigen, hellhäutigen, rothaarigen, hageren Typ?

O'Shaugnessy setzt voraus, daß Hilmar »John« Eklund erst einmal, möglichst genau und umfassend, den Gegner studiert. Und so hat James sich ausgedacht: Eklund ist Wirtschaftsjournalist. Nachdem er sich durch einige Zeitungsartikel, auch Zeitschriftenaufsätze als Experte für den Nahen Osten erwiesen hat, könnte er beispielsweise für das Wirtschaftsmagazin *Fortune*, für die *Financial Times* arbeiten (hier speziell für die Sparten Overseas News, World Trade

News), für die (unregelmäßig erscheinende) Beilage *Financial Times Survey*.

Voraussetzungen für seine offizielle journalistische Arbeit und zugleich für seine Untergrundtätigkeit: er hat sich nicht bloß punktuell, sondern umfassend informiert über arabische Geschichte, arabisches Bewußtsein. In seiner englischen Wohnung arabische Landkarten; Aktenordner mit Materialien über den Nahen Osten; eine arabische Trommel, auf der er zuweilen rhythmische Figuren zu schlagen versucht; dominierend in dieser Wohnung die Bibliothek, speziell mit Werken zur arabischen Geschichte. Eklund ist davon überzeugt, daß die Geschichte der Araber vieles von deren gegenwärtigem Verhalten erklärt – diese Meinung teilt O'Shaugnessy. Ein Beispiel, das er gerne nennt: hohe Beamte in Kuwait verlassen an Wochenenden vielfach die komfortablen, vollklimatisierten Stadtwohnungen, fahren mit ihren Limousinen hinaus in die Wüste, schlagen dort Zelte auf.

James denkt sich nun im Detail aus, wie Hilmar »John« Eklund taktisch vorgeht. Beispielsweise sucht er in Maskat Sultan Qabus auf – einem Korrespondenten verschiedener Publikationsorgane müßte das gelingen. Und: der Drang nach Selbstpräsentation, Profilierung, Publicity ist auch im Nahen Osten groß. Schon indem er Fragen stellt, kann »John« testen, wie Qabus reagiert: denkt er rasch und selbständig, zögert er, weicht aus? Eklund wird, hier ist O'Shaugnessy sicher, ein kalkuliertes System von Fragen aufbauen, um aus den Reaktionen des Sultans zumindest die Skizze eines Psychogramms zu entwickeln. Materialien für einen Bericht über den Sultan. Zugleich: auf diese Weise kann er das wahrscheinliche, das denkbare, das mögliche Verhalten des Sultans beim *Piratenakt in der Arabischen See* abschätzen.

Selbstverständlich wird sich Eklund ebenfalls (und das dürfte noch weniger Probleme geben, ließe sich eventuell schon bei der Audienz in Maskat einfädeln) mit dem Oberbefehlshaber der Sultan's Armed Forces treffen, wird herauslockend stimulieren: Je mehr mir gesagt und gezeigt wird, desto ausführlicher kann ich in der Weltpresse über euch berichten!

Sehr günstig wäre natürlich, wenn Eklund seine Kontakte ausdehnen könnte auf die Special Forces, und er nimmt teil an einem Einsatz englischer Kampfflugzeuge in der Provinz Dhofar, studiert so unmittelbar die Angriffstaktik, zieht hier Schlüsse für spätere Tarnung. Ein großer Teil der Öffentlichkeitsarbeit der Luftwaffen besteht sowieso in kostenlosen Flügen von Journalisten, meist in Transportmaschinen, Hubschraubern, aber viele, das weiß man, sind scharf darauf, auch mal in Kampfmaschinen mitzufliegen; insofern würde Eklunds Wunsch die englischen Offiziere überhaupt nicht befremden.

Neben solch einer Luftinspektion die geduldige Bodenarbeit: Eklunds selbstgestellte Aufgabe, die Lage der Landwirtschaft, der Ölwirtschaft, überhaupt der Wirtschaft des Sultanats Oman zu studieren.

Sobald Eklund »vor Ort« ausreichend Informationen über Oman, über den Nahen Osten gesammelt hat, kann er untertauchen: vor Freunden beispielsweise mit der Erkärung, er werde nun sein lange geplantes Buch über den Middle East schreiben, müsse sich dazu »eine Weile zurückziehn«. Und über den Südjemen läßt sich »John« nach Dhofar einschleusen. Logistische Einzelheiten muß sich James freilich noch zurechtlegen.

In einer Jazzkritik hatte O'Shaugnessy gelesen: Coltranes Musik höre sich an, als wolle er sein Saxophon in Stücke blasen. James stimmt hier zu: musikalische Obsession! Als er einem seiner Freunde Aufnahmen vorspielte (diese Mitteilungs-Manie von Plattensammlern: als könnten sich Impulse unmittelbar übertragen, als wäre hier direkteste Verständigung möglich!), war Gerry schockiert gewesen von der rüden Härte und derwischtanzartigen Wildheit dieser Musik, die hatte ihn abgestoßen, er war beinah aggressiv geworden: »Du reagierst dich damit doch bloß ab!« So hatte James gleich das Thema gewechselt – wenn beim Abspielen dieser Musik nichts »übersprang«, wie sollte er ein Verstehen herbeireden, wie sollte er plausibel (ausgerechnet plausibel!) machen, was ihm diese Musik bedeutete, zumindest von Zeit zu Zeit, denn immer konnte er sich ihr nicht aussetzen: Angst, ja zuweilen Angst, wenn er eine Platte des späten Coltrane auflegte, *Sun Ship* oder *Meditations* oder

Om, er wußte, daß eine psychische Zerreißprobe begann – die extreme Rücksichtslosigkeit, mit der »Trane« auf dem Tenorsaxophon, dem Sopransaxophon blies, immer radikalere Artikulation, und fast bei jeder Platte die Vorstellung, diese Intensität sei jetzt nun wirklich nicht mehr steigerungsfähig, und bei der nächsten LP doch ein Sprung in eine wiederum höhere Stufe der Intensität, einer Weißglut-Intensität schließlich: inbrünstiges, ja inbrünstiges Einschmelzen, Umschmelzen!

James stimmt dem Jazzkritiker auch hierin zu: Männer wie Coltrane seien gefährlich, eines Tages könnten sie töten, indirekt, indem sie Menschen mit »schwachem Herzen« und »korruptem Gewissen« dazu trieben, aus dem Fenster zu springen oder schreiend durch »ihre zerstörte Traumlandschaft zu laufen«; in dieser Musik seien Schmerz und Zorn und Hoffnung, in ihr sei die Vision einer besseren Welt.

O'Shaugnessy setzt während seines Aufenthalts in London die Weiterentwicklung des Oman-Szenariums nur indirekt fort: es scheint ihm jetzt vor allem wichtig, daß der Mann, der das Geplante möglichst bald ausführen soll, an Kontur gewinnt. James hat Details gesammelt, sich umschauend, umhörend.

Hilmar »John« Eklund: bei offiziellen Empfängen erscheint er nie in dunklem Anzug, bei wichtigen Gesprächen nie in Geschäftsmannsgrau, er trägt eine abgeschabte Lederjacke, ohne Krawatte (»symbol of strangulation«). Wenn ihm ein Gastgeber nicht paßt, kommt er nicht; gefällt es ihm in einer Gesellschaft, kann er sehr charmant sein – Voraussagen aber sind beinah unmöglich.

Und, weiter: dieser Norweger trinkt reichlich Alkohol, neigt im Rausch zu Gewalttätigkeiten; Auslöser sind nicht politische Diskussionen, sondern Frauen, Mädchen.

Selbstverständlich, und hier braucht James kaum Anregungen von Außenfiguren, ist »John« Junggeselle, mit häufigem Wechsel der Partnerinnen. Jedesmal ist es ihm ernst, stets will er nur die jeweilige Frau, aber schon bald darauf setzt ein Spaltungsprozeß ein, zuweilen explosiv beschleunigt durch Handgreiflichkeiten. Dazu neigt O'Shaugnessy freilich nicht; er hat subtilere Praktiken der beschleunigten Ablösung entwickelt.

Freunde haben bei »John« diagnostiziert: Unfähigkeit, eine wirkliche Bindung einzugehen – keine Frau auf Dauer, keine Familiengründung, häufiger Wechsel von Orten, Wohnungen, doch rasch findet er jeweils einen neuen Kreis, muß nicht für sich werben, hat Zulauf: Frauen, die auf »Männlichkeit« eingeschworen sind, Männer, die ihm seinen rüden Charme, seine wüsten Scherze, seine Rempeleien, Rüpeleien nicht verübeln, hier vielmehr verwirklicht sehen, wonach es sie gelegentlich selbst mal juckt. Durch sein aktives Engagement für die Dhofaris wird »John« aber zeigen, daß er durchaus fähig ist, sich zu binden. Und: sich anzupassen, und zwar rückhaltlos, beinah aggressiv gegen sich selbst – kein Alkohol mehr, keine Frauengeschichten!

Sehr fern (hier ist O'Shaugnessy sicher) werden für ihn in Dhofar auch die allgemeinen Verhaltensmuster der zentraleuropäischen wie der nordamerikanischen Gesellschaft sein; »John« soll unter den Partisanen in den Bergen von Dhofar dies finden: Miteinander, Füreinander, eine vielleicht sogar religiös ausgerichtete Gemeinschaft.

Erasmus-Universität Rotterdam, öffentliches »Hearing«: »Für so was werde ich verheizt!« Zugleich sieht O'Shaugnessy eine Chance zur Profilierung: er tritt auf als Einzelkämpfer. Selbstverständlich erscheint er nicht in hellgrauem Anzug, mit Krawatte vor den Studenten, er trägt T-Shirt und Jeans. Sein widerborstiges Haar hat er nicht flachgekämmt, er ist mit der Kammkante hineingefahren, wirbelnd. Und er hat seinen Aktenkoffer im Hotel gelassen, hat seine Materialien (auf diesen Einfall ist er stolz) in der Plastiktüte einer Amsterdamer Buchhandlung mitgebracht: jedes Attribut eines jungen, »erfolgsbewußten« Geschäftsmanns könnte bei Studenten Aggressionen wecken, Argumente und Formulierungen unnötig verschärfend. Er mustert, während er sich an den Podiumstisch setzt, das Publikum denn auch nicht mit festem Blick, er schaut auf die Tischfläche, gießt langsam Mineralwasser ein. Sonst stört ihn, daß er im T-Shirt etwas mager wirkt, nun ist er damit einverstanden: seine sehnigen, sommersprossigen Arme, seine knochig-eckigen Schultern. Sähe er robust aus, »bullig«, »proteinreich«, schon wäre im unruhigen Publikum ein weiteres Vorurteil bestätigt.

Begrüßung durch einen der Organisatoren, Vorstellung des »Referenten«: Jahrgang 37; College, Universität, National Economics, zwei Semester in Zürich; Arbeit in der British Bank of the Middle East, zuerst in der schweizerischen Niederlassung, dann in London; seit dreieinhalb Jahren bei der United Oil Corporation, New York–Atlanta, Public Affairs Department – da lächelt er wie dementierend.

Die nun sofort einsetzenden Argument-Attacken kontert er, weil sie ihn nicht mehr überraschen können, mit Gelassenheit, bezeichnet einige von ihnen als »irrational«, als »sachlich unbegründet«, setzt schließlich, als sich die Vorwürfe massieren, zum vorbereiteten Gegenangriff an, leise, fast stockend in das Mikrophon sprechend, als entwickle sich dieser Gedanke beim Sprechen: Ist schon jemals bedacht worden, wie sich das Ölembargo, der enorme Preisanstieg auf Entwicklungsländer der Dritten Welt auswirken? Hier kann er sich eine Pause leisten; es bestätigt sich schon jetzt, daß er richtig disponiert hat. Er fährt fort: Den multinationalen Konzernen, auch der Mineralölbranche, werde vorgeworfen, sie wollten durch die Unterstützung von Entwicklungsländern mit technischem Knowhow, mit Produktionsmitteln nur Märkte schaffen für künftige Exporte; gewiß, Industrialisierung, Verbesserung der wirtschaftlichen Struktur der Entwicklungsländer heiße: mehr Maschinen, mehr Motoren, und das bedeute für die Mineralölkonzerne: mehr Export von Mineralölprodukten. Wäre die »Verschwörungstheorie« zutreffend, so verhielten sich die »Ölmultis« widersinnig: sie würden dann nämlich ihre künftigen Absatzmärkte zerstören; vor allem die unterentwickelten Länder Asiens, Afrikas, Lateinamerikas hätten unter den Folgen gedrosselter Ölförderung und erhöhter Rohölpreise zu leiden; aus Indien höre man bereits, der Rohölimport werde im nächsten Jahr um etwa ein Drittel gekürzt.

Und James folgt weiteren vornotierten Stichworten: Brasilien, Indochina, Pakistan ... Drosselung der Produktion von Kunstdünger und damit Preissteigerungen ... Beispielsweise Ceylon, beispielsweise Thailand: erhöhte Kosten für Reisanbau ... Ein fortgesetztes Ölembargo (hier in den Niederlanden könne er so pauschal davon reden) werde mit ziemlicher Sicherheit in eine Rezession, wenn nicht in eine Wirtschaftskrise führen, und das bedeute: weniger Importe von Rohstoffen aus der Dritten Welt, damit fallen die Rohstoffpreise, damit sinken die Einkünfte der Rohstoffländer – er weist hin auf den Kupfer-, den Zinn-, den Kautschukmarkt. Und O'Shaugnessy zieht die Schlußfolgerung: Wer unterstellt, die Mineralölkonzerne, damit auch die UOC, seien an einer Marktverengung, einer massiven Preiserhöhung interessiert, der setzt voraus: man will den eigenen Markt zerstören!

Damit ist das taktische Ziel erreicht. O'Shaugnessy schaut freilich nicht herausfordernd ins Publikum, er trinkt einen Schluck Mineralwasser, demonstrativ gelassen, und er registriert: kein neuer Widerspruch kündet sich an. Dennoch setzt er nach: Wirtschaftliche Rezession könnte in Ländern der Dritten Welt schließlich zu sozialer, damit zu politischer Instabilität führen – es dürfte wohl niemand hier im Saal sein, der den »bekanntlich so hart kalkulierenden« Mineralölgesellschaften ernstlich zutraue, sie könnten sogar das (letztlich unkalkulierbare) Risiko sozialer und politischer Unruhen eingehen, deren Auswirkungen im Geschäftsbereich erfahrungsgemäß negativ wären – und das alles nur, um für eine begrenzte Zeit eine höhere Gewinnspanne zu erwirtschaften!

Die groß aufgebaute »emotionalisierte« Opposition gegen ihn ist angeschlagen; man sucht, herumredend, nach neuen Ansatzpunkten der Kritik. O'Shaugnessy dreht sich eine Zigarette. Eigentlich müßte er nun zufrieden sein, er fühlt sich aber elend, »kotzelend«, kann sich das nicht erklären, kann freilich auch nicht weiter darüber nachdenken, muß aufpassen.

David G. »Lips« Matheson, Jr. setzt mittlerweile als selbstverständlich voraus, daß sein Persönlicher Referent an Pressekonferenzen, Arbeitsessen, Gesprächen, Verhandlungen teilnimmt; darin sieht James eine Anerkennung seiner Arbeit. Allerdings: er fühlt sich nun aus der »kreativen Nische« herausgezogen und immer stärker der Kompression des Zeitablaufs ausgesetzt. Er lernt verstehen, weshalb sich so viele Experten und Autoren mit dem Zeit-Management von Spitzenkräften beschäftigen. Da wird Zeit definiert als besonderer Rohstoff, der weder im Vorgriff genutzt noch für die Zukunft gelagert werden kann; da wird gemahnt zur effektiven und nicht bloß effizienten Nutzung von Zeit.

O'Shaugnessy, der bisher solche Analysen und Vorschläge eher belustigt registriert hat, erfährt Zeit nun selbst in veränderter Qualität: vorwiegend als Druck. Immer größer der Zeitdruck der Arbeitsabläufe, der Zeitdruck im Kopf. Dennoch die konsequente Weiterentwicklung seines Szenariums.

Die nächste Aktionsphase im Oman-Szenarium markiert O'Shaugnessy mit dem Stichwort: *Helikopter*. Und notiert dazu zwei Möglichkeiten: die Befreiungsbewegung erhält über die Volksrepublik Jemen Hubschrauber sowjetischer Herkunft. Oder: in einem Handstreich wird die Hubschrauber-Basis des Sultanats besetzt; Partisanen, die im Südjemen als Helikopterpiloten ausgebildet wurden, bringen diese Maschinen sofort darauf zum Einsatz: alles muß schlagartig vor sich gehen, ein völlig überraschender Handstreich!

Und O'Shaugnessy skizziert die Aktion: zwei Supertanker, die vor der Küste von Oman durch den Indischen Ozean fahren, werden von Prisenkommandos gekapert. Und zwar ein britischer Tanker und ein Tanker der United Oil.

In dieser Phase des Gedankenspiels nimmt O'Shaugnessy wieder das Stichwort Raketen auf: die rechtzeitig montierten Lenkwaffen als »Feuerschutz«: sobald sich Flugzeuge oder Schiffe den gekaperten Supertankern näherten, würde (so könnte nun öffentlich angedroht werden) ein Tanker versenkt.

Das Kapern der beiden VLCCs (Very Large Crude Carriers) oder noch besser: der beiden ULCCs (Ultra Large Crude Carriers) sieht O'Shaugnessy genau vor sich: je ein Hubschrauber aufsetzend auf den Landeplattformen, Soldaten der Befreiungsbewegung springen heraus, einige gehen sofort in Deckung hinter Aufbauten (für den Fall, daß Waffen an Bord sein sollten, aber das dürfte eine höchst seltene Ausnahme sein), geben Feuerschutz für den Trupp, der jeweils zur Kommandobrücke hochrennt, mit Maschinenpistolen, Handgranaten. Sobald das Kommando übernommen ist, werden die Schiffe aus der Tankerroute ausscheren, sich der Küste der Provinz Dhofar nähern. Die gefangenen Schiffsoffiziere können von einem Sektor der Kommandobrücke zuschauen, wie jeweils Sprengladungen aus den Hubschraubern geholt, unter Deck gebracht werden, an Punkte, die in der taktischen Planung exakt festgelegt wurden. Sobald die Ladungen scharf sind, wird (gleichfalls koordiniert) von den Funkern die Besetzung der beiden ULCCs gemeldet, werden alle Schiffe und Flugzeuge davor gewarnt, sich den angegebenen Positionen auf mehr als fünfzig Seemeilen zu nähern.

In Amsterdam besucht O'Shaugnessy einen Freund (aus der College-Zeit), der als Maler im Altstadtviertel Jordaans lebt, in einer ehemaligen Volksschule, deren Klassenräume von der Stadt billig an bildende Künstler vermietet werden. Gelegentliche Brief- und Kartengrüße über die Jahre hinweg, und nun kündigte sich James vom Hotel aus telefonisch an, betonte, er wolle damit bitte keine Umstände machen! Das setzte Don offenbar ein bißchen in Erstaunen: als ob er nun Partygebäck in Glas- oder Silberschalen schütten und Weingläser nachpolieren würde!

Eine Lücke von anderthalb Stunden im Terminkalender: James geht zu Fuß los. Seine Mokassins, seine Jeans, sein T-Shirt, sein Pullover, sein Regenmantel; eine Papiertüte mit einer Coltrane-LP. Ohne fragen zu müssen, findet er die schmale Seitengracht. Der asphaltierte Schulhof mit verrosteten Fahrradständern; die Eisentreppe hinauf zum ersten Stock; die schief hängende, quietschende Eingangstür; düsterer Flur, eingemuldete Dielenbretter; das Suchen nach dem Namensschild; Anklopfen, die etwas exaltierte Begrüßung: Daß dieser so lang schon geplante Besuch endlich einmal verwirklicht werde, dazu führe nun die Ausnahmesituation der »Energiekrise«. Das Überreichen der Platte, *Sun Ship*, »extremely intense, that music«. Umhergehen, umschauen: über der Hälfte des Klassenraums ein Holzpodest – unten der Wohnraum, oben die Schlafebene. In der freien, unverstellt hohen Raumhälfte das Atelier.

Ein Begrüßungs-Genever, »jong«. Die großformatigen Bilder, die James sich jetzt anschaut: maskenhafte Gesichter. Sehr karge Kommentare des Malers: er scheint zuweilen völlig absichtslos zu malen, aber das kann James nicht so recht glauben.

Genever trinkend (das Glas wird immer wieder nachgefüllt, schwappvoll) erkundigt er sich schließlich, wie Don lebt. Der besitzt kein Auto, fährt in der Stadt nur Rad – spontane Verständigung bei diesem Stichwort, James berichtet von seiner morgendlichen Runde hinauf zu den Cloisters, und am liebsten würde er jetzt auf einem holländischen Rad eine Stunde durch Amsterdam fahren, mit Don, bei angehaltenem Verkehr.

Was sie wiederum unterscheidet: Don hat keine finanziellen Rücklagen gebildet, absichernd, er lebt vom sehr unregelmäßigen Verkauf der Bilder, macht Schulden, trägt sie wieder ab, macht neue Schulden und jedes Jahr eine mehrmonatige Reise. Don fährt einfach los, vorzugsweise in afrikanische Länder, und ist sein Geld verbraucht, arbeitet er, meist in Schreinereien, reist weiter, bis er erneut »festsitzt«, dann sucht er wieder Arbeit.

James, intensiv zuhörend, Fragen stellend, Genever trinkend, spürt plötzlich Ermüdung (»als ließe eine Feder nach«): er würde sich am liebsten auf dem alten Sofa ausstrecken, auf dem er sitzt – hinaufschauen zu den langen, sanft kreisenden Orangenschalenspiralen unter der Holzdecke, ab und zu einen Schluck Genever trinken, Musik hören, plaudern, nicht erreichbar sein: »untertauchen«.

James O'Shaugnessy wüßte gern mehr darüber: John Coltrane erlebte ein »geistliches Erwachen«; er sprach später von der »Gnade Gottes«, er habe durch sie ein »reicheres, volleres, schöpferischeres Leben« gefunden, er wolle als Musiker dieses Göttliche vermitteln: *Elation – Elegance – Exaltation*. War sein Gott der Gott der Baptisten, unter denen er aufgewachsen war? James ist sicher, daß es der Gott des Islam war, schon lange bevor Coltrane sich öffentlich zu ihm bekannte: immer stärker die arabischen und indischen Elemente in seiner Musik, immer größer die religiöse Inbrunst.

Warum hat John nie in Maskat, in Abu Dhabi gespielt? Wie direkt, wie intensiv hätte dort die Kommunikation sein können! Coltrane in seiner Textmeditation *A Love Supreme*: »Thought waves – heat waves – all vibrations – all paths lead to God.« Ob John nach solcher gemeinsamen, verbindenden Erfahrung einen arabischen

Namen angenommen hätte, zusätzlich? Der (ebenfalls schwarze) Pianist seines Quartetts jedenfalls, McCoy Tyner, nannte sich später auch Salaimon Saud.

James will nach der Rückkehr im Begleittext der LP *Sahara* den Satz eines Arabers nachlesen, den McCoy Tyner/Salaimon Saud zitiert hat: Man brauche ein Leben, um die Wüste von einem Ende zum anderen zu durchqueren, und selbst an ihrer schmalsten Stelle brauche man dazu eine Kindheit. So ganz versteht James nicht, was der Araber, was Tyner/Saud damit sagen wollte, aber er weiß: Es ist ein Wüstensatz, und Wüste ist in ihm gewachsen während der Middle-East-Reise, auch wenn er die Wüste bisher fast nur von Linienflugzeugen aus sah, durch Fenster klimatisierter Limousinen.

John Coltrane als Wüstenbewohner – während James sich das zurechtdenkt, ist Wärme in seinem Bauch, Wüstenwärme: *Heat Waves*.

TEE Rembrandt, Amsterdam – Bonn: Matheson legt sein halbsteifes Bein zurecht, kippt den Sitz zurück im kleinen Winkel, den die Konstruktion zuläßt, macht die Augen zu, schläft bereits, während der Zug durch Amstel fährt. James schaut hinaus auf Wohnkomplexe Amsterdamer Vorstädte.

Die Stadt aus Stein: James hatte sie als Junge lesend mitentdeckt in einem Bergtal. Riesenhoch die Mauern mit Zinnen und Türmen, keiner aus der Gruppe traute sich dorthin, obwohl die Reisenden dringend Wegzehrung brauchten. So ritt er allein zu dieser Stadt. Das Reittier vor der Mauer gelassen, in einem Baumschatten, und er bestaunte erst einmal das Stadttor aus »chinesischem Eisen«. James hat behalten, daß es aus »chinesischem Eisen« war; unter »chinesischem Eisen« stellte er sich damals und stellt er sich heute außerordentlich gehärtetes, graphitschwarzes, glänzendes Eisen vor, das von keiner Waffe bezwungen werden kann, nicht von Rammböcken, nicht von Felsbrocken schleudernden Belagerungsmaschinen, nicht von Kanonen: die geschleuderten Felsbrocken und die mit noch härterer Wucht aufprallenden, dafür kleineren Kanonenkugeln konnten, könnten hier nur ungeheure Gongschläge erzeugen – die viele Meter breiten und noch mehr Meter hohen Platten aus »chinesischem Eisen« dröhnend, donnernd, das Echo in den Bergen minutenlang hin- und herrollend.

Und James schaut hinaus auf Weideflächen, Gräben, auf Kühe, Schafe, auf Dörfer, Weideflächen, Gräben, Kühe, Schafe. Wohnkomplexe Utrechter Vorstädte. Der düstere Bahnhof. James geht zum Speisewagen. Leerer Zweiertisch; er bestellt eine Flasche Rotwein, eine Pastete, schaut zum Fenster hinaus, obwohl kaum noch etwas zu sehen ist: Hauskonturen, dann wieder Dörfer, Weideflächen; die Gräben als schwarze Einschnitte in dunklen Flächen; Tiersilhouetten, reglos.

Das Tor aus »chinesischem Eisen« stand offen, und er, James aus Boston (Querkopf, verdammter Träumer, leg das Buch weg, an die Arbeit!), ging auf einen Mann zu, der auf einer Steinbank saß, in seiner Rechten ein Schlüsselbund. Er grüßte ihn. Der Junge wiederholte den arabischen Friedensgruß, doch der Mann blieb stumm, reglos, wie versteinert, war, als James näher herantrat, ihn genauer musterte, tatsächlich aus Stein. Ja, alles aus Stein: die Nase, die Augen, der Mund, die Ohren, und Adern aus Stein an den Schläfen aus Stein. In aller Ruhe zählte James die funkelnden Messingschlüssel, damals, und er weiß noch heute, daß es vierzehn Schlüssel waren. Demnach gab es in der Stadtmauer vierzehn dieser Tore aus »chinesischem Eisen«: wenn diese Stadt von umliegenden Hügeln und Bergen herab beschossen würde, so wäre da vierzehnfacher Gongschlag, und dabei entstünden derart tiefe Schwingungen, daß man sie gar nicht hören, nur in der Bauchgrube spüren würde: die Stadt aus Stein mit meilenweit ins Land, seemeilenweit aufs Meer hinauswummernden Gongflächen aus »chinesischem Eisen«.

Im Bonner Bristol Hotel bereitet O'Shaugnessy ein Referat vor, das er in der Theodor-Heuss-Akademie halten wird; eine kurzfristig, »aus aktuellem Anlaß« getroffene Vereinbarung. Er wird wieder allein auftreten; David G. Matheson, Jr. hat an diesem Abend einen Termin mit einem Staatssekretär des Bundeswirtschaftsministeriums.

Auch in diesem Hotelzimmer: Boden und Bett sind rasch mit Zeitungen bedeckt. James kann (seit der Zürcher Studien- und Bankenzeit) genug Deutsch, um die nun vorwiegend deutschsprachige Presse auszuwerten. Zusammenstellung eines privaten Pressespiegels.

Anschließend geht er die Materialien durch, die ihm für solch einen Vortrag mitgegeben wurden: Stichwort *Nordseeöl.* Eine »Saga« vortragen vom Kampf der Männer und Maschinen gegen die Elemente – die Nordsee als das weitaus unruhigste Offshore-Gebiet der Welt. Wellenhöhe im Winter drei bis vier Meter, bei Stürmen bis zu zwanzig; Windstärke im Winter oft bis 8, häufig Orkanböen; auf Bohrschiffen muß dann die Arbeit eingestellt werden, selbst auf Halbtauchern.

Zuerst will er eine kurze Sturmouvertüre bringen, wird dann die Namen der wichtigsten Ölfelder, Ölquellen der Nordsee nennen: »There's music in the air ...« Argyll and Beryl, Hutton and Heather, Lomond and Montrose, Magnus and Edda, Bream and Brisling, Cod and Auk, Eldfisk and Ekofisk, Maureen and Andrew, Albuskjell and Cormorant. Am liebsten würde O'Shaugnessy einen Diavortrag halten, wie vor den Londoner Rotariern, noch lieber würde er, einleitend und überleitend, einen knappen Film vorführen lassen: Wellen, die gischtgekuppt gegen Bohrschiffe, Halbtaucher anrennen, Männer, die in den Wind, in den Sturm schreien, vielleicht ein Unfall, der die brutale Härte dieser Knochenarbeit zeigt, Blut, das zu einer Saga gehört, dröhnende Zerstörung von Material: »these tools of truely epic proportions ...« Aber er darf nur referieren, muß mehrfach Zahlen nennen, etwa über Bohranlagen, die in diesem Jahr 1973 vor den Küsten der sieben Kontinente arbeiten: 194 feste Bohrplattformen für Such- und Förderzwecke, 128 Hubinseln, 68 Bohrschiffe, 55 Halbtaucher.

Vor allem von den Bohranlagen und den Bohrarbeiten wird O'Shaugnessy berichten, möglichst anschaulich, und er ist sicher, daß er sich dabei »warmreden« wird, daß sich hier etwas »überträgt«: die weitverbreitete Bewunderung für Maschinen von außerordentlicher Größe und Leistungsfähigkeit (»epic proportions«). Und er wird wiederholt hinweisen auf die Höhe der Investitionen: allein die UOC werde in den nächsten fünf Jahren 2 Milliarden Dollar in die Nordsee-Exploration investieren.

Zuweilen ärgert sich James, daß er nicht einige Platten auf Kassetten überspielt und mitgenommen hat, und in Hotelzimmern kann er, wenigstens für Minuten jeweils, Coltrane hören. Freilich, er hatte nicht vorhersehen können, daß John für ihn derart präsent sein würde. Hätte er einen Kassettenrekorder dabei, James würde jetzt einen der vier Sätze aus der *Love Supreme*-Suite hören und einen Ausschnitt aus *Ascension*, dieser orgiastischen Gruppenhimmelfahrt. Nur ein halbes Jahr zwischen diesen beiden Aufnahmen – aber welch ein Sprung! John Coltrane, erfolgreicher Musiker, fast vierzig Jahre alt, viele Platteneinspielungen, sehr viele Konzerte, wachsende Resonanz bei Kritik und Publikum, kommerzielle Erfolge, dieser Coltrane schloß sich in New York der Jazz-Avantgarde an, und das hieß, James macht sich das wieder bewußt: er solidarisierte sich mit Musikern, die man meist nur in kleinen Insider-Kreisen kannte, die noch nie in Platteneinspielungen zu hören waren, die durchweg zu den sozial Unterprivilegierten gehörten, meist nur kurzfristige Jobs hatten, gelegentliche, mies bezahlte Auftritte in Kaffeehäusern, und sie lebten im East Village, in vergammelten, verkommenen Wohnungen, wollten nur eins: ihre Musik machen, nichts als ihre Musik, Free Jazz, und wenn man ihnen keine Chance gab aufzutreten, so spielten sie zu Hause. Zwar hatten sie versucht, sich einer größeren Öffentlichkeit vorzustellen, 1964, die *October Revolution in Jazz*, aber die Zuhörerzahlen waren klein im Cellar Cafe, verdienen konnten die Musiker also nichts, doch sie spielten: Musik, die weitgehend auf Melodie und Rhythmus verzichtete, und das ließ sich nicht kommerzialisieren. Zu diesen Free-Jazzern ging Coltrane: der etablierte Progressive zu den musikalischen Revolutionären, und seine Musik wurde so rücksichtslos, so radikal, so revolutionär wie die Musik dieser meist zehn und fünfzehn Jahre jüngeren Schwarzen.

Aber selbst nach diesem »Quantensprung«: die rigoros fortgesetzte Expedition in neue Klangbereiche. Schreien und Singen, Melancholie und Ekstase, Wut und Versöhnung, Hektik und Meditation, alles zusammengezogen, verdichtet, der völlig kompromißlose Selbstausdruck, aber, und das ist für James entscheidend: nur in der Gruppe, mit der Gruppe, durch die Gruppe.

James O'Shaugnessy hat einige Thesen des »in bestimmten Kreisen gefeierten« Ivan Illich übernommen. In dessen Schriften fand er beispielsweise die diskursive Bestätigung seiner Vorliebe für das Radfahren an Wochenenden und (zur Anregung des Kreislaufs) bei gutem Wetter auch an Werktagen, frühmorgens hinauf zu den Cloisters, dieser Museums-Rekonstruktion einer mittelalterlichen Klosteranlage. Einen der Sätze von Illich kennt er auswendig: »Produktive Sozialbeziehungen unter freien Menschen bleiben auf das Fahrradtempo beschränkt.« Das hat sich vielfach bestätigt bei seinen Radrunden: die Grüße, die Zurufe, die kurzen Plaudereien. Und: bei reduzierter Geschwindigkeit eines offenen Systems verdichtet sich die sinnliche Wahrnehmung. So hatte er (Jahre zuvor) eine der Thesen von Illich für den (ausschließlich) privaten Gebrauch modifiziert zur »Lehre von der gemäßigten Geschwindigkeit«. James hat allerdings »keine grundsätzlichen Probleme« mit Geschwindigkeit, er hält Fliegen für eine angemessene Bewegungsweise, empfindet beim Take-off sogar eine gewisse Befriedigung über das Freisetzen von Energie. Ivan Illich: »Ein durch gewaltige Kräfte vorwärts getriebener Sitz.« Jedesmal wenn James in einer Linienmaschine Platz nimmt, den Gurt schließt, ist in seinem Kopf diese Formulierung, besonders beim Start: die gewaltigen, den Sitz vorwärtsschiebenden Kräfte nun spürbar und (gedämpft) hörbar.

Sein Wunschflug, sein Traumflug indes wiederholt sich so: er sieht sich in einem weißen, von Wüstenwind aufgebauschten Burnus zeitlupenlangsam auf Skiern eine rotbraune Wüstendüne hinabfahren und bald schon ein Montgolfieren-Effekt in der am Dünenhang hochflirrenden Hitze: abheben mit ausgebreiteten Armen, mit heißluftgefülltem Burnus ...

Ambivalenzen ... Sie zwangen ihn, die Leitformulierung erneut zu modifizieren zur »Lehre vom gemäßigten Gesamtumsatz«. Dies wäre im einzelnen freilich noch auszuführen.

Bonn, Bristol Hotel. Arbeitsessen mit zwei leitenden Mitarbeitern des Bundeswirtschaftsministeriums. Auch James O'Shaugnessy beteiligt sich am Disput über die Rolle der Mineralölkonzerne bei der neuen Preisgestaltung. Ein Wirtschaftsjournalist wird zitiert: er will aus zuverlässiger Quelle erfahren haben, daß das Bundeskartellamt Berlin mehrere Mineralölunternehmen zu öffentlichen mündlichen Verhandlungen laden werde, weil der Verdacht einer mißbräuchlichen Ausnutzung marktbeherrschender Positionen bestehe; Auslöser seien die bereits jetzt erkennbaren starken Gewinnsteigerungen der Mineralölgesellschaften im laufenden Quartal.

David G. Matheson »platzt der Kragen«: Es sei zumindest dubios, daß die Bundesregierung durch das Bundeskartellamt Erkundigungen einziehe über die Mineralölgesellschaften und damit in der Öffentlichkeit den Verdacht wecke, die Konzerne seien Preistreiber – die deutsche Bundesregierung habe schließlich in den sechziger Jahren bei den Ölgesellschaften darauf gedrängt, das Angebot etwas zu verknappen, somit die Preise anzuheben, weil man dadurch den Markt für die heimische Steinkohle verbessern wollte! Und er betont »in diesem Zusammenhang« mit Nachdruck, die Bundesregierung sei überhaupt einer der ganz großen Verdiener, der Spitzenverdiener im Mineralölgeschäft: über 14 Milliarden DM Einkünfte durch Mineralölsteuer im vergangenen Jahr, dieses Jahr bestimmt über 16 Milliarden! Diese Regierung hat in seinen Augen moralisch kein Recht, über Mineralölkonzerne zu befinden, sie soll ihnen lieber dankbar sein, daß sie durch allerlei Manöver auf der Rotterdamer Drehscheibe die Versorgung auch der Bundesrepublik sichergestellt haben – die Bonner Ministerien waren auf diesen Notfall doch überhaupt nicht vorbereitet, trotz verschiedener Warnungen!

James ist erschrocken, als er beobachtet, wie die Herren darauf reagieren, im separaten Salon des Bristol Hotels: keiner verbittet sich diesen Ton! »Lips« Matheson scheint der Ausbruch leid zu tun, er bestellt eine Runde Whisky. O'Shaugnessy fühlt sich erregt, in nachwirkender Resonanz. Als das Whiskyglas vor ihm abgestellt wird, zuckt die Vorstellung in ihm auf: ein Streichholz anreißen, ins Glas werfen, es umkippen, wie versehentlich, aber mit Schwung.

Fortgesetzte Entwicklung des Oman-Szenariums: Die Sprengung der beiden gekaperten Supertanker, da hat O'Shaugnessy keinen

Zweifel, wird man nicht riskieren wollen – 900000 bis 1200000 Tonnen Rohöl im Indischen Ozean, vor dem Golf von Oman …! Man wird also die Forderungen der Prisenkommandos, der Befreiungsbewegung von Dhofar erfüllen müssen.

Diese Forderungen werden an die englische Regierung gerichtet. Denn O'Shaugnessy weiß: es bestehen noch immer gute Beziehungen zwischen der früheren Schutzmacht und einigen Regierungen im Golfgebiet: Oman, Emirate, Bahrain; fast ständig kreuzt ein englisches Kriegsschiff im Golf. Also setzt er in seinem Szenarium England als Verhandlungs- und Vermittlungspartner ein.

Die beiden gekaperten Supertanker nähern sich einander auf Sichtweite, liegen dann still. Um der Weltöffentlichkeit zu zeigen, wie sicher man sich fühlt, wird mit einer Polaroidkamera fotografiert, wie ein Partisan auf Deck herumradelt, Maschinenpistole auf dem Rükken, Jackentaschen ausgebeult von Eierhandgranaten. Ein zweites Foto: Mitglieder der Befreiungsbewegung auf der Kommandobrücke; Ingenieure, Offiziere vor Maschinenpistolen. Per Hubschrauber werden die Fotos nach Aden geflogen, einer Nachrichtenagentur übergeben; die schriftlich ausgearbeiteten Forderungen der Befreiungsbewegung werden einem Vertreter der englischen Regierung überreicht und zugleich zur Veröffentlichung freigegeben.

Diese Forderungen, so überlegt O'Shaugnessy, müßten (bei einer derart planmäßig verlaufenden Aktion) noch entschiedener sein als im ersten Ansatz des Szenariums: Die Sultan's Armed Forces und die Sultan of Oman's Air Force sollen demobilisieren; Sultan Qabus soll zurücktreten, das Land verlassen; die Befreiungsfront soll als einzige Volksvertretung anerkannt werden.

Er erwartet, fast mit Sicherheit, daß man den Forderungen der Befreiungsbewegung rasch nachgeben wird: EG-Länder und USA werden Druck auf England ausüben, falls es zögern sollte, den protegierten Sultan wieder abzuholen. Nationalchinesische und griechische Tankergesellschaften werden sich weigern, ihre Schiffe in die Arabische See einlaufen zu lassen: leere Tanker werden auf der Höhe der Somali-Halbinsel warten, vollgetankte VLCCs und ULCCs werden vor Kuwait und Ras Tamura ankern. In der Weltpresse, in den Medien wird eindringlich die Gefahr einer potenzierten Ölkrise, Energiekrise beschworen – welche europäische Regierung wird sich da noch mit dem Sultan von Oman solidarisieren? Schließlich ist kein Land abhängig von Ölimporten aus Oman!

Zusätzlich zum Materialsammeln, Materialauswerten, zu den Formulierungsvorschlägen und taktischen Konzepten des jeweiligen Tages muß O'Shaugnessy zeigen, daß er »kreativ« geblieben ist: er ist eingestellt als »brain«, und dieses Gehirn muß auch über die aktuellen Anlässe hinaus zukunftsweisend-produktive Vorschläge machen.

Ein privates Brainstorming in seinem Hotelzimmer, der Boden weithin bedeckt mit Zeitungen, Drucksachen; Matheson in einem der Sessel, Beine ausgestreckt. James schlägt vor, man solle gleich nach der Rückkehr bei verschiedenen Professoren (Nationalökonomen, Wirtschaftswissenschaftlern) Gutachten bestellen über die Energiekrise: Professoren, die sich bereits durch frühere Gutachten empfohlen haben, Professoren, von denen man erwarten kann, daß sie sich, schon aus Berufsethos, distanzieren von den vorwiegend irrationalen Verdächtigungen der Mineralölkonzerne in den Massenmedien.

Als perspektivische Linie, als Richtpunkt aller Ausführungen dieses Resultat: Nicht einmal die schärfsten Kritiker hätten auch nur den Ansatz eines Beweises dafür finden können, daß die Ölgesellschaften die Krise heraufbeschworen haben.

Die Gutachten sollten in einem (eventuell kleineren) Verlag veröffentlicht werden, als Studie; der Druck könnte, über eine Tochtergesellschaft des Konzerns oder über eine andere Zwischeninstitution, mitfinanziert werden. In Statements von Mitgliedern des Board of Directors müßte dann wiederholt auf diese Publikation, auf ihre wichtigsten Ergebnisse hingewiesen werden. Auch ließen sich Zusammenfassungen herstellen von der Communications Programs Division; damit wiederum wäre die Voraussetzung gegeben für eine breitere Distribution in der Presse. Informations-Recycling!

Matheson begrüßt diesen Vorschlag, will ihn weiterleiten, unter O'Shaugnessys Namen. Ein wenig noch repetieren sie, dann geht

Matheson; ein neuer Termin. James fühlt sich »great« und »high« – als er das registriert, erschrickt er. Hat er Mathesons Lob gern gehört, weil hier berufliche Anerkennung war, förderlich für die weitere Karriere? Oder hat er das gern gehört, weil er nun für die nächste Zeit wieder »abgeschirmt« ist, auch vor Matheson, bei der Profilierung Hilmar »John« Eklunds, bei seiner Optimierung des Oman-Szenariums?

Das Gefühl von Zufriedenheit ist rasch umgeschlagen: er fühlt sich weich in den Knien, schlaff in den Schultern, dumpf im Kopf – eine (schon länger vorbereitete?) Reaktion des ganzen Körpers, eine allgemeine Baisse. Fast eine halbe Stunde liegt er, völlig aktionslos, auf dem Bett, fühlt sich »zur Abwechslung mal angenehm impotent«.

James sieht sich, mit halb geschlossenen Augen, auf einem Kamel reiten zwischen Wüstendünen: keine Fußspur, keine Menschenstimme; er läßt das Kamel eine Dünenflanke hinaufschreiten im sanften Paßgang, läßt es auf dem Dünenkamm gehen, Seitenwind wirbelt Sand hoch mit jedem Huftritt, bläht den Burnus auf, Heißluft verdichtet sich zwischen Haut und hellem Stoff. Weit hinaus nun sein Blick: Dünenkämme, wie mit Messern aus sandporiger Masse geschnitten, Riffelmuster, erzeugt mit vibrierenden Schneiden; Hitzeflirren, *Heat Waves*. Im wiegenden Paßgang wieder die Dünenflanke hinunter und weiter zwischen zehn, zwanzig Meter hohen Wüstendünen. James ist überzeugt, daß sich dieses Wiegen und Schaukeln fortsetzt in den Schlaf hinein, ja, dieses Schaukeln und Wiegen könnte faktisch fortgesetzt werden die Nacht über, er braucht sich nur vorzustellen, daß zwei Kamele im Gleichschritt nebeneinander hergehen, zwei Meter Abstand, die aber bitte konstant, und von Kamelsattelknauf zu Kamelsattelknauf eine Hängematte gespannt, in der er liegt, durch eine Wolldecke geschützt gegen Nachtkühle, Wüstennachtkälte, und so ließe er sich die ganze Nacht über im gleichmäßigen Paßgang der beiden Kamele wiegen, und er spürt, wie es um ihn her weiter wird, wenn die Kamele eine Dünenflanke hinaufschreiten, spürt, wie es um ihn herum wieder enger wird, wenn es hinuntergeht in ein Dünental, ist hinauf wie hinab überkuppt von den intensiv leuchtenden Sternen, gesehen im Pendelrhythmus der Hängematte, in der er einschläft, sanft.

Zumindest in Westeuropa bleibt James bei seiner amerikanischen Gewohnheit: vor dem Duschen, dem Frühstück zwanzig bis dreißig Minuten rasche Bewegung. Weil er sich in Zürich, London, Amsterdam, Bonn nicht jeweils ein Rad mieten wollte, mieten will, treibt er Laufsport. Zwischen sieben und acht verläßt er das Hotel, beginnt auf der Poppelsdorfer Allee zu traben, zum Schloß hin, südlich an ihm vorbei und durch ruhige Straßen höhenwärts. Er läuft nicht, weil er leistungsfähig sein will für die Arbeit: es ist so etwas wie Bewegungswut, die sich in ihm aufstaut, die er nun abbaut.

Laufen, rasch gehen, laufen. Beim Laufen entwickeln sich keine zusammenhängenden Gedankenfolgen, aber beim Gehen: Präsenz von Dhofar, von Hilmar »John« Eklund. James bleibt stehen, abrupt: er weiß nicht, wo er ist – welche Stadt, verflucht?! Er ist, für einen kurzen Moment, wie herausgehoben aus sich selbst! Ja, richtig: Bonn, FR-Germany.

Ein warmes, bestätigendes Gefühl im Bauch: *Elation / Exaltation*. Zugleich findet er solche »Absencen« für einen Mann von 36 Jahren bedenklich, selbst wenn er in einem Sektor arbeitet, in dem Phantasie, »Kreativität« vorausgesetzt werden. James, nun wieder völlig präsent in Bonn, läuft weiter.

David G. Matheson, Jr., United Oil Corporation, angekündigt als Interview-Partner im ARD-Wirtschaftsmagazin *Plusminus*. Und James sammelt Materialien, Formulierungshilfen, selbstverständlich nur als Angebote, Gedächtnisstützen für den Vorgesetzten. Dessen Termine sind dichtgedrängt, fast lückenlos – so zeigt sich eine »zerstäubende Wirkung«; James sieht seine Aufgabe in einer erneuten Verdichtung, Konzentration. Er weiß, daß er Mathesons Äußerungen durch seine Hilfsmaterialien nicht vorprägen kann, außerdem wird der Interviewer Stichworte geben, aber durch einige Informationsverdichtungen werden sich doch vielleicht Strudel bilden in Mathesons Bewußtsein, werden sich aus diesen Strudeln, zentrifugal, Formulierungen lösen.

James notiert das Stichwort: Investitionen! Notiert das Stichwort: Konsortien. Notiert: Nordseeöl. Eine Bohrplattform: eine viertel Milliarde Dollar! Nur große Gesellschaften können die gigantischen Investitionssummen aufbringen, die für eine auch in Zukunft gesicherte Versorgung der Industriegesellschaft mit Mineralöl notwendig sind.

Während O'Shaugnessy, sicherheitshalber, solche Stichworte tippt, wächst in ihm ein Gefühl von Zermürbung: die immer gleichen Wörter, zweckdienlich arrangiert. Außerdem: wird Matheson während der Anfahrt zum Studio, wird er bei der Maskenbildnerin diese Stichwortliste genau genug durchsehen, wird er sie unauffällig auf dem Tisch liegen haben beim Gespräch, wird er wirklich mal reinschauen? Mit einem Ruck löst sich James von dieser Arbeit, denkt weiter am Oman-Szenarium. Könnte das nicht entschieden wichtiger werden?

Plötzlich stellt er fest: ein Teil seines Gehirns beschäftigt sich noch immer mit den Vorbereitungen zum TV-Interview – Hirnzellenbereiche, die selbständig weiterarbeiten? Wie eine Herdplatte, auf der es ständig im Topf *Oman* weiterköchelt, und auf einer anderen Platte das Gericht des jeweiligen Tages? Epizentrisches Denken? Was, wenn sich eine Verbindung herstellt zwischen den beiden Brennpunkten der Bewußtseinsellipse? Kurzschluß, *Blackout*?

Was O'Shaugnessy einplant: der *Piratenakt in der Arabischen See* wird positives Echo nicht nur in den Bergen von Dhofar finden, sondern im gesamten Oman – Reflexe früherer Piratenmentalität! Mitspielen wird auch dies: Neid auf die reichen Nachbarn Abu Dhabi und Dubai, auf den sehr reichen Nachbarn Saudi-Arabien, auf das übermäßig reiche Kuwait – ein Freies Oman aber wird endlich alles in der Hand haben! Denn: nur an der Musandam-Halbinsel vorbei kann das Rohöl aus Saudi-Arabien, das Rohöl aus Kuwait, das Rohöl der Arabischen Emirate auf den Weltmarkt gebracht werden – was von den Saudis durch die Trans Arabian Pipeline (TAP) direkt ans Mittelmeer (Sidon) gepumpt wird, sichert nur ungefähr 17 Prozent ihrer Öleinnahmen. Also: wenn das ölarme Oman es will, müssen alle randvoll aus dem Persisch-Arabischen

Golf auslaufenden und alle leer einlaufenden Tankschiffe vor Anker gehen.

Und O'Shaugnessy stellt sich den weiteren Ablauf der *Aktion Oman* so vor: Nach der Besetzung der beiden Supertanker, nach der Proklamation von Zielen und Forderungen verlassen die Einheiten der Befreiungsbewegung das Gebirge, besetzen die Küstenebene von Salalah. Es erscheint James sinnvoll (und wegen der Rolle, die Hilmar »John« Eklund bei diesem Umsturz spielt, auch wahrscheinlich), daß sich zusätzlich Truppen aus der Volksrepublik Jemen an den Kämpfen beteiligen, vor allem in Dhofar. Die Gefahr eines einseitigen militärischen Engagements (das die zukünftige politische Entwicklung Omans allzu sehr festlegen könnte) wäre damit vermieden: James O'Shaugnessy besteht auf einem Freien Oman, das sich nicht in den Ostblock integrieren läßt!

Zwar werden die beiden englischen Flottenbasen von der revolutionären Regierung übernommen, aber das heißt nicht, daß sie sogleich für die Rote Flotte geöffnet werden. Die Sowjets, in der Hoffnung auf spätere »partnerschaftliche« Beziehungen, werden keinen allzu starken Druck ausüben in dieser Situation. Schiffe der Roten Flotte werden zwar im Golf von Oman kreuzen, in der Arabischen See, vielleicht sogar im Sichtbereich der Küste, aber man wird, vorerst, die Wünsche und Forderungen der neuen Regierung respektieren.

In dieser Situation allgemeinen Abwartens wird sich das Freie Oman im Innern konsolidieren, wird sich zugleich nach außen hin absichern: an der Nordspitze der Musandam-Halbinsel, an der vorgelagerten Insel, werden Abschußrampen und Hubschrauber-Basen angelegt und so befestigt, daß sie durch Handstreichunternehmen kaum ausgeschaltet werden können. Zusätzlich werden mobile Aktionskommandos geschaffen, deren jeweilige Position von Fremdmächten nicht bestimmt werden kann; ausgerüstet mit Supertanker knackenden Waffen sorgen sie dafür, daß Oman unter allen Umständen handlungsfähig bleibt.

Es könnte deshalb auch sehr bald dazu kommen, daß die neue Regierung einen weiteren Tanker kapern läßt, diesmal in der Meerenge von Hormus, das wäre mit einem Hubschrauber-Prisenkommando rasch und leicht auszuführen, und sogleich Sprengladungen angebracht an Tanks und Bordwänden – da muß sogar der Iran stillhalten! Und saudi-arabische Panzer müßten jenseits der Berge bleiben.

Sobald die innere und äußere Lage völlig stabilisiert ist, folgt der entscheidende Schritt: Das Freie Oman gibt bekannt, daß es an der Meerenge von Hormus künftig Zoll erheben wird, *Ölzoll*. Dazu müßte die neue Regierung wahrscheinlich die Dreimeilenzone ausweiten auf eine Zehn- oder Zwölfmeilenzone, würde so die Mitte der Meerenge erreichen; bei einer noch weiteren Ausdehnung bestünde die Gefahr einer Kollision mit dem Iran – hier wären Reaktionen kaum noch kalkulierbar. Aber dies ist möglich, und James will sich darüber noch informieren: daß innerhalb einer omanischen Zehn- oder Zwölfmeilenzone die Fahrrinnen liegen. Er weiß jetzt nur, daß die Meerenge seicht ist, daß zusätzlich Korallenriffe die Durchfahrtsmöglichkeiten einschränken; sehr wahrscheinlich ließe sich durch ein, zwei ankernde, eventuell versenkte Supertanker der gesamte Rohöltransport blockieren.

Was die anderen arabischen Länder, von kurzfristigen Interessen geleitet, nicht schafften, Oman wird es nun durchsetzen: daß mit der erneuten Verteuerung durch Zoll die Nachfrage nach Mineralöl entschieden gedrosselt, damit die zum großen Teil verantwortungslose Verschwendung der nachweislich begrenzten Rohöl-Reserven beendet wird.

Selbstverständlich hat O'Shaugnessy mehrere Begründungen für diese Maßnahme. Erst einmal für die arabischen Länder: Die Reduzierung des Ölexports liegt in ihrem Interesse; solange Öl fließt, bleiben die jeweiligen Staatsformen gesichert.

Die zweite Begründung für die Medien: Durch den teilweisen Entzug der Öldroge wird die westliche Industriegesellschaft gezwungen, nun endlich mit Entschiedenheit die Energieträger Sonne, Wind, Gezeiten zu nutzen.

Die dritte Begründung würde O'Shaugnessy nur Vorstand und Aufsichtsrat vorlegen. Er hat in einer Pressenotiz über (offenbar erfolgreiche) Versuche gelesen, Mineralöl in Eiweiß umzuwandeln – dies scheint sogar in industriellem Maßstab möglich zu werden!

Damit könnten die wachsenden Welternährungsprobleme zwar nicht vollständig gelöst, aber doch entschieden eingegrenzt werden. Deshalb müßte für die Zukunft möglichst viel vom wahrhaft lebenswichtigen Rohstoff Mineralöl aufgespart werden. In pulsbeschleunigender Perspektive sieht James hier einen neuen, rasch expandierenden Sektor in der Produktionspalette seiner Corporation: die *Protein Production.*

Aber das ist Zukunftsmusik, potentielle Zukunftsmusik: er kann diese Möglichkeit zum gegenwärtigen Zeitpunkt nicht so recht abschätzen und einkalkulieren, will exakt und konkret bleiben im Szenarium.

Also: *Ölzoll an der Musandam-Halbinsel.* Hier muß mit genauesten Berechnungen und äußerstem Fingerspitzengefühl vorgegangen werden: *Regelung des Mineralölmarkts durch variable Zollbelastung!* James setzt deshalb eine enge Koordination und Kooperation der neuen Regierung mit seinem Konzern voraus: als International Company hat United Oil schließlich die notwendige Übersicht und Erfahrung. Selbstverständlich muß dafür gesorgt werden, daß die Kooperation zwischen United Oil und Oman nicht bekannt wird; bei aller Diskretion muß wiederum gesichert bleiben, daß Oman auf United Oil hört. Denn: wirkt der Ölzoll prohibitiv, könnte das zu einem Zusammenbruch der Weltwirtschaft führen. Oder: bei allzu schmerzhaftem Rückgang der Staatseinnahmen aus dem Rohölverkauf könnten die anderen arabischen Länder (ausgenommen der Irak) gegen das Freie Oman vorgehen, militärisch, mit dem Ziel, die »Zollbastion« Musandam zu »schleifen«. Denkbar wäre nun, daß Oman einen Teil der eingezogenen Ölzölle durch einen Sonderfonds an die OAPEC-Länder verteilt und damit einen finanziellen Ausgleich schafft für den unausbleiblichen Rückgang der Exportquote; so würden die nachbarschaftlichen Beziehungen Zahlung um Zahlung verbessert.

Zuweilen spürt O'Shaugnessy Konkurrenzdruck im Kopf: werden in anderen Mineralölkonzernen zur gleichen Zeit Reduktions-Szenarien ausgearbeitet, womöglich im Auftrag der Konzernleitungen? Selbstverständlich werden diese Szenarien nicht veröffentlicht, aber die Tatsache, daß man in dieser Richtung denkt und plant, könnte jeweils in einer Pressenotiz der Öffentlichkeit bekanntgegeben werden, imagefördernd. Soll er rasch eine Notiz formulieren und durch die Presseabteilung verbreiten lassen? Dann wäre sein Prioritätsanspruch gesichert! Andererseits: würde er sich durch solch eine Pressemeldung nicht festlegen? Noch weiß er nicht definitiv, ob und wie er dem Vorstand das Oman-Szenarium vorlegen soll; ist aber erst mal eine Pressenotiz heraus, so könnte nachgefragt werden.

Wiederum: die Zielgruppe, für die er das Szenarium ausarbeitet, kann nur der Vorstand sein, vielleicht noch der Aufsichtsrat, also wäre in dieser Hinsicht ein öffentlicher Hinweis auf das Szenarium überflüssig; durch solch eine Pressenotiz könnte hingegen die Erwartung geweckt werden, dieses Szenarium würde zu gegebenem Zeitpunkt veröffentlicht, und sei es auszugsweise.

Welche Konsequenzen könnte solch eine (Teil-)Publikation haben? Die eigene Planungsperspektive könnte überlagert werden von anderen Planungsperspektiven. Beispielsweise: Staats- und Landesregierungen lassen Katastrophenpläne ausarbeiten; Maßnahmen werden durchgespielt für verschiedene Grade der Einschränkung des Rohölimports – wie wirkt sich eine Reduzierung um zehn, um zwanzig, um dreißig, um vierzig Prozent auf die Industrie, damit auf die Gesellschaft aus? Vorauszusehen ist: Panik wird gemacht, sobald sich zeigt, daß die Rohölverknappung nicht bloß Episode bleibt, sondern ein Zustand, auf den man sich einstellen muß. Von den Panikmachern werden sicherlich, zweckbestimmt, die düstersten Szenarien entworfen. Müßte O'Shaugnessy also nicht, präventiv, ein werbendes Modell entwickeln für eine *Gesellschaft mit gemäßigtem Gesamtumsatz*?

James O'Shaugnessy stellt sich Grundsatzfragen: Könnten Entscheidungen des Board of Directors der United Oil Corporation beeinflußt werden durch das Szenarium, das er ausarbeitet und vorlegt, sobald die gegenwärtige Krisensituation beendet ist? Wäre die Weitergabe des Oman-Szenariums nicht eine selbstverständliche Konsequenz dieser PR-Reise? Kann er diese Entwürfe jetzt noch weglegen, als private Nebenbeschäftigung, die ihm wichtig war, die er aber »back in the USA« vergessen kann? Darf er es seinem Konzern gegenüber verantworten, vor klar erkannten Gefahren nicht zu warnen?

Mit der Präsentation solch eines Szenariums würde er sich entschieden profilieren: der Text (in durchnumerierten Exemplaren, auf dem Umschlag der Stempel *Geheim* oder *Vertraulich*) würde den Mitgliedern des Vorstands und wohl auch des Aufsichtsrats vorgelegt, unter seinem Namen; er erhielte wahrscheinlich eine Gelegenheit, seine Thesen mündlich zu erläutern; falls der Vorstand in seinem Szenarium ein überzeugendes Modell sieht, könnten gegenläufige Überlegungen und Planungen einsetzen; deren Ausarbeitung würde womöglich ihm übertragen. Damit könnte er sich noch deutlicher profilieren als Querdenker, ihm könnten daraufhin weitere, größere Aufgaben übertragen werden im PR-Bereich, im Corporate Design. Das alles setzt voraus: er stellt sein Oman-Szenarium in einer Sitzung des Board of Directors vor.

Aber: will das O'Shaugnessy? Nur durch überraschende Entwicklungen könnte sein Konzern, könnte die gesamte Branche in eine Zwangslage manövriert werden, wie er sie entworfen hat – dieses Überraschungsmoment würde jedoch aufgehoben, wenn er sein Oman-Szenarium vorlegt.

James wünscht sich, er hätte in seinem Kopf einen Basar von arabischen Witzen, aber er kennt leider nur zwei, und den zweiten erzählt er besonders gern, der ist ausführlicher, läßt arabische ärchenstimmung aufkommen, wenn er entsprechend weit ausholt: Ein Araber, nicht aus Nordafrika, nicht aus dem Mittleren, sondern, wie es sich gehört, aus dem Nahen Osten, er stirbt, kommt ins Jenseits. Eine Art Niemandsland zuerst, keiner zu sehen, nur zwei Hinweisschilder: *Himmel, Hölle*. Er schaut sich um: wirklich niemand zu sehen. Er zögert, geht einige Schritte gen Himmel, verharrt, geht hinüber zum Hölleneingang: irgendwann, da ist er sicher, findet eine Kontrolle statt, also ist es besser, er geht gleich zur Hölle.

Hier meist schon ein erstes, noch vorsichtiges Lachen der lauschenden Gruppe. Der Araber geht also in die Hölle. Er ist überrascht: wunderbare Fleischdüfte empfangen ihn, und er sieht einen großen Tisch, quadratisch, in der Mitte ein dampfender Fleischtopf, und an den vier Seiten des Tischs sitzen Araber, die linke Hand jeweils an der Tischkante festgeschnallt, in der rechten Hand der Griff eines Holzlöffels, dessen Stiel ein bis zwei Meter lang ist – so erreicht man die Schüssel in der Mitte, kann Fleischstücke herausholen, aber mit den riesenlangen Löffeln kommen die Hungrigen nicht an ihren Mund, stochern weit am Kopf vorbei. Das ist die Hölle! denkt der Araber, verläßt den Raum, niemand hält ihn zurück, er geht (noch immer keine Kontrolle) in den Himmel. Wieder köstlicher Fleischduft, wieder ein großer Tisch, wieder der arabische Fleischtopf in der Mitte, wieder Araber am Tisch, die linken Handgelenke festgeschnallt, wieder Holzlöffel mit überlangen Stielen – aber mit den Riesenlöffeln füttern sich die Araber über die Tischkanten hinweg gegenseitig.

James muß aufpassen (vor allem, wenn er schon was getrunken hat), daß ihm beim letzten Satz die Augen nicht feucht werden; er kann sich nicht erklären, warum er hier so verdammt sentimental wird.

Mainz in zwei Augenwinkeln

Und zuletzt wird von zwei Männern in Weiß eine niederländische Greisin im Rollbett aus dem »Cruise-schip« auf die plattierte Fläche der Rheinpromenade geschoben, auf der bereits eine Gruppe alter Frauen wartet und ein Grüppchen von Greisinnen in Rollstühlen. Zwischenstation einer niederländischen Seniorenfahrt auf dem Rhein, Beginn der Altstadtbesichtigung: die Gruppe alter Frauen setzt sich in Bewegung, es werden die Rollstühle angeschoben, es wird das Rollbett in Bewegung versetzt. Und die niederländische Greisin sieht Platanenkronen rechts und Platanenkronen links oben, sieht am Ende der Platanen-Doppelreihe die Oberkante einer Telefonzelle, sieht ein Straßenschild an einem Metallpfahl, sieht zugleich ein Platzschild; dessen Frakturbuchstaben wird die niederländische Greisin wohl kaum entziffern können – schon schwenken die beiden Männer in Weiß ihr Rollbett um neunzig Grad nach rechts. Die steinalte Frau ist bis zum Kinn zugedeckt, sie dreht den Kopf im weißen Kissen nicht nach rechts, dreht ihn nicht nach links, schaut starr nach oben. Und sieht eine Häuserreihe im rechten Augenwinkel, sieht hohe Baumkronen im linken Augenwinkel, und in die Blickperspektive der fortgesetzten Rollbewegung hineingeschoben ein Querriegel neuer Hausfassaden. Über deren Dächern sieht die niederländische Greisin drei Türme: einer hoch und spitz, einer nicht so hoch und ähnlich spitz, einer, weiter hinten, mit reichen Steinmetzarbeiten. Fortgesetzt die Bewegung hinter dem Grüppchen von Greisinnen in Rollstühlen, die von der Greisin im Rollbett nicht gesehen werden, denn weiterhin liegt ihr Kopf reglos im weißen Kissen. Und sie sieht im rechten Augenwinkel Klinkerflächen und Sandsteinumfassungen von Fenstern, Türen, sieht am ersten dieser Häuser zwei Fahnenstangen, hochgeschrägt, sieht am nächsten Haus drei Balkons hinaufgestaffelt, sämtlich unterschnörkelt, sieht an drei weiteren Häusern jeweils zwei Erker übereinander, sieht Steingirlanden, Steinmasken, Löwenhäupter in Stein, sieht: das letzte Haus der Reihe hat die meisten und dicksten Säulen zwischen den breitgelagerten Balkons, und auf ornamentierten Flächen Stuck-Früchtegirlanden. Der Mainzer Dom zeigt ihr nur noch zwei Turmspitzen über den Dächern des Querriegels, den großen und den kleinen Spitzturm. Und die niederländische Greisin sieht ein Vorfahrtsschild, sieht darüber, am selben Pfahl, ein blaues Rundschild mit weißem Pfeil nach rechts; von den beiden Männern in Weiß aber wird das Rollbett nach halblinks weitergeschoben, über glatte Asphaltfläche. Und wieder Platanen: durch die Kronen hindurch sieht die niederländische Greisin im rechten Augenwinkel glatte Hausfassaden, zuweilen mit einem Schild; die Buchstabenfolge kann sie nicht lesen, ihr Rollbett wird nun über Kopfstein geschoben, das rüttelt auch den Blick. Am Ende der zweiten Platanen-Doppelreihe sieht sie geradeaus in der Höhe drei goldene Kreuze, jedes Kreuz hat einen Turm für sich, das größte Kreuz über dem dicksten und höchsten Turm, doch der allerhöchste, allerdickste Turm trägt kein besonders großes Kreuz, vielmehr einen goldenen Wetterhahn. Rasch wird der Blick der niederländischen Greisin losgelöst von der vielgestaltigen Buntsandstein-Baumasse mit goldenen, aufgesetzten Glanzlichtern, sie blickt aus dem zurechtgedrehten Rollbett hinauf zu einer Gebäudefront, die holländisch als Renaissancefassade bezeichnet wird, und weitere Informationen schließen sich an. Über dem Portal auf kleinem, von einer Schriftvignette verziertem Vorsprung die bemalte Steinstatue eines pausbäckigen, schnurrbärtigen, gekrönten Mannes, der Körper umschlossen von einer Plattenrüstung, und vom Unterleib ragt es, von seiner Hand im Ansatz umschlossen, schräg abwärts, rund und dick; die niederländische Greisin kann den Blick von diesem zylindrischen Objekt erst lösen, als rechts oben ein Fenster geöffnet wird und ein schwarzhaariger Mann, Kaffee schlürfend, über den Rand seiner Schreib- und Lesebrille hinweg zu ihr herunterschaut. Und wieder Platanen im linken Augenwinkel und glatte Fassaden im rechten Augenwinkel, und die niederländische Greisin wird, nach erneutem Schwenk um neunzig Grad, auf eine Hausfassade zugeschoben mit ockergelber Grundtönung, mit durchlaufendem Balkon, das Geländer in dekorativem Schmiedeeisen; auf der Fassadenfläche reglose blaue Flatterbänder. Im rechten Augenwinkel sieht die niederländische Greisin jetzt ein Doppelschaufenster in der

Höhe eines ersten Stockwerks, über den runden Betonsäulen sind zehn, wenn nicht zwölf Kinderwagen, Kindersportwagen aufgereiht. Schon wird dieses Bild weggeschwenkt mit erneuter Drehbewegung des Rollbetts, weggeschwenkt auch die ockergelbe Fassade mit den reglosen blauen Flatterbändern, und nun hat der Dom für die niederländische Greisin plötzlich een, twee, drie, sogar fijv Türme, oder sind es noch mehr?

Feuer im Maschinenraum

Kein Vorspiel, keine Einleitung, du mußt sofort euren Sender nennen und die Sendefrequenzen: FRN, FRN, FRN, Free Radio Northsea, und man hört euch auf Mittelwelle, 864 Kilohertz, und auf Kurzwelle, 7048 Kilohertz oder 41-m-Band. FRN, FRN, FRN. Und nun sag dich selber an: Claus, Big Claus auf MS Christiana, dem Radioschiff vor der deutschen Küste, mit den »bundesweit bekannten« Frequenzen von 864 und 7048 Kilohertz, »notieren, weitersagen: FRN, auf 864 und 7048 Kilohertz!« Und gleich das Jingle der neuen Reihe *Giants of Jazz*, und der Titel diesmal: *Bird in Flight*. Ja, und komm ohne Schnörkel zur Sache: Jazz hat Konjunktur, Charlie Parker erst recht, es gab »kürzlich noch« einen Spielfilm über ihn und einen Dokumentarfilm, lief in Programm-Kinos. Stichworte genug also für einen postumen Auftritt des Charlie Parker im Programm der MS Christiana, und schon die erste Einspielung, da muß gleich der Funke überspringen: *Now's the Time*!

Spiellänge 2.59. Powerplay auf dem Altsaxophon ... Und danach erzählst du den Hörerinnen, Hörern, was durch die beiden Bullaugen des Sendestudios an Bord der Christiana zu sehen ist: Wasser, kein Land, Wasser, kein Schiff, Wasser, keine Sonne mehr, letztes Licht im grauen Westen, die See ruhig. Und das ist wichtig für heute abend, denn das könntet ihr nicht brauchen, wenn jetzt auch noch die Wellen hochschlügen ...!

Ja, und weil dies, indirekt, ein Stichwort ist, müßtest du schon mal andeuten, zumindest andeuten, daß ihr ein Problem habt an Bord, du willst nicht lange um den heißen, den brandheißen Brei herumreden, ihr auf der Christiana seid schließlich bekannt dafür, daß ihr keine Schnörkel macht, unrasiert am Mikrophon, also gib zu, daß du etwas nervös bist, unter Streß stehst, weil ihr dieses Problem habt, im Maschinenraum: ein Schwelbrand, an schwer zugänglicher Stelle, eigentlich an mehreren schwer zugänglichen Stellen, deine paar Kollegen mühen sich ab, das Feuer unter Kontrolle zu bringen, sie könnten dich als sechsten Mann gut gebrauchen, aber sie wollen, und zwar ausdrücklich, daß du solange die Position hältst im Studio, daß MS Christiana auf Sendung bleibt, also gleich die Anmoderation des nächsten Titels: *Moose the Mooche*. Klingt wie Muschimusch, ist aber der Spitzname des New Yorker Schuhputzers Emry Byrd. Dessen Stand war beliebt unter Jazzmusikern, war besonders beliebt bei Charlie Parker jr., seit Jahren süchtig nach dem täglichen Schuß, und Emry Byrd – ja, reiz das ruhig aus, dieses Namensklangspiel von Nachname Byrd, Spitzname Bird, von Byrd und Bird, Bird and Byrd, und Bird, der flügellahm zu Byrd kommt, und Byrd hat stets eine Dosis parat in einem der Schublädchen seines Schuhputzstandes, Stoff für neue Höhenflüge, *Bird in Flight*! Ergänze auf jeden Fall, daß es in den vierziger Jahren sehr, sehr schwierig war, an Heroin zu kommen, in New York, in den Staaten, die Kontrollen streng, die Strafen hart, und so erwischte es auch Moose the Mooche, er schrieb ein paar Zeilen an Mr. Charlie Parker, seinen Hauptkunden: Infolge unglücklicher Umstände müsse er seine Anschrift ändern, sie laute bis auf weiteres: Staatsgefängnis San Quentin. Und damit: *Moose the Mooche*!

Damit hätte ich drei Minuten und eine Sekunde Zeit, dir zu erklären, weshalb ich dich nicht unmittelbar zu Wort kommen lasse, mit Anführungsstrichen vorn, Schlußstrichen hinten, in spontaner direkter Rede, wie du das selbstverständlich voraussetzt als Moderator eines Radioschiffs: wenn nämlich Big Claus wieder einmal zu großer Form aufläuft, drängt er mich unaufhaltsam über den Umfang hinaus, den ich dieser Story vorgebe. Die soll knapp werden, möglichst unter zwanzig Typoskriptseiten – auf größerer Textstrecke, in längerer Sprechdauer läßt sich das hohe Tempo kaum durchhalten!

Ich sage, schreibe das, damit du verstehst und bitte akzeptierst, weshalb ich an deiner Stelle redeschreibe, schreiberede: solange habe ich alles unter Kontrolle, im Umfang und sprachlich. Auch in der Sprache, ja: würde ich dir Anführungsstriche spendieren, so müßte ich dir aktuellsten Moderatorenjargon in den Mund legen, und das würde voraussetzen, daß ich mich einhöre in Funksendungen mit Moderatoren, in Präsentationen von Discjockeys, nur so könnte ich den spezifischen Sound von Ansagen wiedergeben, dazu genügt nicht, was ich im Autoradio mitkriege, ich müßte mich systematisch informieren, *aber*: ließe ich dich so sprechen, Claus, wie in der Szene gesprochen wird in diesem Frühjahr, so müßte ich (sagen wir: nach einem Jahr) in einem eventuellen Nachdruck dieser Geschichte schon einige Wörter und Formulierungen austauschen gegen allerneuste Wörter, Formulierungen, die nach einem weiteren Jahr vielleicht auch schon wieder out wären ... Nimm als Stichwort: das Geld, das du verdienst, das Geld, das ich brauche, den Kies, das Moos, das Heu ... die Asche, die Knete, das Pulver ... den Schotter, die Flocken, die Mäuse – ja, diese »Mäuse«, zum Beispiel, sie heißen zur Zeit »Ohren«, zwei Mark gleich zwei »Ohren«, und solche »Ohren« können im nächsten Jahr bereits am Kopf des Sprachleibs zu schlackern beginnen, und im übernächsten Jahr werden sie schwarz und fallen ab ... Welchen Ausdruck müßte ich dann einbringen für dich als Moderator auf dem jeweils aktuellsten Stand des Jargons, mit dem du »rüberkommen« willst, rüberkommen mußt? Also halt dich an die Spielregel, überlaß mir das Wort.

Kein Anlaß, dich zu beklagen – du bist, während ich dies schreibe, ständig präsent am Mikrophon, und bittesehr, du kannst jetzt ebenfalls in eigener Sache reden, wenn auch nicht mit eigenen Worten: Wieso eine Jazzsendung zwischen der Popmusik und den Werbestatements auf FRN, FRN, FRN, auf Mittelwelle, 864 Kilohertz, wie auf Kurzwelle, 7048 Kilohertz, 41-m-Band, ausgestrahlt von der zur Zeit etwas qualmenden, ja, sag ruhig: *qualmenden MS Christiana*. Sie qualmt, obwohl ihr keine Fahrt macht, sie liegt weiterhin vor Anker auf dem Schelfsockel der Insel Scharhörn, und doch qualmt sie, die gute, alte Christiana, ausrangiertes Feuerschiff, zum schwimmenden Sender umgebaut ... Gib ruhig zu, daß ihr das Feuer nicht recht lokalisiert kriegt: irgendwo in den »Kabeltunneln« schwelt es, qualmt es, brennt es, und dennoch, gerade *deshalb*: Tune in for MS Christiana, tune in for MS Christiana, tune in for Bird, for *Bird in Flight*. Und wie schon angedeutet: das sind wahrhaftig andere Klänge, als sie ein Radioschiff sonst ausstrahlt, zum Beispiel die Konkurrenz vor der niederländischen Küste, ihr seid eben das Radioschiff mit dem ganz *anderen* Programm, und eure neue Sendereihe nun als »Testfall für kommerzielles Qualitätsprogramm«.

Kommerziell – das könntest du gleich als Stichwort nehmen und die erste Werbe-Message dieser Sendung präsentieren, im Namen von Ladakh Electronics, der Supernova unter den Elektronikfirmen der jüngeren Generation ... Aber Werbestatements räume ich keine Zeile ein in dieser Erzählung, hier überspringe ich. Dagegen Werbung in eigener Sache – bitteschön, die könntest du hier kurz mal einbringen: die Reaktionen auf die Pilotsendung von *Giants of Jazz* waren »hervorragend«, vom Fischkutter wurde ein ganzer »Waschkorb« voller Zuschriften, begeisterter Zuschriften, überbracht, kein Wunder bei Louis »Satchmo« Armstrong als erstem der Giants. Eure Rechnung ging völlig auf: zu den vielen Hörern, die sich in eure Popsendungen einschalten, kommen nun weitere Hörer. Und mit dieser Sendung über Bird wird die Zahl eurer Hörer erneut einen Sprung nach oben machen ... Deshalb gleich noch mal eure Frequenzen, die magischen Ziffern 8-6-4 und 7-0-4-8: Tune in for FRN, FRN, FRN, Free Radio Northsea, tune in for *Giants of Jazz*, tune in for *Bird in Flight*.

Ja, »the Bird is on the wing«, und sein Höhenflug wird unterstützt von einer Thermik sehr spezifischer Art, einer Thermik mit dem Geruch von kokelnden, schwelenden, brennenden Isoliermaterialien, ja, und wie auf Stichwort siehst du Joe, »the Root«, vorbeirennen am Türbullauge des Studios: Joe (schnell im Kopf, doch langsam auf den Beinen) ist aus seiner Kajüte sonst nicht rauszukriegen, nur wenn er auf Sendung geht mit seinen Folksongs oder wenn es Landurlaub gibt, aber nun: er wetzt zum Heck, zur Treppe achtern, und was er geschultert hat, das sieht feuerrot aus und ist rund und beschriftet und hoffentlich, so könntest du sagen, um der Sache einen Dreh, einen Kick zu geben, hoffentlich hat das auch eine gültige TÜV-Plakette ...

Feuer an Bord, dennoch weiter, weiter in der Moderation! Erzähl noch was von Charlie Parker – bißchen Background-Information, bißchen Human touch ... Also, zum Beispiel, wie Plattenaufnahmen entstanden, entstehen konnten. Ich liefere dir gleich eine Vorlage samt Nachweis: der Mann, der die nützliche Biographie über ihn schrieb, Ross Russel, er war gelegentlich einer seiner Plattenproduzenten, der kannte die Branche aus eigener Erfahrung. Demnach war es üblich, daß Charlie mit erheblicher Verspätung eintraf; die anderen Musiker bereits, mehr oder weniger nüchtern, im teuer angemieteten Studio. Und nun schleppt sich Bird heran, dun und down, hat womöglich noch Magenschmerzen – Vorzeichen der Geschwüre an den alkoholverätzten Magenwänden ... Und Charlie zieht sich zurück in die Garderobe, kommt und kommt nicht wieder, soll schließlich geholt werden, und da liegt er in der Badewanne, der leeren Badewanne, und schläft. Ausführlich muß er gerüttelt und geschüttelt werden, dann wird ihm eine Kanne extrastarker Kaffee eingeflößt ...

Feuer an Bord, dennoch weiter: im Studio ist Mr. Parker übel gelaunt, er schimpft vor sich hin, baritonal: Shit; shit, oh shit, er mag nicht spielen, will sein Instrument gar nicht erst anfassen: Shit, shit, oh shit, schließlich läßt er sich doch überreden, spielt sein Altsaxophon warm, schnelle Läufe, sehr schnelle Läufe, rasend schnelle Läufe, plötzlich ist er voll da, es wird eine Nummer nach der anderen eingespielt, große Soli in jedem der Takes, zufrieden legt er schließlich sein Instrument in den mit schwarzem Samt ausgefütterten Koffer, bemerkt lakonisch: »Das war's dann wohl.« Ja, und eine der Nummern dieser Session mit schlechtem Start und großem Finish solltest du jetzt vorstellen, such dir den Titel aus: *Cheers* oder *Stupendeous* oder *Carvin' the Bird*.

Nach dieser Einspielung werden wir beiden noch etwas zulegen müssen im Tempo, das ich vorgebe, im Tempo, das du machen mußt, denn je mehr das Feuer sich ausbreitet, desto knapper wird die Sendezeit, wird dein Spielraum für das Tonprodukt, das in enger Connection steht mit diesem Textprodukt, das mir aus der – na sagen wir: schon etwas zu langen Flaute helfen muß. Ja, wir beiden sind hier aneinandergekettet wie zwei Gefängnisausbrecher in einem Actionfilm, nur gemeinsam schaffen wir mein Ziel und dein Ziel.

Also, jetzt muß es kommen, Now's the time! Sag, daß du nach dieser Charlie-Parker-Nummer erst mal eine kleine Durchsage loswerden mußt, sorry, Charlie, sorry, Bird: FRN, FRN, FRN, Freies Radio Nordsee, Free Radio Northsea, und bleib gleich beim Englischen, das ist in solch einem Fall üblich: This is an emergency broadcast by radioship Christiana, you request assistance due to fire on board, we request assistance due to fire on board, und das mußt du sofort wiederholen: There is fire in the engineroom, you need assistance urgently, we need assistance urgently, this is radioship Christiana four miles off Scharhoern, the extent of the damage is not known at the present time, Mayday, Mayday, Mayday!

Das reicht erst mal. Für spezifische Hörer der Norddeutschen Tiefebene kannst du diesen Hilferuf auf deutsch wiederholen, indirekt, und dann berichten, daß ihr außerhalb der deutschen Hoheitszone vor Anker liegt, aus »verständlichen Gründen«, die vor allem die GEMA (Stichwort: Musiktantiemen) interessieren, daß eure sichere Position jetzt aber entschiedene Nachteile hat: Löschboote liegen etliche Seemeilen entfernt in Cuxhaven, Bremerhaven, für Seenotkreuzer werdet ihr erst relevant, wenn ihr SOS ruft, und die großen Pötte fahren weit draußen vorbei; wenn ein Schiff brennt, richtig brennt, ist sowieso nichts mehr zu retten, heißt es in der Branche.

Weitere Erschwernis: ihr ankert auf dem Schelf, und wer wagt sich schon in (mittlerweile) ziemlicher Dunkelheit in flache Gewässer vor, womöglich bei Ebbe? Kurzum, ihr paar Mann seid auf euch selbst angewiesen, aber, so könntest du gleich hervorheben: euer verschworenes Team hat sich bereits in anderen heiklen Situationen bewährt, beim Orkantief »Luise« seid ihr ebenfalls auf Sendung geblieben, das hat euch mächtig Zulauf gebracht, und weil der Moderator vom Dienst bei diesem »Wahnsinnssturm« sogar noch Werbestatements durchgab, schnellten eure Werbeeinkünfte hoch – nun erst recht wurde mit Produkten bei FRN geworben, die Abenteuer assoziieren: Off-Offroad-Fahrzeuge, Repliken von Motorrädern der dreißiger, vierziger Jahre. Und Werbung für Trekking in Ladakh: Land der hohen Pässe, Land der letzten Abenteuer ... Inzwischen aber sind einige Monate vergangen, die Christiana hat vor sich hin gedümpelt, nautisch, kommerziell ... Ihr schätzt ja den offenen Ton an Bord, also sag ich das direkt heraus: Christiana Enterprises sind unter Druck geraten, eure Geldgeber haben auf höhere Zuwachsraten gesetzt, und wenn nicht bald die Kassen klingeln, könnten die Herrschaften ihre Anteile zurückziehen, sie sind mit Rücktrittsoptionen und Kündigungsterminen vertraglich abgesichert;

das gilt für den Baumaschinen-Hersteller genauso wie für den Elektronik-Grossisten und erst recht für die koreanische Bank, die kürzlich ihre neue deutsche Niederlassung eröffnet hat. Diese Bank ist übrigens zu 51 Prozent im Besitz von Ladakh Electronics – na, leuchtet ein Lämpchen auf ...? Dann bring gleich noch mal den Rundruf ein: Mayday, Mayday, Mayday! This is an emergency broadcast by radioship Christiana, four miles off Scharhoern, there is fire on board and you need help as soon as possible. And please phone Cologne 62 29 11. Write down telephone number and phone immediately Cologne 62 29 11, say there is fire on board of MS Christiana and you are calling Mayday.

Auch wenn deine Mayday-Rufe vorerst nicht viel in Bewegung setzen in der Deutschen Bucht, eins bewirken sie auf jeden Fall: daß synchron mit der Entwicklung unter Deck die Zahl der Zuhörer wächst, durch telefonische Empfehlungen. Und das setzt voraus, daraus ergibt sich: zu rasch dürfen eure Löscharbeiten nicht erfolgreich sein, auch wenn Joe gerade einen neuen Pulverlöscher geholt hat. Es ist nämlich so – um auch in eigener Sache offen zu reden, wie das bei euch an Bord üblich ist: Wenn ihr das Feuer zu schnell kleinkriegt, kann ich mit dieser Story nicht groß rauskommen. Und was ich dringend brauche, ist Auftrieb, sonst bleib ich hängen in der Talsohle – mein Finanzamt hat mir schon »gemindertes Erwerbsstreben« vorgeworfen ...

Und damit muß ich meinen Chorus schon beenden, und du übernimmst den nächsten. Moderier gleich die folgende Nummer an, erzähl von Aufputschpillen und Beruhigungspillen für Charlie, von Eiswasser und Whisky, von Hamburgers und Sandwiches, von Taxis und Hotels, von Nachtclubs und Sessions, von Pussys und Nummern, von Pussys und Nummern – Charlie als besessener Fikker, als besessener Fixer, als besessener Fresser, als besessener Säufer und vor allem: als besessener Musiker, Charlie überschritt fast jedes Limit, er flippte beinah ständig aus. *Bird Fire, Bird Fire!*

Und hier könntest du gleich noch mal betonen, daß ihr trotz Feuer an Bord auf Sendung bleibt, ihr von FRN, FRN, FRN, vom Freien Radio Nordsee, von Free Radio Northsea, broadcasting on medium wave, 864 Kilohertz, on short wave, 7048 Kilohertz,

41 metres: stay tune to these frequences for further informations. And please phone Cologne 62 29 11, say there is fire on board and you are calling Mayday. Mayday, Mayday, Mayday, you require assistance urgently due to fire on board, you need help, we need help.

Ja, Claus, du kannst sicher sein: die Zahl derer, die deine emergency calls hören, sie dürfte sprunghaft wachsen, in einer graphischen Darstellung wäre das eine steil aufsteigende Kurve, shooting, just shootin'. Nur leider: keiner von den vielen alten und neuen Hörern kann euch, will euch übers Wasser zu Hilfe kommen, womöglich mit Atemschutzgeräten, ich vermute eher, ein ziemlicher Anteil würde lieber hören, daß dieses Feuer den Maschinenraum verläßt, sich offen ausbreitet, Sendestudio und Kommandobrücke unmittelbar bedroht, ja erreicht, »fire is taking a control – fire is taking control of the bridge«, und du wirst beim Moderieren von Hustenanfällen unterbrochen, der Qualm, der Qualm, und die Moderation schließlich von Feuerknistern, Feuerknacken, Feuerkrachen grundiert, doch du machst weiter, bis schließlich der Joe oder, noch besser, der Gregor die Studiotür öffnet mit einem: »Auf geht's, gemma, gemma!«, doch du führst deine Moderation souverän zu Ende, wenn auch abgekürzt, programmierst die letzten Nummern ein, und dann hört man über das weiterhin offene Sendemikro nur noch Geräusche, Rufe, Schreie, schon fällt das Sendemikro aus, die Musik läuft weiter, bald bricht auch sie ab, nur noch Geräusche, Störgeräusche, und ein starkes, wenn auch kein Weißes Rauschen, einige Sekunden lang, dann Stille mit Knackgeräuschen, fernem Knattern, und kurz noch mal Rauschen, noch ein paar Knackgeräusche, danach Funkstille, Funkstille, und viele Hörer schlucken vor Erregung – trotzdem, es ist besser, wenn das Steak nur medium gebraten wird. Mit anderen Worten: Das Feuer muß im Maschinenraum bleiben! Anlaß genug für ein erneutes Mayday, Mayday, Mayday …

Na, und wo das Stichwort schon mal gegeben ist – erzähl deinen Hörerinnen, Hörern die (bewährte) Geschichte von Charlie Parker und dem Feuer – der Name Parker muß sich mit Geschichten verbinden, mit Storys, dann hört man dir zu! Also: Bird in Los Angeles, auf Tournee, in einem Hotel; erwähne, daß es damals noch keine

Zimmertelefone gab, erzähl, daß Charlie deshalb runterging in die Vorhalle, und er war zu besoffen, um zu merken, daß er nur Socken anhatte, erzähl weiter, daß Gäste sich über das nackte Mannsbild beschwerten, und Charlie wurde grob, saugrob, mußte die Treppe raufbugsiert werden, mußte ins Zimmer, ja, geschoben werden, und eine halbe Stunde später zog Rauch aus seinem Zimmer in den Hotelflur – ha, das konnte ich mir fast denken, daß du an dieser Stelle ein Werbestatement abfackelst, Phonoartikel von Ladakh Electronics, aber das registriere ich nur, da hör ich nicht hin, weiter im Text: Mittlerweile wurden vom Hotel aus Feuerwehr und Polizei alarmiert, der Manager drang ein ins qualmerfüllte Zimmer – die Matratze brannte, das Bettgestell schwelte. Schieb ein, daß Charlie wahrscheinlich mal wieder eine Zigarette aufs Kopfkissen gefallen war, erzähl gleich weiter, daß er sich mit Gebrüll beschwerte, weil man in sein Zimmer eindrang, um zu löschen, und dem nackten, tobenden »Yardbird« wurden Handschellen angelegt, wurde eine Decke umgelegt und rein mit ihm in den Streifenwagen! Und wieder einmal Publicity für Charlie Parker – der Mann, über den sich wilde Geschichten erzählen ließen ... Und wieder ein Erzählschub in der Entwicklung seines Image: Genie und Suff, Genie und Wahnsinn, das kennt man ja ... Damit steht der nächste Titel wohl schon fest: *Crazeology*.

Zwei sechsundfünfzig ... In dieser Zeit könnte ich mit dir in folgendem Punkt einig werden: dieses Feuer akzentuiert noch einmal eure Situation. Was bei euch über den Sender geht, an Musik vor allem, das könnte letztlich genausogut von einem Sender auf dem Festland kommen – wo sollte man Unterschiede hören? Kein Wellenschlag, kein Möwengeschrei simultan ... Eure besondere Situation wird nur gegenwärtig in den (hoho!) »Wortbeiträgen«, und ganz besonders in Erzählsituationen. Hier habt ihr euch schon manches einfallen lassen, habt ihr euch geschickt in Szene gesetzt: Der Studiogast, der im Helikopter ankam, und mit der Seilwinde wurde er heruntergelassen an Deck, in der sogenannten Rettungshose, und die Studiotür stand offen, das Sendemikrophon hochgepegelt, das Hubschrauberknattern, die Rufe an Deck, das alles ging über den Sender, schließlich wurde der Studiogast direkt am Mikrophon begrüßt … Diese Aktion hat euch Pluspunkte gebracht: erhöhte Einschaltquoten, verstärkte Werbeeinnahmen, aber die Wirkung hat im Lauf der Zeit nachgelassen, die Christiana schien abzudriften, in übertragenem Sinne. Doch nun: »Feuer im Maschinenraum!?«, und das saugt Aufmerksamkeit an wie Sauerstoff. Und du förderst diesen Sog! Feuer an Bord, das Feuer droht sich auszuweiten, und du moderierst, Feuer an Bord, das Feuer droht sich auszuweiten, und du spielst Musik ein, Feuer an Bord, das Feuer droht sich auszuweiten, und du machst nicht nur eine Kassetten-Aufzeichnung dieser Sendung, als Beleg für die Abrechnung der Werbestatements, du läßt auf dem Studiogerät auch ein Tonband mitlaufen, als Mutterband von CDs und MCs, die Ladakh Electronics garantiert produzieren wird, und sei es (zur Tarnung) über ein deutsches Subunternehmen. *Radioship on fire* – wär das nicht ein zündender Titel? Der zündende Titel einer CD-Produktion frei nach der Geschichte, die ich dir souffliere? Deine oral story hätte am besten eine Zeitdauer von dreißig, vierzig Minuten, dazu die Einspielungen der Parker-Titel – das liefe raus auf die optimale Länge einer CD. Damit unsere Kooperation (Textprodukt, Tonprodukt) nicht nur in meiner Story dokumentiert wird, möchte ich auch den Text für das Booklet zur CD schreiben – die Honorierung zusätzlich zu den Tantiemen, die mir nach dem Urheberrecht zustehen …

Und nun mach weiter, weiter in der Moderation. Sag den Fans, den Freaks, daß es den Kollegen bisher noch immer nicht gelungen ist, mit Pulverlöschern das Schwelen und Brennen des Kabelbaums niederzukämpfen; trotzdem haben sie die Löschschläuche noch nicht angeschlossen – zu den Brandschäden sollen nicht unbedingt noch Wasserschäden kommen! Die Rauchentwicklung aber wird immer heftiger, ihr könntet nun erst recht ein paar Mann brauchen mit Pulverlöschern, also ruf noch mal Mayday: This is an emergency broadcast, fire is spreading on radioship Christiana, you need help as soon as possible, we need help as soon as possible, your exact position, our exact position, please listen carefully: 53 degrees, 56 minutes latitude, north latitude, north in latitude, and 8 degrees, 9 minutes longitude west, sorry: east, 9 minutes longitude *east*! Kleiner Patzer, ist mir klar, aber so was darf später auf keinen Fall rausgeschnitten werden! Nur solche (gelegentlichen) Versprecher und Fehler »garantieren« schließlich den authentischen Charakter des Tondokuments, nach dem Ladakh Electronics Tonträger in sicherlich großer Stückzahl produzieren wird; ohne solche »Fehler« könnten die Vorgänge letztlich auch inszeniert erscheinen oder simuliert. Also: dafür sorgen, daß später nichts rausgeschnitten wird – bis auf die Werbestatements, versteht sich ...

Na klar, hier mußt du mich gleich beim Wort nehmen und wieder eine Werbe-Message einbringen, live in der Moderation ... Die Werbewirksamkeit, so wirst du das begründen, sie wächst mit der Brisanz der Situation, diese Werbebotschaften werden sich einprägen wie Feuerzeichen! Also: Produkte von Ladakh Electronics ... Off-Offroad-Wagen von Mayuzumi ... Und gleich weiter im Text, weiter in der Moderation: »The Bird is on the wing«, wie Charlie gelegentlich zitierte ... Als nächsten Titel schlage ich vor: *Relaxin' at Camarillo*.

Auch wieder ein Titel, zu dem sich einiges erzählen läßt – ich treffe für dich die Vorauswahl auch unter diesem Gesichtspunkt; ginge es allein nach der Musik, so könntest du jetzt genausogut *Scrapple from the apple* eintasten oder *Swedish Schnapps*. Aber du mußt Stoff zum Erzählen haben; nur solange du sprichst, bleiben in den Köpfen der Zuhörer Schiff und Feuer präsent, das Schiff nördlich von Scharhörn, das Feuer irgendwo im Kabelbaum, Maschinenraum. Also greif den roten Faden auf, führ ihn weiter: von der Verhaftung im Hotel über den Prozeß zur Einweisung in die Nervenheilanstalt Camarillo – ich muß das nicht alles vorerzählen, Stichworte genügen, du weißt selbst, wo du an den nötigen Stoff kommst, ich skizziere nur, worauf die Entwicklung hinauslief: nach dem Entzug ging es dem heruntergewirtschafteten Mann von Mitte Zwanzig bald besser, er arbeitete freiwillig im Anstaltsgemüsegarten, spielte brav mit der Anstaltscombo; wurde entsprechend bestaunt von Besuchern: ein Charlie Parker ohne Whisky, ein Charlie Parker ohne Heroin, und Sex wohl kaum noch ein- bis dreimal täglich – ein Charlie Parker relaxing at Camarillo, neuer Zustand, neue Komposition, zwei Minuten dreißig in gemäßigtem Tempo, das ist hier im Timing auch angebracht: Relax with *Relaxin' at Camarillo* ...

Radioship on fire: Auf in die Schlußphase, auf zum Finish! Aber jetzt mußt du aufpassen, Big Claus, daß du nicht über eine Grenzmarkierung hinausschießt: die zwischen Mayday und SOS. Ich hab mich hier sachkundig gemacht; sobald du SOS rufst, schließt das ein: you are preparing to abandon ship, we are preparing to abandon ship, das Rettungsboot wird von der Persenning befreit, Fluchtgepäck wird bereitgelegt ... *Doch so weit darf es nicht kommen!* Hör genau zu: *Feuer im Maschinenraum*, das reicht völlig für euch auf MS Christiana, für dich auf Sendung, für dich auf Tonband, für mich in der Story – ich müßte sonst mehr als nur den Titel ändern! Selbstverständlich, und das hab ich vorhin ja schon angedeutet, wäre es schön, spektakulär, wenn die Christiana rote Bullaugen kriegte, wenn der Rumpf feurige Konturen erhielte, wenn Feuer das Schiff über die Toppen flaggte, das würde den Umsatz der CD *Radioship on fire* mächtig anheizen: *Brandkatastrophe vor Scharhörn*. Ja, das gäbe Auftrieb, riesige Thermik für den Verkauf, aber mit Sicherheit werden neue Katastrophen diesen Vorfall ziemlich rasch vergessen lassen, der Verkauf der CD ginge entsprechend rasch zurück – was aber brächte dann noch eine ausgebrannte Christiana? Wenn die Christiana hingegen wieder auf Sendung geht, könnte die CD zum Longseller werden, FRN, FRN, FRN würde Assoziationen wecken an *Radioship on fire*, und dieser Erinnerungs-Feuerschein würde die Christiana verlockend illuminieren. Das hätte wiederum günstige Rückwirkungen auf euren Job, auf euer Image, und mit mir ginge es auch wieder aufwärts ... Also: Laßt das Feuer im Maschinenraum, gebt dem Feuer das Deck nicht frei, das hätte ungünstige Auswirkungen auch für dich, langfristig, da, lies mal dein Horoskop!

So, und jetzt ruf noch mal Mayday, Mayday, Mayday, this is MS Christiana on fire, radioship Christiana on fire, heavy smoke in ship, Mayday, Mayday, Mayday, you need help urgently, we need help urgently, und das ist die reine Wahrheit. Damit die Hörer deine Hilferufe gebührend ernst nehmen, kannst du ihnen gleich noch ›verraten‹, daß du bereits die Schwimmweste angelegt hast, natürlich noch nicht aufgeblasen, das ginge mit der kleinen Preßluftflasche auf einen Schlag ... Doch solang du nicht an der roten Lasche reißt, bleibst du auf Sendung, und zwar auf 864 und 7048 Kilohertz, please stay tune to our frequences for further informations. Ja, und jetzt wieder und weiter: Moderation und Feuer an Bord, Musik und Feuer an Bord, Moderation und Feuer an Bord, Musik und Feuer an Bord! Erzähl noch was von Charlie Parker, erzähl von Rohrblatt und Solo, von Nadel und Schuß, von Nachtclub und Session, von Nadel und Schuß, von Sandwich und Whisky, von Nadel und Schuß, von Rohrblatt und Solo, von Whisky und Sandwich, von Quintett und Septett, von Pussys und Nummern, von Pussys und Nummern, von Nadel und Schuß, von Rohrblatt und Solo, von Nadel und Schuß, von Pussys und Nummern, von Rohrblatt und Solo, ja, und damit ist auch schon höchste Zeit, daß Gregor, der bayrische Ingenieur an Bord, die Studiotür aufreißt: Das C-Rohr ist angeschlossen und das B-Rohr, du mußt beim Löschen helfen, alle Mann unter Deck! Also schreiberede, redeschreibe ich soufflierend: das Tonband, unser Tonband vom Teller des Geräts abheben und in den flachen Karton schieben ... Das Band geht, rutscht nicht gleich rein?! Du stehst unter Streß, ich weiß, ich weiß, aber unser Tondokument muß, muß, muß gerettet werden, also beeil dich, aber werd nicht hektisch, schieb das Band ganz vorsichtig – was mach ich denn da, nicht verkanten, nicht verkanten! Na, so geht es doch ... Und jetzt leg den Karton, ja leg den griffbereit auf den Sendetisch. Und wenn du, aufatmend, zum Schluß noch was ins Mikrophon sagen willst, dann sollte das ganz knapp sein: »Bye-bye« oder: »Das war's dann wohl.«

Lichtklang, Sperrmüll

Jetzt, jetzt, jetzt wäre der Zeitpunkt gekommen, wäre der Zeitpunkt herangereift, verehrter Felix Mendelssohn-Bartholdy, da ich Ihr Violinkonzert spielen könnte, als Solist, aber man hat mir die Geige quasi aus der Hand genommen. Dabei weiß man genau, daß so ein Instrument verkommt, wenn es nicht mehr gespielt wird, daß es zerfällt. Schließlich bleiben von der Geige, die mich durch ein langes Musikerleben begleitet hat, nur die Saiten und die Stimmwirbel und der Steg und der Korpus, ja, und was mit den Resten geschieht bei dieser allgemein vorherrschenden Politik der Reste, das muß wohl kaum ausgesprochen werden zwischen uns, nicht wahr?

Es ist ruchlos, es ist unter diesem Gesichtspunkt doppelt ruchlos, daß man meine Laufbahn beendet hat, bevor sie ihren natürlichen Höhepunkt erreichte. Dabei war ich prädestiniert dazu, dieses Konzert als Solist vorzutragen. Wie oft habe ich es an meinem Pult mitgespielt – aber trotz aller Wiederholungen: diese Musik hat für mich nichts von ihrer Reinheit und Schönheit verloren. Dieses Ihr e-moll-Konzert, hochverehrter Meister, ist für mich das höchste aller Violinkonzerte, und ich will gleich auch begründen, weshalb: weil sich hier alles ohne jeden Erdenrest in Schönheit aufgelöst hat. Selbstverständlich habe ich größten Respekt vor Beethovens D-Dur-Konzert, auch vor dem D-Dur-Konzert von Brahms, aber trotz dieser Tonart: in beiden Konzerten ist für mich noch zuviel Erdenschwere und damit Erdenrest, während sich Ihr Konzert, obwohl in moll, aufgeschwungen hat in einer, ich möchte schon sagen: spirituellen Levitation. Hier herrscht, so habe ich das einmal für mich formuliert, eine himmlische Equilibristik. Man könnte auch sagen: Hier ereignet sich ein metaphysisches Rastellispiel – alles schwebt, vollkommen schwerelos, und wer das mitvollzieht, muß sich ganz, ganz leicht machen, so gut wie schwerelos, nur dann ist die große Konjunktion und Fusion möglich.

Das ist mein Credo, verehrter Meister, und ich muß Ihnen gleich noch etwas anvertrauen: Man hat genau gewußt, was das Ergebnis ist, wenn man mir die Geige aus den Händen nimmt – da zerfällt auch dieses Konzert! Zerfällt in Orchesterpassagen und Orchesterfragmente, die nicht mehr von den Melodien der Solo-Violine zusammengefügt, zusammengehalten werden. Also, nicht wahr, hochverehrter Meister Mendelssohn-Bartholdy: ich darf die Lükken, die Löcher nicht lassen, die durch das fortgesetzte Schweigen meiner Violine entstehen, mit aller Kraft muß ich zusammenhalten, was sonst von der Sologeige verbunden würde, mit allen mir zur Verfügung stehenden Kräften. Und das wird mir schwer. Wieviel Kraft hat man mir schon genommen! Und dazu diese wachsenden Schmerzen in den Gelenken! Aber ich tu, was ich kann, verehrter Meister, ich halte Ihr Werk gleichsam mit Klauen und Zähnen zusammen, mit Zunge und Lippen, sonst würde diese herrliche Komposition in den Raum fliegen, in den weiten, leeren Raum hinausfliegen, und was geschieht mit den Explosionsbrocken, mit all diesen in den Weltraum geschleuderten Resten? Ach, Felix Mendelssohn-Bartholdy, ich habe Angst um uns beide. Diese Angst reicht über uns beide noch weit hinaus, und das macht diese Angst zur berechtigten Angst.

Bleiben wir bei Ihrem Konzert, bei den Aufführungen Ihres Konzerts, die ich an meinem Pult mitgestaltet habe: den Kopf reckend, über die Pulte vor mir blickend, habe ich mehrfach beobachten müssen, wie schließlich den Solisten, wie vor allem den Solistinnen Blumensträuße überreicht wurden, und zwar zumeist Blumen in den weithin üblichen Cellophantüten, die so knistern und glitzern. Dabei weiß jeder, daß Blumen im Cellophan ersticken, wenn man ihnen das nicht bald wieder von den Köpfen wegzieht, und was bleibt dann? Blumenreste, Blumenreste, beziehungsweise die Reste zerfallener Blumen, das heißt, bloß noch Stengel und Blätter und Blütenblätter und Griffel und Staubfäden …

Zum Stichwort Cellophan muß ich auch ein paar Worte sagen, verehrter Meister: Cellophan gehört zu den Materialien, die man schon längst nicht mehr von mir fernhält. Am allerwenigsten an Sonntagen! Es hat sich hier mittlerweile eine wahre Sonntagsbedrängnis entwickelt! Meine zweite Tochter mit ihren drei Kindern … Können Sie ermessen, was so ein Sonntagsbesuch bedeutet, für mich, allein unter dem Standpunkt oder Gesichtspunkt der Politik der Reste? Tüten, es fängt an mit diesen bunt bedruckten, zumindest groß beschrifteten Plastiktüten – es wird jedesmal, garantiert jedesmal, solch eine Plastiktüte mitgebracht. Und in dieser Tüte stecken, in Papier eingepackt, wiederum Packungen, von denen wird das Papier abgewickelt, dann wird der Deckel abgehoben, nein, vorher ist da noch, also in der Papierhülle, nach Entfernung der Papierhülle diese Cellophanhülle, die hat deshalb einen Schnellverschluß, eine kleine, rote Lasche, an der zieht man, schon ist das Cellophan entfernt. Und jetzt hebt man den bedruckten Deckel ab, und nach Abheben des Deckels wird eine Papier- und Pappeinlage entfernt, die ziemlich knistert, dann die wiederum eingepackten Pralinen et cetera, et cetera, in kleinen Papierwannen, die wiederum in einem Unterkarton stecken, den auch von hinten beziehungsweise von unten Cellophan umhüllt. Kurzum, Sie halten es nicht für möglich, verehrter Meister, was an solch einem Besuchssonntag alles herangeschleppt und in der Wohnung ausgebreitet wird! Und zwar mit einer Rücksichtslosigkeit, die ihresgleichen sucht! Wirklich jedesmal müssen es Plastiktüten sein! Jedesmal! Dabei wissen alle, daß man mich am Tag X speziell mit diesen Plastiktüten vollstopfen wird, bis in die fernsten Magenfalten! Und wissen Sie, wie lange es dauert, bis solch eine Plastiktüte sich auflöst? Auch unter Einsatz ätzendster Magensäuren? Selbstverständlich – unter dem Mäntelchen der Hilfsbereitschaft will man mir Auflösungssäuren einflößen, damit hat man auch bereits begonnen, das habe ich jetzt herausbekommen, in einem eindeutig auf mich bezogenen Zeitungsartikel: Man läßt Säuren auf mich herabregnen, Schwefelsäure und Salpetersäure, und zu diesen Säuren, die sogar Dome zerbröckeln lassen, auch noch die Blausäure und die Ameisensäure et cetera, et cetera! Als wenn mir damit geholfen wäre in bezug auf die Vertilgung verschiedenster Reste! Das macht mir doch keiner vor! In Wirklichkeit, verehrter Meister, ist das schon die Ouvertüre der Abstrafung, dieser systematischen Abstrafung. Da ist doch ein höllischer oder teuflischer Kreislauf entstanden: weil man mir die Geige entwunden und sie damit der Zerstörung anheimgegeben hat, kann ich dieses Violinkonzert nicht spielen, und weil ich dieses Violinkonzert nicht spielen kann, bin ich gezwungen, die verschiedenen

Orchesterpassagen oder Orchesterfragmente miteinander zu verbinden, mit allen mir noch verbliebenen inneren Kräften, und weil das letztlich nicht gelingen kann, werde ich eben bestraft, indem man mich geradezu rituell vollstopft. Hier bestehen ganz eindeutige Zusammenhänge, die sehe ich mit einer geradezu erschreckenden Klarheit, und das bedrückt mich manchmal selbst, wir haben ja zuweilen die Neigung, uns zu schonen, uns dem Allerschlimmsten nicht zu stellen – alles vergeblich, vergeblich, höchst vergeblich!

Sehen Sie, es gibt große Zeichen, und es gibt kleine Zeichen. Lassen Sie mich mit den kleinen Zeichen beginnen, mit einem dieser kleinen Zeichen. Mein Herr Schwiegersohn, also der Mann meiner ersten Tochter, bei der ich, wie man euphemistisch zu sagen pflegt, derzeit ›lebe‹, dieser Mann hat also die Eigenart, nach dem Rasieren, dem elektrischen Rasieren, die vom Apparat ausgeworfenen oder abgestoßenen Haarstubbeln oder Haarstippen oder Haarstoppeln, ja, das ist jetzt das zutreffende Wort, er läßt diese Haarstoppeln, nein: Bartstoppeln, die läßt er im Waschbecken liegen, ohne sie wegzuspülen, was ja ein leichtes wäre. Zuerst hatte ich noch geglaubt, er habe es zuweilen derart eilig, auf dem Weg zum Büro, daß er diese Stoppeln nicht mehr bemerkt. Aber inzwischen weiß ich, daß er diese Bartstoppeln bewußt und gezielt im Waschbecken läßt, schwarz auf weiß, denn er will, daß mir ein wenig übel wird, schon am frühen Morgen, schließlich sehe ich dann mit zwingender Notwendigkeit die in den anderen Waschbecken dieses Etagenhauses und in den Waschbecken dieser Straße und in den Waschbecken dieses Viertels und in den Waschbecken dieser Stadt und in den Waschbecken dieses Bundeslandes und der gesamten Bundesrepublik liegenden Bartstoppeln, und all diese Bartstoppeln, auch die von den Friseuren abrasierten, und die besonders massenhaft in den Kasernen hinterlassenen Bartstoppeln, auch in den Gefängnissen, in Krankenhäusern et cetera, et cetera, all das, all das, all das werde ich ja nun einmal in mich aufnehmen müssen, zwangsweise, und deshalb mag ich mich einfach nicht mehr rasieren, jedenfalls meistens nicht, denn man wäre ja so rücksichtslos und würde mich zwingen, auch meine eigenen Bartstoppeln zu schlucken, also lasse ich mir diesen Bart stehen, den die Familie wiederum auf ihre Weise verhöhnt. Aber ich muß es ganz klar sagen: Jeder Bartträger ist mir sympathisch, denn er hinterläßt nicht dauernd diese Stoppelreste. Und ich möchte jeden Bärtigen beschwören: Laß dir den Bart nicht abschwätzen oder abschmeicheln, bleib dabei, laß ihn dran!

Gestatten Sie, daß ich noch etwas zu dieser allgemein verbreiteten Säurewirtschaft bemerke: Man führt mir die scheinbar bei der Verdauung, etwa bei der Verdauung von Haarstoppeln oder Bartstoppeln hilfreichen Säuren auch ganz direkt zu, und zwar dadurch, daß ich gezwungen bin, infolge innerfamiliärer Verweigerungen, wiederholt in einem Restaurant zu speisen. Welch eine Fülle und Vielzahl von Säuren impliziert das! Und natürlich, das muß man unter diesem Gesichtspunkt ebenfalls sehen: welch eine Fülle von Resten, zu denen ich notwendigerweise beitrage, wenn ich in einem Restaurant speise – die Knochen, die Knorpel der Koteletts, die Reste von Kartoffeln, die ich nicht schaffe, die Brotrinde, der Rest im Glas. Und schon vorher hat mein Essen Reste abgeworfen: Kartoffelschalen, Gemüseabfall, Eierschalen. Und nun müssen Sie sich einmal vorzustellen versuchen, wie viele Reste allein die Gaststätten und Hotels unseres Stadtviertels hinterlassen und wieviel die Gaststätten dieser Stadt, und erst recht, wenn Sie die Großküchen dazurechnen, für die Verwaltungen, die Altersheime, die Krankenhäuser, das ist doch täglich ein Hügel von Kartoffelschalen und Eierschalen, von Gemüseabfällen und Brotresten und Nudelresten et cetera, et cetera, und das ebenso und ebenfalls in anderen Städten, im gesamten Land, in Europa, in der ganzen westlichen und östlichen, wenn auch nicht so sehr in der südlichen Welt, und das täglich, täglich, täglich, das geht ja ins Unendliche, das kann ein einzelner wahrhaftig nicht mehr fassen. Und sehen Sie, unter dem scheinbaren Hilfsangebot der besseren Resteverwertung führt man mir diese Säuren zu, ich will sie hier nicht wieder aufzählen, ich will nur auf die Folgen hinweisen: Diese Säuren, diese mir zugefügten Säuren, setzen sich in meinem Körper um in Säurekristalle, und diese Säurekristalle setzen sich fest in den Gelenkhäutchen, also zwischen den Gelenkknochen und den Gelenkpfannen, und weil diese Zwischenhäutchen von den Säurekristallen zerrieben und zerfressen werden, mit jeder Bewegung, nehmen die Schmerzen immer mehr zu – das ist so in meinen Knien, das ist so in meinen Ellbogen, speziell im rechten, das ist so in den Fingern – hier vor allem habe ich diese Schmerzen, verstehen Sie, diese Säureätzschmerzen, möchte ich mal sagen, und diese Säureätzschmerzen haben das Geigenspiel in gewisser Weise erschwert. Das führte zu den Anwürfen, den öffentlichen Anwürfen des Herren GMD, der sich an mich, direkt an mich am dritten Pult der zweiten Geigen wendete mit höhnischen Anmerkungen wie: »Seien Sie lieber bei den Einsätzen auf dem Punkt, statt dauernd zu reden. Sie hinken eine Zehntelsekunde hinterher!« Solche Anwürfe reihten sich, häuften sich, ja sie häuften sich an vor meinem Pult, und schließlich hat man einen Vorwand gesucht und gefunden, um mir die Geige zu entwenden. Und keiner hat sich gefragt, was auf diese Weise geschehen wird mit meiner Geige und Ihrem Violinkonzert, kein einziger hat danach gefragt. Ich könnte weinen, Felix Mendelssohn-Bartholdy: Geige entwunden, Musik aufgelöst – das haben sie uns angetan!

Diese vergleichsweise kurze Phase des Schweigens, sie war notwendig, war lebensnotwendig; ich habe, unterstützt von einem Tonträger, Ihr Konzert noch einmal erklingen lassen, zumindest im ersten Satz mit seiner Leichtigkeit, seiner Klarheit, seiner Schönheit, seiner schwebeleichten Vollendung. Und wieder habe ich in dieser Welt der Verschmutzung und Verwüstung, der wuchernden Müllmaterialität die befreiende Wirkung dieser Musik verspürt. Die schwingt jetzt nach in mir, während ich wieder ansetze zu meinem Bericht über Vorgänge beziehungsweise Ereignisse, die meine solistische Präsentation Ihres Violinkonzerts verhinderten.

Weil dies, wie alles, seine Vorgeschichte hat, muß ich zurückgreifen auf das Stichwort Kindheit. Verehrter Meister, ich weiß nichts, gar nichts über Ihre Kindheit, dabei hätte ich mich diesbezüglich in unserer Bibliothek informieren sollen, es gibt schließlich genügend Bücher über Sie; zumindest vor Konzerten mit Werken von Ihnen hätte ich in das eine und andere Buch mal hineinschauen sollen – ich bitte um Verzeihung, daß ich dies versäumt habe. Ich kann jetzt also keinerlei Vergleiche ziehen, kann nur sagen, verehrter Meister, daß für meine Kindheit und für jede Kindheit heute Bilder richtlinienbildend sind, die schnurstracks zur Politik der Reste führen.

Sehen Sie, ich habe zum Beispiel noch ein Schaubild im Kopf, ich weiß allerdings nicht mehr, ob ich es damals im Kindergarten gesehen habe oder bei einem Kinderarzt, es waren hier jedenfalls die bekannten Zwerge tätig bei Körperfunktionen: da drehten Zwerge Kurbeln, da schaufelten Zwerge auf Förderbänder, da bedienten Zwerge Aufzüge, und was produzierten all diese koordinierten Zwergen-Anstrengungen? Reste, vom Körper ausgeschiedene Reste! Der Körper als großer Resteproduzent ...

Und beinah ununterbrochen wird ihm zugeführt, was diese Resteproduktion aufrechterhält. Auch so was wird in Schaubildern festgehalten: ich sehe zum Beispiel noch einen kleinen Jungen in kurzen Hosen zwischen all den Milchflaschen stehen, jeweils nullkommafünf Liter, die er bis zum sechsten oder achten Lebensjahr austrinkt, und ringsum in einem zweiten Halbkreis all die gestapelten Brote, all die geschichteten Nudeltüten, all diese Blecheimer Marmelade und all diese Fleischbatzen und all die Wurstmeter und all die Sackreihen Kartoffeln und all die Zuckersäckchen, die dicken Mehlsäcke et cetera, et cetera. Was auf diesem Schaubild natürlich nicht gezeigt wurde, das ist die aus all dem resultierende, auch über das sechste oder achte Lebensjahr hinaus fortgesetzte Resteproduktion und Reste-Reproduktion, aber die muß man sich ja nun auch vor Augen halten, unnachsichtlich; wie viele Knochen allein schon ein Kind hinterläßt, wie viele Hühnerknochen, Hähnchenknochen, gerade heute, im Zeichen der industrialisierten Hühner- und Hähnchenmast, und wie viele Kotelettknochen und Kasseler Rippenknochen und Haxnknochen und wie viele Kartoffelschalen, Apfelschalen, Birnenschalen, Orangenschalen und vor allem Eierschalen.

Eierschalen sind ja – einmal abgesehen von Muschelschalen – bei weitem das Schlimmste, die schichten sich nicht wie Kartoffelschalen oder Apfelschalen, zum Teil auch Orangenschalen und auf jeden Fall die schlaffen Bananenschalen, die Eierschalen sind sperrig, die wollen zerschlagen und zerstampft werden, sonst zeigen sie unweigerlich die Eierform an, auch im Fragment, im Bruchstück – für mich also sind Eierschalen die Reste schlechthin, im Essensbereich, will ich mal einschränkend sagen, und besonders die härteren braunen Eierschalen – eigentlich müßte ich durch diese Straße laufen und die Eierschalen aus den Mülleimern pulen und gleich auf den Gehsteigplatten zerstampfen, und das ebenfalls durchgeführt vor oder neben, auch hinter den Müllcontainern der Großküchen, dort spart man ja an vielem, aber, wie ich fürchte, nicht an Eiern. Und dieses Eierzerstampfen, ich meine: Eierschalenzerstampfen müßte ich fortsetzen in diesem Bundesland und in den Ländern der Europäischen Wirtschaftsgemeinschaft – glauben Sie mir, ich habe unter diesem Gesichtspunkt einen veritablen Ekel vor Hühnern, man sollte denen allen, allen, allen die Hälse umdrehen, das ist mein Gedanke. Haben Sie einmal darüber nachgedacht, verehrter Meister, wie viele Eier in den Hundertausenden von Jahren gelegt worden sind, in den Jahrmillionen, seit es Menschen gibt? Wenn man all diese Schalen sorgsam nebeneinandergelegt hätte – müßte nicht mittlerweile die ganze Welt von ihnen bedeckt sein, mal abgesehen von fließenden und stehenden Gewässern, von Gebirgshängen, an denen sich sonst Eierschalenlawinen bilden würden? Daß die Welt nicht längst erstickt ist: ein Wunder, ein Wunder!

Sehen Sie, verehrter Meister, das macht die Lage so unübersichtlich, ja unentwirrbar: ich führe mir das Problem in seiner gesamten Ausdehnung vor Augen, mit all seinen Ausfaltungen und Ausweitungen, und ich weiß, es muß und muß gelöst werden, aber mir ist zugleich auch haargenau bewußt, daß es nichts, gar nichts, überhaupt nichts nützt, wenn man Reste in sich aufnimmt, es sei denn, es kommt zu einer ganz bestimmten Konjunktion oder Fusion. Und das kann letztlich nur von aller auf das engste fokussierenden und auf das höchste potenzierten Macht der Musik erzwungen werden – und was wäre das anderes als ein Wunder? Solange sich das nicht ereignet, bleibt alles hoffnungslos.

Falls ich hier mal aus meiner Familie plaudern darf: mein Vater, übrigens ein Klavierlehrer, war in unserer Familie der große Resteverwerter oder Restevertilger, so hat er sich selbst oft genannt, so hat ihn auch meine Mutter tituliert, er hat alles geschluckt und verschlungen, was wir Geschwister auf den Tellerrändern liegen ließen. Wir wurden, wohl im Hinblick auf Vater, gar nicht erst dazu erzogen, keinerlei Reste zu hinterlassen, und so fraß mein Vater vor der Nachspeise, falls es welche gab, reihum und rundum und punktum alle Tellerränder ab, die Knorpel vor allem, die fettigen oder wabbeligen Fleischstücke, die durchfaserten Gulaschstücke, auch Fleisch mit Sehnen et cetera, et cetera, das fraß er alles weg, und die Haut von Geflügel, und die Haut von Fischen, er fraß alles auf mit seinen großen, gesunden, etwas braunen Zähnen, auch wenn es nur noch lauwarm war, weil an den Tellerrändern die Temperatur ja geringer ist. Natürlich ließ mein Vater auch die Brotkanten und Brotkrusten und Brotknüze oder Brotknappen in sich verschwinden, er fraß und fraß und fraß das weg mit einer bestimmt verzweifelten, sich dennoch lustvoll gebärdenden Anstrengung, verschlang zum Beispiel auch die Apfelkitsche, Birnenkitsche, die wir nicht wegwerfen durften, er ließ von ihnen nur noch die Apfelstiele und Birnenstiele übrig, alles andere war ratzekahl und ratzeputz und ratzefitzliputzli weg! Er war ein, wie man so sagt, vitaler, lebensfroher Mann, aber was kam letztlich heraus bei dieser fast schon heroischen Anstrengung? Irgendwas platzte in ihm auf, und sein Körper wurde dazu verurteilt, immer widerwärtigere Reste von sich zu geben, er konnte nicht mehr unter Kontrolle halten, was aus ihm herauskam, meine Mutter wälzte und wälzte und wälzte ihn herum, zog unter ihm die Bettücher hervor, die wir nicht sehen durften, aber riechen mußten, und das ging monatelang so, aller Dreck und aller Grind und aller Schmand kam wieder aus ihm heraus, das war eine Rache der Natur, ich bin da völlig sicher, hier zeigt sich so etwas wie ihr Grundgesetz oder Grundmuster oder Grundraster, beziehungsweise, es ist letztlich so, daß von den für die Politik der Reste Verantwortlichen dieser doch längst übersteuerte Vorgang als so etwas wie ein Grundgesetz oder Grundmuster der Natur ausgegeben wird, damit wir brav alles schlucken! Das ist doch der springende Punkt der Verschwörung! Und sehen Sie, Meister Mendelssohn-Bartholdy, über diese aufs äußerste und schwerste belastende Einsicht kann mich nicht einmal Ihr e-Moll-Konzert opus 64 hinwegtrösten, denn selbst diese vom Himmel auf die Erde vermittelte Engelsmusik, Engelsstimmenmusik wird von der Grundsatzpolitik der Reste erfaßt, und ich habe sie nicht davor schützen können. Ich habe und habe und habe sie nicht davor schützen können! Im Gegenteil – Sie wissen ja nur zu gut, was man mir angetan beziehungsweise geraubt hat, und daß man mich für diese zum Himmel schreiende Ungerechtigkeit auch noch bestrafen will, indem man mich als Opfer, als Hauptopfer dieser weltweit herrschenden, dieser weltbeherrschenden Politik der Reste auserwählt hat.

Sie werden sich jetzt, aus gegebenem Anlaß, die Frage stellen, wie es überhaupt dazu kommen konnte. Verehrter Meister, es brennt mir auf der Seele und auf der Zunge und auf den Nägeln, ich muß es aussprechen, vor Ihnen, der Sie für mich in Ihrem Violinkonzert auf das reinste verkörpert sind: Ich habe eine schwere Schuld auf mich geladen, eine in sehr direktem Sinne schwer-wiegende Schuld! Ich habe für mein Alter, vom statistischen Durchschnitt aus beurteilt, sehr viele Reste hinterlassen. Nun sollte ich zugleich erwähnen, daß mein Beruf mit viel Ärger verbunden ist – man sollte wirklich einmal die Memoiren eines Tutti-Geigers schreiben! Zu all den berufsbedingten und berufsspezifischen Belastungen kommt noch ein gerüttelt Maß an privaten und persönlichen Problemen und Pleiten. Das alles konnte ich nicht einfach mir nichts dir nichts herunterschlukken, respektive in mich hineinfressen, ich brauchte, scherzhaft formuliert, einige Beilagen oder, ich muß schon eher sagen: etliche Beilagen. Und das bedeutet leider, wie diese Welt nun einmal strukturiert ist, daß ich entsprechend viele Reste hinterlassen habe, worauf letzten Endes sowieso alles hinausläuft. Bei mir liegt der Fall nun so: ich hatte und habe eine spezielle Leidenschaft für alles Maritime – das ist ja bereits angeklungen. Und so hat es beispielsweise seit jeher zu meinen Lebensgewohnheiten gehört, freitags Muscheln zu essen. Wenn jeweils diese Schüssel voller Muscheln vor mir abgestellt wird, mit dem Suppenteller, in dem sich dann die gespreizten Muschelschalen häufen, Freitag für Freitag, zumindest während der Muschel-Saison – glauben Sie mir, ich schäme mich manchmal, ich würde am liebsten einen großen Apothekermörser nehmen und alle, alle, alle Schalen kleinstampfen, ganz, ganz klein stampfen, zu Muschelschalenpulver! Ich habe es nicht getan, und das ist eine insgesamt belastende Vorstellung, denn im Lauf der Jahre wurde das bestimmt eine ganze Sackreihe voller Muschelschalen, und es kommen womöglich noch etliche Säcke hinzu. Und, was ebenfalls zu diesem Themenkreis gehört: all diese Fischgräten! Sehen Sie, im Gegensatz zu meinem Vater, der ja, wie meine Mutter scherzhaft zu sagen pflegte, eine fleischfressende Pflanze war, bin ich mehr für Fischgerichte, aber das bedeutet eben: Heringsgräten, Forellengräten, Kabeljaugräten, Schellfischgräten, Karpfengräten, Makrelengräten, auch Hechtgräten, Schollengräten, Flundergräten – wenn ich mir all diese Gräten aufeinandergehäuft vorstelle: erdrückend! Erstikkend! Dabei bin ich mir sowieso schon dessen bewußt, daß mich all diese mit Leidenschaft verspeisten Fische letztlich hinrichten: die haben sich doch, mal abgesehen von Süßwasserfischen, mehr oder weniger vollgesoffen mit säurehaltigem Ostseewasser und auch Nordseewasser, und dieser Säuregehalt steigt bekanntlich von Säureverklappung zu Säureverklappung, und das wird gegen alle Einsicht und Vernunft und gegen jeden Einwand und Protest rücksichtslos weitergeführt, Transportschiff um Transportschiff um Transportschiff, obwohl viele Fische vor lauter Krebsgeschwulsten am Maul schon gar nicht mehr geradeaus gucken können! All diese in das Fischfleisch aufgenommenen Säuresubstanzen und all diese auf Salatblätter und Gemüseköpfe herabgeregneten Salpetersäuren und Schwefelsäuren et cetera, et cetera und all die von den Kartoffeln aufgesogenen Phosphate der überdüngten Böden, all diese Insektizide und Pestizide, all das, all das, all das wurde im Lauf der Jahre in mir angelagert, in meinen Gelenken vor allem, sprich: meinen Hüftgelenken, Kniegelenken, Fußgelenken, und aus diesen Ablagerungen resultieren die Schmerzen, die haben primär nichts, aber auch gar nichts zu tun mit einer zu starken Belastung dieser Gelenke durch mein sogenanntes Übergewicht. Und selbst wenn man hier zu differenzieren glaubt, indem man dieses Übergewicht nun doch nicht von den Fischgerichten ableitet, was ja Unsinn erster Ordnung wäre, sondern von den Vorspeisen und vor allem den Nachspeisen – es ist und bleibt eine bösartige Auslegung, denn letztlich weiß jeder, daß sich diese Säuren in meinem Körper auskristallisiert haben, und diese Kristalle sind aneinandergewachsen, es hat sich ein Schmerzgranulat gebildet, und das mittlerweile auch in den Armgelenken, Handgelenken, Fingergelenken, ausgerechnet in den Fingergelenken, und dieses Schmerzgranulat läßt sich nur kleinmahlen durch Bewegung, aber solch ein Kleinmahlen ist wiederum nur möglich auf Kosten der Knochenhäute, und die wachsen nicht nach, weshalb man mir unter sogenannter amtsärztlicher Mitwirkung die Geige entrissen hat, letztlich, ich sagte es bereits.

Sie werden jetzt natürlich fragen, warum ich nicht stärker darum gekämpft habe, daß ich weiterhin dieses mein geliebtes, das letztlich über alles geliebte Instrument weiterspielen kann. Und hier muß ich sagen: Ich habe darum gekämpft! Ich habe es versucht mit heißen Umschlägen, die diese Schmerzkristalle und Schmerzgranulate gleichsam aufweichen sollten. Habe es versucht mit kalten Umschlägen, die sie gleichsam zusammenziehen, also verkleinern sollten. Und Einreibungen mit Franzbranntwein! Außerdem habe ich eine Zeitlang versucht, die Schmerzen in den Beinen durch eine besondere Gehtechnik zu bekämpfen – freilich nur, wenn ich allein war und keiner mich sehen konnte: ich bin so gegangen, wie ich das, als Kind, in Indianerbüchern gelesen hatte – für jeweils größere Strecken wurde die Hauptlast der Bewegung einem Bein übertragen, während das andere Bein, nachgezogen respektive nachgeschwungen, sich erholen konnte, um dann seinerseits wiederum die Hauptlast der Fortbewegung zu übernehmen, auf diesen oft tage- und nächtelangen Indianermärschen. Aber jetzt bin ich doch leider mehr ein Sitting Bull geworden …

Das hat wiederum seine Konsequenzen in dieser allgemeinen Verkettung von Umständen: besonders nachts, wo man der Unbeweglichkeit weitgehend ausgeliefert ist, erzeugen diese Schmerzgranulate manchmal eine Art kalten Brand, ein kristallätzendes Brennen, und zuweilen werden aus diesen kalten Brandkugeln faustgroße Glühkugeln, die auch noch zu rotieren beginnen, und sie schleudern Glühspritzer weg, und die lassen einen im Schlaf oder Halbschlaf zusammenzucken, dieses bekannte Schlafzucken oder Halbschlafzucken, und wenn es besonders stark ist, wache ich auf. Manchmal, morgens, wenn dieser Schmerz sozusagen ausgeglüht ist, kommt es mir so vor, als bestünden beispielsweise diese Kniegelenke aus Stein, wie herausgeschnitten aus einer gleich großen Statue, deren Reste man daraufhin allerdings nur noch wegwerfen könnte, und dieses Steinstück, dieses gelenklose Steingelenk eingesetzt mit einem Ansatzstutzen im Unterschenkel, einem Ansatzstutzen im Oberschenkel. Auch infolge dieser Behinderung bin ich mehr und mehr an diese Wohnung, an dieses Zimmer gebunden.

Nun will es das Unglück, daß ich mich hier auch nicht in extenso bewegen kann, ganz einfach, weil man gar nicht mehr so recht nachkommt mit all dem Auswerten, Aussortieren, Ausräumen. Allein diese Postwurfsendungen, diese Reklameblätter, diese den Zeitungen beigefügten Prospekte, meist im Vierfarbendruck, damit man sich nicht so rasch von ihnen trennen kann – all das häuft sich auf eine wahrhaft fatale Weise! Und zusätzlich die berufsspezifischen Materialien! Ich will noch nicht von diesen Metronomen reden, die sich im Lauf der Jahre und Jahrzehnte hier angesammelt haben – nehmen Sie nur die Programmblätter und Programmhefte und Fachzeitschriften und Plattenkataloge et cetera, et cetera – es ist ja unglaublich, was alles so zusammenkommt! Dazu auch noch all dieser Erinnerungskram, Souvenirskram! Beispielsweise diese Muscheln auf dem Fensterbrett, aufgelesen während der Urlaube, die ich damals noch mit meiner Frau verbrachte, bis sie mich auf diese unglaublich gefühllose Art zum alten Eisen warf – aber ich will mich lieber nicht über diese Affaire äußern, sonst kommen mir Gift und Galle hoch, durchtränken mein Gehirn – und dann –

Verehrter, hochverehrter Felix Mendelssohn-Bartholdy, ich setze neu an, muß hier neu ansetzen in der Darstellung der Entwicklung, die gegen mich und damit gegen Sie, zumindest gegen Ihr Violinkonzert gerichtet ist, wobei ich wiederum mit all dem belastet, persönlich belastet werde, was ein freies Aufschwingen dieser vollendeten Melodielinien verhindern will durch Ballastbildung – eine unauflösliche Verquickung. Denn einerseits macht sich hier eine konsequente Politik der Verhinderung breit, andererseits dient das System der Verhinderung als Vorwand, mich abzustrafen – nehmen Sie nur das Stichwort: Politik der Reste.

Ich wähle ein für einen Musiker naheliegendes Beispiel: das Metronom, das ich benutze beim privaten Einstudieren Ihres Konzerts. Wenn man solch ein Metronom einmal genauer betrachtet, so ist das eine auf Widerruf erfolgte Zusammenfügung von Einzelteilen, und sobald diese Zusammenfügung übergeht in die Auflösung, hat man nur noch Reste, wie zum Beispiel dieses Perpendikel, dieses daraufgeschobene, kleine Gewicht zum Einstellen der gewünschten oder geforderten Taktzahl, diese schwarzen Brettchen, die den kleinen, aufrecht stehenden, nach oben etwas verjüngten Sarg bilden, denn selbstverständlich spreche ich hier von einem der Metronome alter Art, die jetzt bald allesamt von der Politik der Reste erfaßt werden, während es bei den heutigen recht kleinen, von Plastikgehäusen umschlossenen Metronomen noch etwas länger dauert, ehe man sie, um das mal humorvoll auszudrücken, verfüttern wird, wozu sie geradezu prädestiniert sind durch diese meist ekelerregend beigefarbenen oder würgegrünen Plastikgehäuse. Aber wie auch immer das Gehäuse aussehen mag, es enthält ein Antriebswerk, das sich wiederum aufgliedert in Federn, Zahnräder, Zahnrädchen, Achsen, und all das wird man mir ebenfalls einverleiben, und ebenso die Teile und Reste der Metronome in den hiesigen Grundschulen, Hauptschulen, Realschulen, Gesamtschulen und Gymnasien, dazu die Metronome der insgesamt zahllosen Musiklehrer mit den anteilmäßig zur Zeit besonders stark vertretenen Klavier- und Gitarrenlehrern, und es kommen hinzu die Metronome in den Musikschulen und Musikhochschulen sämtlicher Bundesländer, das sind pro Musikschule und Musikhochschule bestimmt jeweils einige Dutzend, und dazu noch all die Metronome aus dem EU-Bereich, und wie viel musikalischer Ehrgeiz in den Vereinigten Staaten von Nordamerika oder auf Neuseeland – all das fällt auf mich zurück, sehen Sie, all das muß ich mir einverleiben.

Gerade in puncto Metronome wird man dabei nicht die allergeringste Rücksicht nehmen, man wird sie mir womöglich in all ihren Teilen komplett einverleiben, verabreichen. Außerdem werden diese Metronome vorher, wie zur fotografischen Aufnahme eines Schaubildes, um mich herum aufgestellt, in engen und weiteren, immer weiteren Halbkreisen, und sie werden auf die für das Allegro molto appassionato vorgegebene Taktzahl eingestellt, mit einer fast schön tödlichen Präzision. Die wird in technischen Bereichen ja gern und reichlich aufgebracht, während im sozialen und allgemein humanen Sektor alles rissig und brüchig, vor allem: von einer sich steigernden Aggression bestimmt ist. Lassen Sie mich zu diesem

Stichwort gleich noch etwas anmerken! Sehen Sie, in solch einem Orchester, in dem ich bis vor zwei Jahren noch regelmäßig mitspielte, gibt es Spannungen zwischen eigentlich allen Instrumentalgruppen. Diese Spannungen entstehen aus Verachtung, die sich genau abstuft. Da sind die Konzertmeister verhinderte Solisten, die ersten Geiger verhinderte Konzertmeister, die zweiten Geiger verhinderte erste Geiger, von den lahmen Bratschisten redet man besser gar nicht erst, und die Bassisten spielen auf Wäscheleinen ... Gut, wenn man das so ausspricht, es schwingt hier auch freundlicher Spott mit, aber bei uns Geigern, speziell bei den zweiten Geigen, scheint aller Spaß aufzuhören. Wissen Sie, verehrter Meister, welch ein Ausdruck sich hier mittlerweile eingebürgert hat? Man nennt uns Streicher, speziell uns Geiger, die »Tuttischweine«. Vor allem diese arroganten Pinsel von Holzbläsern werfen uns implizit vor, wir würden uns mit unseren technischen Unzulänglichkeiten einer hinter dem anderen verstecken ... Sie sehen also, verehrter Meister, es spricht hier ein ganz niedriges und unwürdiges Subjekt zu Ihnen, so ein Tuttischwein, das mit seiner Schweineschnauze nur im Dreck herumwühlen darf und dem man unbedenklich Reste aller Provenienz vorwerfen kann, ein Schwein verdaut die bekanntlich!

Zu all diesem Ungemach auch noch die entsprechende ›Begleitmusik‹! Denn sehen Sie: was durch die Verachtung der Holzbläser an uns und in uns noch nicht beschädigt oder zerstört worden ist, das wird vom Blech quasi exekutiert durch eine wahrhaft vernichtende Lärmeinwirkung. Und die wird vorbereitet und kräftig gefördert durch dieses bereits niederschmetternde Gefühl der Unausweichlichkeit! Sonst kann man ja nie auf die Sekunde genau voraussagen, wann man von einem heftigen oder harten Schlag getroffen wird, aber unsereins muß das auf den Takt, auf die Sekunde genau vorherwissen: noch acht, noch sechs, noch vier, noch zwei Takte und peng! der große Beckenschlag bei Berlioz, und taa! der Einsatz der verstärkten Blechbläser bei Bruckner. Ganz besonders schlimm sind solche Einwirkungen im Orchestergraben, in den uns die Opernkomponisten geschickt haben und weiterhin schicken – ich bin Ihnen unter diesem Gesichtspunkt wirklich dankbar, daß Sie keine Oper geschrieben haben, jedenfalls keine Oper, die ins Repertoire aufgenommen wurde. Auch deshalb fällt es mir leichter, mich so vertrauensvoll und offen an Sie zu wenden, mich mit Ihnen auszusprechen, und das ist für mich lebenswichtig in dieser wieder einmal verlassenen, fast möchte ich sagen: fluchtartig verlassenen Wohnung der beinah evakuierten Stadt, des Sonntags und der Sonne wegen. Die soll zwar auf dies und jenes scheinen, nicht aber auf ein altgedientes Tuttischwein mit Gelenkschmerzen und Gehörstörungen!

Erscheint Ihnen diese Darstellung übertrieben? Dann, bitte, fragen Sie einmal einen Facharzt. Aber einen richtigen Facharzt, und nicht so ein Subjekt von Amtsarzt, das sich dazu hergegeben hat, den von vornherein feststehenden Entschluß des Orchester-Vorstands mit willfährigen Diagnosen zu sanktionieren – auch wieder so ein Skandal! Aber dazu will ich mich jetzt nicht äußern, ich bleibe beim Stichwort Facharzt, beim Stichwort Reihenuntersuchungen von Musikern, die häufig im Orchestergraben spielen müssen. Dort herrscht ein wahrer Orchestergrabenkrieg! Wir armen Tuttischweine werden in den oft übermäßig engen Graben hineingetrieben und mit Schlagzeug und Blechbläsern beschallt, und nach solcher zermürbenden, jahrzehntelang fortgesetzten Einwirkung soll man auch noch die Kraft aufbringen und sich aufschwingen zu einer solistischen Leistung, die Ihrer Komposition angemessen ist. Weil sich diese große solistische Leistung und diese sich mit ihr ergebende Laufbahn, von der man ja mal geträumt hat, infolge widriger Umstände nicht ergeben hat, ist sogar schon die Familie im Bunde mit den rücksichtslosen Verfechtern einer Politik der Reste, und es besteht hier ein Konsens dahingehend, daß man mich mit den Resten von Metronomen maltraitieren wird. Bedenken Sie allein in diesem Zusammenhang, was für ein Gewölle von Metronomfedern das in meinem Magen ergeben wird, welch ein Urknäuel! Und welch ein Gesamtgewicht all diese kleinen Schwinggewichte ergeben werden! Und welch ein tödliches Mikado entsteht aus diesen Perpendikeln – zu Dutzenden, zu Hunderten, zu Tausenden wird man sie in mich hereinstopfen und hereinstoßen. Wie leicht werden dann diese Perpendikel die von Säuren bereits mürbe gemachten Magenwände durchbohren ...!

Wieder einmal habe ich pausiert, um Ihre Musik auf mich einwirken zu lassen, wieder einmal konnte ich frei durchatmen in dieser Welt der bis zum Ersticken gesteigerten Verdichtung des Bedrängenden. Und ich finde wieder die Kraft, noch einmal von all diesen Erschwernissen, Belastungen, Behinderungen zu sprechen, Stichwort: landesweite, bundesweite, europaweite, weltweite Politik der Reste …

Wissen Sie, das Schlimme ist, und zu dieser Einsicht bin ich erst kürzlich wieder gekommen, das wirklich Schlimme ist die Gedankenlosigkeit, mit der, trotz aller gegenläufigen Aufklärung, diese Politik der Reste getragen und gestützt wird! Eine Hausfrau, zum Beispiel, die etwas näht, die beißt gewöhnlich zuletzt ein Stückchen Nähfaden ab, den Restfaden oder Fadenrest, und wirft ihn weg, weil ihr dieser Rest belanglos erscheint. Aber was glauben Sie, wie viele Hände voller Fadenreste täglich, wöchentlich, monatlich, jährlich allein in dieser Stadt und erst recht in der Bundesrepublik und in den angrenzenden Ländern zusammenkommen, abgebissen und abgerissen und abgeschnitten, und wie sich das alles in einem Magen verklumpen muß, die meisten dieser Fadenreste sind ja auch noch synthetisch oder zu einem hohen Anteil synthetisch, die kriegt ein Magen gar nicht verarbeitet, auch nicht mit einer (durch Hinzufügungen) bis zur Ätzwirkung verstärkten Magensäure. Das wird bald aussehen wie das Gewölle im Magen eines Raubvogels, der enthält bei einer Obduktion ja dieses meist faustgroße Fellhaarknäuel, gespickt mit Knöchelchen. Und dann, bedenken Sie, all diese fortgeworfenen Rasierklingen, nachdem mit ihnen Bartstoppeln erzeugt worden sind, was, zusätzlich zu den von elektrischen Rasierern erzeugten Bartstoppeln, zu der bereits angeführten Problematik führt. Und dann die Zigarettenfilter und Zigarettenkippen – das allein schon übersteigt jedes Vorstellungsvermögen, das könnte selbst auf den allergrößten Schaubildern nicht angemessen zur Darstellung gelangen! Und weiter: all der auch in meiner Straße ausgespuckte Speichel – hier wird dieses früher durch das Aufstellen von Spucknäpfen erzwungene oder herausgelockte Spucken mehr oder weniger fortgesetzt; Sie glauben gar nicht, wenn man erst einmal darauf achtet, darauf zu achten gezwungen ist, wie oft auf solch einer Straße und auf so einem Gehsteig ausgespien wird, und ebenso, wie viele Kaugummis hier ausgespuckt werden – auch so ein bedrängendes Problem, diese Kaugummiflecken auf den Steinplatten in Fußgängerzonen und auf Treppen und Teppichböden. All das, all das, all das sammelt sich auf sehr direkte Weise für mich an! Oder nehmen Sie, als weiteres Beispiel, die abgeschnittenen Fingernägel und Fußnägel – hier geht nichts, aber auch rein gar nichts verloren, im Hinblick auf mich. Und all die fortgeworfenen, zum Teil verrosteten Nägel, ich meine jetzt richtige Eisennägel, die mit breiten und die mit kleinen Köpfen, die geraden und die krummgeschlagenen. Und all die dollgedrehten Schrauben! Kommt alles in mich rein, Gründe siehe oben! Und weggeworfene Fahrkarten, gestempelte und geknipste. Und all die Plastikprodukte, die bekanntlich nicht korrodieren, ums Verrecken nicht kompostieren – ich denke hier im einzelnen an die schon erwähnten Plastiktüten, an Plastikdosen, Plastikflaschen, Plastikeimer et cetera, et cetera, auch an kaputtes Plastikspielzeug, das interessanterweise von den Anthroposophen, so hörte ich neulich, abgelehnt wird, nur, fürchte ich, aus den falschen Gründen! Was sich ebenfalls nur sehr, sehr langsam zersetzt, das sind Metalle, vor allem die der Konservendosen, angefangen bei den kleinen, flachen Ölsardinendosen und auch Muscheldosen, und das geht weiter, über die größeren Heringsdosen, die in der Regel immer noch flach sind, zu den Makrelendosen, Thunfischdosen, dann folgen die zylindrischen Halbkonserven und Vollkonserven, in denen beispielsweise Gemüse enthalten waren, und es gibt zusätzlich diese Dosen mit Überlänge, ich habe mir das unter diesem Gesichtspunkt ja alles angesehen, genauestens, um zu wissen, was diesbezüglich auf mich zukommt, also diese überlangen Dosen enthalten oder enthielten beispielsweise Spargel aus Formosa. So viel zum Punkt Konserven. Ja, und dann kommen dazu die Zeitungen samt Prospekten, die beigelegt wurden, um die Politik der Reste auf die Spitze zu treiben. Und die Schirmstangen, die auf den menschlichen Organismus wirken müssen wie verschluckte übergroße Gräten. Und all diese Antennen und die Chassis von Fernsehgeräten, auch von Radiogeräten – alles weggeworfen, vor die Tür gestellt! Und Stellagen und Regale in verschiedensten Verarbeitungsformen, durchgesessene Polstermöbel – Sie können sicher verstehen, daß ich an einem Abend vor der Abholung von Sperrmüll aus Prinzip nicht mehr auf die Straße gehe! Oder möchten Sie auf Schritt und Tritt Erbrochenes sehen? Wirklich, ich habe den Eindruck, daß die Häuser sich erbrechen in überdimensionierten Kotzbrocken! Und all dies – nun, sagen wir: Würgematerial wird vor dem Morgen der Abfuhr meist noch durchwühlt, wird damit erheblich weiter in der Ausdehnung – auch eine gegen mich gerichtete Demonstration, wie sie deutlicher kaum ausfallen könnte! Solche Sperrmüllaktionen finden ja nicht allein in dieser Straße, in diesem Viertel statt, sondern, sukzessive, in der ganzen Stadt, im gesamten Bundesland und in anderen Bundesländern, in sämtlichen zivilisierten Nachbarländern. Und selbst, wenn man erkannt hat, daß man mir beim bösesten Willen nicht all dieses sperrige Material in den Magen, ich muß schon sagen: rammen kann – ich habe Würgegefühle, glauben Sie mir, buchstäblich zu Würgemalen führende Würgegefühle, wenn ich trotz aller Vorsichtsmaßnahmen Sperrmüll sehe, ich weiß schließlich nur zu gut, daß man mir von all dem Teile in den Magen rammen wird, abgeschnittene oder abgesägte oder abgebrochene Ecken von Holzplatten und Metallplatten, Fetzen von Polsterungen und so weiter. Man wird es (das will ich Ihnen hier verraten) ausstellen, wahrscheinlich in einem Stadion, dort wächst es dann Sitzreihe um Sitzreihe hoch und über den obersten Rang mit den Stehplätzen hinaus, und das drängt in die Stadt zurück, soweit man es nicht in mich hineingestopft hat und weiterhin reinstopft. Sehen Sie, erst wollte man das ausschließlich durch meinen Mund, diesen meinen Mund tun, aber da wäre ich in kürzester Zeit und nach Aufnahme von viel zu wenig Resten (verglichen mit den weltweiten Reste-Ressourcen) erstickt, man hätte bald nichts mehr in mich hereinstopfen können, und so ist man zum Entschluß gekommen, mir das direkt in den Bauch beziehungsweise in den Magen zu stecken, verstehen Sie, mir das ganz direkt einzuverleiben! Das ist von einer geradezu lähmenden Entsetzlichkeit! Aber es gibt auch Momente, in denen ich mir sage, freilich nur im geheimen, im allergeheimsten, daß diese äußerst erniedrigende und perverse, mir den Magen schon im voraus umdrehende Bestrafung für das erzwungene Scheitern meiner solistischen Aufführung Ihres

Violinkonzerts vielleicht letztendlich doch einen verborgenen höheren Sinn gewinnen könnte, sofern es mir gelänge, mit aller dann in mir versammelten, gleichsam fokussierenden Macht der Musik die Reste, die man in mich hereinstopft und hereinrammt, in ihrer gesamten Massenhaftigkeit und Massivität in die Schwebe zu bringen und durch eine Art Verschmelzung, eine bis in die Atomkerne reichende Fusion aufzuheben, und zwar in doppeltem Wortsinn: aufheben als eine Art Levitation, ein In-die-Schwebe-Bringen, Stichwort Rastelli, und: aufheben als auflösen. Solch eine Fusion wäre mit einer ungeheuren Lichtwirkung verbunden, aber einem Licht besonderer Art, nämlich einem Klanglicht oder Lichtklang, einem alles aufzehrenden Lichtklang – ich bin sicher, er würde mich zugleich taub und blind machen. Aber wenn ich nach der einen oder anderen Vorübung diesen Fusionsklang hervorbringen könnte, mit Ihrer Hilfe, Ihrer wahrhaft entscheidenden Hilfe, wäre damit nicht alles aufgewogen, mehr als aufgewogen?

Aber damit solch eine Konjunktion und Fusion stattfinden kann, muß ich mit mir und mit Ihnen allein sein, und gerade das will man verhindern, man wird dieses Aufschlitzen des Magens durchführen vor einer Anzahl von Zuschauern, die ungefähr der Zahl der Zuhörer eines unserer Sinfoniekonzerte entsprechen dürfte, und in diesem Publikum bestimmt auch, teils durchaus freiwillig, teils hereingezwungen, meine Familie, die ich kaum noch meine Familie nennen mag, und man wird mir die Hände fesseln, damit ich mir nichts aus dem Mund, aus dem aufgeschnittenen Magen reißen kann, um es wegzuschlenkern oder wegzuschleudern. Ja, man will mir am Tage X möglichst viele von diesen allseits anfallenden Resten einverleiben oder wenigstens von Teilen dieser Reste! Dabei bedenkt wohl keiner, was diese Bestrafungsaktion letztlich kosten wird! All diese Reste und Restesreste einzusammeln und zwischenzulagern und zusammenzuführen, dorthin, wo man mich öffentlich verhöhnt und hinrichtet, das muß doch einen ansehnlichen Teil des finanziellen Haushalts von Gemeinden und Ländern fordern! Und das Zerkleinern von größeren Gegenständen kostet ebenfalls Geld, all dieses Abbrechen und Absägen von Ecken, oder nehmen Sie die Chassis von Fernsehgeräten, auch von Radios, sogar von Plattenspielern, das wird ja überall weggeworfen, und besonders schlimm ist es mit den Autos, den Autowracks, die von rücksichtslosen Landbewohnern in den Wäldern abgestellt werden, wobei jeder weiß, daß sie nicht einmal in Jahrzehnten verrotten; ich habe erst kürzlich wieder ein offensichtlich seit Jahren im Wald stehendes, nummernschildloses Auto gesehen, mit Laubverwehungen am Kühler, und das Entsetzliche war, verehrter Meister, und das hat mir fast den Magen umgedreht: an diesem Wagen waren noch alle vier Reifen prall! Und sehen Sie, Reifenstücke, Reifenreste würden ebenfalls in mich hereingestopft, Stücke und Reste der Reifen von Kinderrollern und Kinderwagen, also Vollgummireifen, dann die Reifen von Fahrrädern und Mopeds und Mokicks und Mofas und Motorrädern, von Personenwagen, Lastwagen, Omnibussen. Selbst wenn man jeweils nur kleine Stücke oder Streifen abschneidet, und man stopft sie mir direkt in den Magen – das paßt nicht hinein, das paßt einfach nicht in mich hinein, und deshalb will man dies und anderes ausstellen, in diesem Stadion, eine riesige Resteausstellung, mit der man mich endgültig verhöhnt, tödlich oder bis auf den Tod, darauf läuft es doch hinaus! Das sehe ich ganz nüchtern so, da lasse ich mir nichts, aber auch gar nichts vormachen! Nehmen Sie beispielsweise nur meinen Mund hier, diese meine Mundhöhle – die ist zwar kleiner als der Magen, aber höchstens viermal oder fünfmal kleiner, oder, von mir aus, zehnmal, zwölfmal, aber diese Mundhöhle hat dafür den Vorteil, daß man in sie hineinschauen kann, in den Magen aber normalerweise nicht, und so kann man im Vergleich mit dieser Mundhöhle, ihre Kapazität mit vier oder zwölf multiplizierend, die Magenkapazität sichtbar machen und damit: wie schnell auch hier die Grenze, die tödliche Grenze erreicht wird, erreicht werden muß! Schauen Sie, man braucht ja bloß mal irgendwas zu nehmen hier im Raum, was infolge der Politik der Reste auch in mich hereingestopft werden wird, letztendlich, zum Beispiel dieses Plattencover, oder, das ist fürs erste vielleicht einfacher, diese Papierhülle im Plattencover – ja, meine Sammlung besteht zum größten Teil noch aus Langspielplatten, Stichwort: Vinyl, und diese ehrwürdigen LPs sind umgeben von bunt bedruckten Pappcovers und weißen Papierhüllen. Wenn ich diese Innenhülle, auch Hemdchen genannt, nun zerreiße, hören Sie, und mir ein erstes Stück in den Mund stecke, so kann ich mühelos weiterreden, ich schiebe es einfach wie ein Hamster in die Seite, in die Backentasche – und das Stück hier auch noch, obwohl es schon größer ist – und wenn ich jetzt dieses kleine Knäuel in den Mund schiebe, hören Sie, so spreche ich undeutlicher – und jetzt noch undeutlicher, dabei befindet sich diese Papierhülle noch immer nicht komplett in meinem Mund – und jetzt bedenken Sie bitte, wie viele Langspielplatten ich habe und wie viele Vinyl-Platten es in dieser Straße und in dieser Stadt und in diesem Land und in Europa und in der ganzen Welt gibt, alle durch die Umstellung von LPs auf CDs erfaßt von der Politik der Reste – wenn man mir allein schon die Papierhüllen all dieser Langspielplatten oder nur Stückchen dieser Papierhüllen in den Mund schiebt, mit dieser bekannten Rücksichtslosigkeit und Rüdigkeit und Härte – so – und so – und auf diese Weise die ganze Mundhöhle ausfüllt, so – und noch ein Rest – da kann ich schon gar nicht mehr – tut mir leid, aber ich – da habe ich nicht mehr – und das noch, dann –

Nachweise

SiamSiam
In: Dieter Kühn, *Siam-Siam*. Ein Abenteuerbuch, Frankfurt am Main 1972. Ebenfalls in: Dieter Kühn, *Der Himalaya im Wintergarten*. Erzählungen. Frankfurt am Main 1984 (suhrkamp taschenbuch 1026). Text geringfügig gekürzt und revidiert.

Die Spirale
In: Dieter Kühn, *Galaktisches Rauschen*. 6 Hörspiele. Frankfurt am Main 1980 (Fischer Taschenbuch 7054).

New York in zwei Strichen
In: *Neue Rundschau*, 92. Jahrgang, 1981/Heft 2.

Und der Sultan von Oman
In: Dieter Kühn, *Und der Sultan von Oman*. Erzählung. Frankfurt am Main 1979. Neufassung der Taschenbuchausgabe: Frankfurt am Main 1982 (suhrkamp taschenbuch 758). Gekürzt; neu strukturiert.

Mainz in zwei Augenwinkeln
In: *neue deutsche literatur*, 42. Jahrgang / 498. Heft, 6/94 (1994).

Feuer im Maschinenraum
In: *neue deutsche literatur*, 43. Jahrgang / 501. Heft, 3/95 (1995).

Lichtklang, Sperrmüll
In: *manuskripte*. Zeitschrift für Literatur 128/95 (1995). Gekürzt.